© Brian Braft

Jessica Brody wollte schon immer schreiben. Sie »veröffentlichte« ihr erstes Buch mit sieben Jahren, mit eigenen Illustrationen, selbstgebunden und selbstgebastelt aus Pappe, Tapetenresten und Isolierband. Seit 2005 ist sie freiberufliche Autorin, sie hat bereits über zwölf Jugendbücher und Romane veröffentlicht, die in über 20 Sprachen übersetzt wurden. Sie lebt mit ihrem Mann und vier Hunden abwechselnd in Kalifornien und Colorado. »Einmal Teenie und zurück« ist ihr erstes Buch für ein jüngeres Publikum.

Weitere Informationen zum Kinder- und Jugendbuchprogramm der S. Fischer Verlage finden sich auf *www.fischerverlage.de*

Jessica Brody

Einmal Teenie und zurück

Aus dem Amerikanischen
von Jeannette Bauroth

KJB

Erschienen bei FISCHER KJB

Die amerikanische Originalausgabe erschien 2017
unter dem Titel »Addie Bell's Shortcut to Growing Up« bei
Delacorte Books for Young Readers,
an imprint of Penguin Random House LLC

Für die deutschsprachige Ausgabe:
© 2018 S. Fischer Verlag GmbH, Hedderichstr. 114,
D-60596 Frankfurt am Main
Covergestaltung: Birgit Gitschier Grafikdesign & Illustration

Satz: Dörlemann Satz, Lemförde
Druck und Bindung: CPI books GmbH, Leck
Printed in Germany
ISBN 978-3-7373-4102-8

Für meine Mom, von der ich gelernt habe,
immer jung zu bleiben. Und sei es nur im Herzen.

Inhalt

Power-Smoothie-Mixerhirn *9*
Magie im Herzen *22*
Seesterne und Zwiebelatem *26*
Addie und der fürchterliche, schreckliche, grauenvolle, miese Geburtstag *36*
Alles über alles *42*
Der Yeti Forgetti *48*
Zu alt für Teepartys *52*
Besiegelt und beschlossen *62*
Spieglein, Spieglein an der Wand *68*
Weckruf mit Kickboxen *78*
Cupcake-Nägel und Emojis *85*
Tschüs, Addie *94*
Ganz verloren und irgendwie gefunden *99*
Trigo ... Was? *106*
Exsquisai – moi *114*
Vorsicht vor Spind 702 *118*
Addie van Winkle *126*
(Fast) allein zu Haus *136*
Grace-los *143*
Lächerlich *146*
Shimmer and Shine *155*
Sieben Jungs *165*
Die fünf Flirtregeln *171*

Lächeln wie ein Schnabeltier *178*
Tanz mit mir *187*
Adeline sucht nicht den Superstar *193*
Countdown zur Katastrophe *197*
Entschuldigungen und Bitten *203*
Die große Suche *209*
Auffrischungen und Zusammenbrüche *224*
Keine Zeit für Selbstmitleid *230*
Pfefferminz-Schokolade-Finger *237*
Süßer Kaffeeschlamm *242*
Ein Schritt vor, ein Schritt zurück *255*
Getauschte Herzen *266*
Ich würde dich so gern besser kennen *275*
Zwei Nachrichten und ein Vlog *285*
Ein Lachen verändert sich nicht *293*
Eine Tür knallt zu *301*
Der berühmt-berüchtigte Haarschwung *310*
Schleimiger Sumpfball *314*
Die Rückkehr des Seesternkleids *320*
Geister *327*
Ausgeschummelt *331*
Die Zwinkersmiley-Verschwörung *339*
Klick *344*
Neubeginn *352*
Der sicherste Ort *362*
Wolkenschlösser *367*
Die neue (und verbesserte) Addie Bell *372*
BFFs *382*
Die Rückkehr der Sternendame *389*
Danksagung *396*

Power-Smoothie-Mixerhirn

In jeder Straße gibt es den einen verrückten Nachbarn. Bei uns ist das Mrs Toodles.

Natürlich ist das nicht ihr richtiger Name. In Wirklichkeit heißt sie Theodora Philippa Beaumont-Montgomery, wenn man den staubigen Stapeln alter Kataloge in ihrem Wohnzimmer glauben darf. Aber wer hat schon die Zeit, so einen Namen auszusprechen? Woher der Spitzname stammt, weiß ich nicht. Im Sherwood Drive nennt sie einfach jeder Mrs Toodles. Das passt gut zu ihr. Sie sieht genauso aus, wie man sich jemanden namens Mrs Toodles vorstellt, und sie spricht auch so.

Die langen, silbergrauen Haare trägt sie hochgesteckt unter einem winzigen Hut, bei dem ich mich schon öfters gefragt habe, ob sie ihn einer Puppe geklaut hat. Darunter lugen einige Strähnen hervor, als ob die Haare versuchen, ihrem wirren Kopf zu entfliehen. Viele Fältchen umrahmen ihre hellblauen Augen, und sie trägt immer ihren gesamten Schmuck. Angeblich, weil sie Angst davor hat, dass ihr jemand die Stücke klaut, die sie nicht am Leib trägt.

Von meinen Eltern weiß ich, dass sie an sogenannter Demenz leidet – eine Krankheit, die das Hirn so durcheinanderwirbelt, dass man nicht mehr weiß, was real ist und was nicht. So hat es mir zumindest Mom erklärt. Wenn ich jemanden über Mrs Toodles' »Zustand« reden höre, stelle ich mir immer einen Mixer vor, in dem ihre Gedanken herumgeschleudert werden wie die Zutaten für Moms eklige grüne Power-Smoothies. (Mom versucht mich immer dazu zu bewegen, die auch zu trinken. Allerdings misstraue ich allem, was nach Teichschlamm aussieht.)

Mrs Toodles tut mir leid. Sie hat keine Kinder, und alle anderen Mitglieder ihrer Familie sind schon gestorben. Ich hab auch noch nie Besucher bei ihr gesehen. Soweit ich weiß, bin ich ihre einzige Freundin. Ich gehe mindestens einmal pro Woche zu ihr, weil sie die allerbesten Geschichten erzählt und mir immer Limo und Plätzchen anbietet. Die Limo rührt sie aus einem Pulver an und die Plätzchen aus Backmischungen, aber lecker sind sie trotzdem.

Eigentlich müsste ich schon längst bei ihr sein, weil heute Donnerstag ist und ich sie immer donnerstags besuche, aber ich bin spät dran. Ich habe ihr gesagt, ich käme gegen fünf. Jetzt ist es zwei Minuten nach sechs, und ich stehe bis zu den Knien in einem Haufen aus Pullovern, Leggings und Kleidern, die alle vollkommen untragbar sind. Ich bin auf der Suche nach dem perfekten Geburtstagsoutfit für die Schule morgen, aber bisher ohne Ergebnis. Dass ich in genau fünf Stunden und achtundfünfzig Minuten zwölf werde und trotzdem noch in der Kinderabteilung einkaufen muss, ist auch nicht besonders hilfreich. Mom schwört, dass mein Wachstumsschub kurz bevorstehen muss, aber mein Körper weiß offensichtlich nichts davon, denn ich bin immer noch klein, dürr und peinlich flachbrüstig.

Um ehrlich zu sein, ist es schwierig, sich auf einen Geburtstag zu freuen, wenn sich absolut nichts verändert hat. Klar, es ist toll, dass ich wieder ein Jahr älter werde. Ich hatte schon das Gefühl, ich müsste für den Rest meines Lebens elf bleiben! Aber wo sind die Beweise, dass ich älter werde? Wo sind die Fakten? In meinem BH jedenfalls nicht.

Dass ich die Jüngste in meiner Klasse bin, macht es auch nicht besser. Der Stichtag für die Schuleinführung war der 15. September. Mein Geburtstag ist am 14., also bin ich gerade noch so reingerutscht, aber alle anderen sind älter als ich. Und diese Tatsache wird schmerzlich deutlich, wenn wir uns der Größe nach aufstellen müssen und ich immer am Ende stehe.

Als mein Blick auf meinen Nachttisch mit dem Wecker fällt und mir bewusst wird, wie viel ich zu spät komme, gebe ich die Suche nach dem perfekten Outfit auf. Es war sowieso ein hoffnungsloses Unterfangen. Ich schnappe mir den Plastikbehälter von seinem angestammten Platz im untersten Regal meines Schranks und gehe nach unten.

Als ich am Ende des Flurs an Rorys Zimmer vorbeigehe, bemerke ich die halb geöffnete Tür. Das ist komisch, denn meine Schwester lässt nie ihre Tür offen, nicht mal einen Spaltbreit. Sie ist sechzehn und befindet sich gerade in einer supergeheimen Spionagephase, wo niemand irgendetwas über ihre Angelegenheiten erfahren darf, ich schon gar nicht.

Verbissen achtet sie darauf, dass bloß niemand ihr Zimmer betritt. Man könnte fast glauben, dass sie da drin ausländische Raketencodes entschlüsselt oder so. Rory badet sich sogar im Badeanzug, was ich nur weiß, weil ich einmal versehentlich das Bad betreten habe, als sie gerade in der Wanne lag. Sie hat mich so lange angebrüllt, bis ich mit zugehaltenen Ohren geflüchtet bin wie vor einer Granatenexplosion. Ich hatte echt Sorge, dass sie gleich mit einer Shampooflasche nach mir wirft.

Später, nachdem sie sich wieder beruhigt hatte, habe ich sie gefragt, warum sie mit Badeanzug in die Badewanne geht. Sie meinte, das wäre wegen perverser Spanner wie mir, die ins Bad geplatzt kämen, wenn andere in Ruhe in der Wanne entspannen wollen. Ich habe zwar versucht, sie davon zu überzeugen, dass ich keine perverse Spannerin bin, aber ihre Meinung stand zu diesem Zeitpunkt schon deutlich fest.

Durch den Türspalt versuche ich, einen Blick in Rorys Zimmer zu erhaschen. Diese Gelegenheit bekomme ich nicht oft. Sie ist nicht da. Ich achte darauf, die Tür nicht anzufassen, falls sie später alles auf Fingerabdrücke überprüft.

Im Zimmer sieht es aus wie in einem Saustall. Auf der Kommode liegen kreuz und quer teure Schminkutensilien herum, und ihre Klamotten sind überall verstreut.

Ich seufze. Wenn ich solche Klamotten wie Rory hätte, würde ich sie besser behandeln und sie nicht einfach in Haufen auf dem Fußboden herumliegen lassen. Und was würde ich nicht alles für eine von ihren Lidschattenpaletten geben. Sogar mit einer blöden Tube Lipgloss wäre ich schon zufrieden. Aber nein. Meine Eltern sind da streng. Kein Make-up vor der Highschool. Das letzte Mal, als ich versucht habe, mit einem Hauch von Wimperntusche in die Schule zu gehen, waren drei Tage Hausarrest das Ergebnis.

Das ist eben der Unterschied zwischen einer (fast) Zwölfjährigen und einer Sechzehnjährigen. Mit sechzehn ist alles besser.

Meine Schwester ist beliebt und wunderschön und kauft ihre Klamotten in der Jugendabteilung und hat ein Auto und einen süßen Freund der Woche, der sie in aufregende Orte wie das *Human Bean* ausführt, das Café in der Stadt, wo alle Teenager hingehen. Im Gegensatz zu mir. Ich bin ein sommersprossiger, kraushaariger, flachbrüstiger Loser, der zu Hause herumhängt und mit den Eltern Brettspiele spielt, während mein Dad, der König des nutzlosen Wissens, über die Geschichte von Monopoly referiert.

Ich springe immer zwei Stufen auf einmal nehmend die Treppe hinab und kürze durchs Wohnzimmer zur Haustür ab. Mom kann es nicht leiden, wenn ich mit Schuhen durchs Wohnzimmer laufe, weil es immer supersauber gehalten werden soll, falls mal ganz besondere Gäste auftauchen. Was nie der Fall ist.

»Ich geh rüber zu Mrs Toodles!«, verkünde ich und klemme mir den Plastikbehälter unter den Arm, damit ich die Tür aufziehen kann. »Bist du gerade mit Schuhen durchs Wohnzimmer gelaufen?«, ruft Mom.

»Nein!«, lüge ich und schlüpfe hinaus, ehe sie vielleicht aus der Küche kommt, um das zu kontrollieren.

Trotz ihres Power-Smoothie-Mixergehirns ist Mrs Toodles meine Lieblingsnachbarin, und ich freue mich immer auf die Besuche bei ihr. Sie erinnert mich an eine alte Königin, die man aus ihrem Reich vertrieben hat und die jetzt auf der Suche nach Untertanen, die sie verehren, im Land herumreist. Sie ist skurril und lustig und kombiniert die merkwürdigsten Lebensmittel. Als ich sie letzte Woche besucht habe, hat sie sich gerade ein Erdnussbuttersandwich mit Gurke schmecken lassen. Es hat total eklig gerochen, und ich musste die ganze Zeit über durch den Mund atmen. Aber das ist es mir wert, denn jedes Mal, wenn ich sie besuche, erzählt sie mir eine ihrer phantastischen Geschichten. Am besten gefällt mir die von dem kleinen Mädchen, das der Hexe das Brot aus dem Ofen klaut. Zur Strafe verwandelt die Hexe sie in eine Ziege. Oder die von dem Jungen, der aus ganz besonderen Bauklötzen einen Turm bis zum Himmel gebaut hat, aber dort oben war es ihm zu kalt, also hat er den Turm wieder eingerissen.

Mir gefällt, wie ihre Augen aufleuchten, wenn sie an die magischen Stellen kommt. Und wie ihre Stimme sich hebt und senkt, als ob sie die Geschichte singt, statt sie nur zu erzählen. Früher habe ich geglaubt, dass diese Geschichten wahr wären. Jetzt, mit zwölf – genauer gesagt, mit fast zwölf, in fünf Stunden und dreiundfünfzig Minuten – weiß ich es natürlich besser.

Mrs Toodles wohnt drei Häuser weiter, zwischen den Lesters und den Tuckers. Die Tuckers haben einen Sohn in meinem Alter. Jacob geht zwar in meine Klasse, aber ich meide ihn wie die Pest, weil er total kindisch ist und gern mit allen möglichen Körperteilen Furzgeräusche erzeugt. Außerdem stinkt er. Obwohl er vermutlich auch nicht schlimmer riecht als die anderen Jungs in meiner Klasse. Warum ist das eigentlich so? Duschen sich Siebtklässler nicht?

Als ich bei Mrs Toodles ankomme, steht sie im Vorgarten und erklärt gerade Mr Tucker, Jacobs Vater, dass einer der Nachbarn ihre Katze im Pool ertränkt hat.

Mrs Toodles hat keine Katze.

Auch keinen Swimmingpool. In ihrem Garten gibt es im Prinzip nichts weiter als welkes Gras und einen Birnenbaum, der ihren eigenen Angaben nach seit 1982 nicht mehr getragen hat.

»Und die Polizei weigert sich, Ermittlungen anzustellen!«, beschwert sie sich beim armen Mr Tucker, der ganz wild darauf wirkt, wieder nach Hause zu gehen. Vermutlich ist er bloß rausgekommen, um die Post zu holen oder so, und wurde von Mrs Toodles in eine ihrer Verschwörungstheorien verwickelt. »Weil Whiskers erst seit zwölf Stunden verschwunden ist, sagen sie.«

Vermutlich stammt das aus einer Krimiserie. Manchmal verwechselt sie die Realität mit dem, was sie im Fernsehen sieht.

Ich beschließe, Mr Tucker aus seinem Elend zu erlösen. Deshalb stelle ich den Plastikbehälter aufs Gras und mache mich bemerkbar. »Hi, Mrs Toodles!«

Sie dreht sich um, und sofort lächelt sie strahlend. »Mademoiselle Adeline!«, flötet sie. Mrs Toodles ist vermutlich der einzige Mensch auf der Welt, der mich bei meinem vollen Namen ruft – einer der vielen Gründe, warum ich sie so mag.

Sie richtet ihr winziges Hütchen, kommt zu mir herüber und umarmt mich. Über ihre Schulter hinweg sehe ich, wie Mr Tucker mir dankbar zuwinkt und schnell im Haus verschwindet.

Ich erwidere die Umarmung und atme den vertrauten Geruch nach Zitrone und Babypuder ein. »Alles Gute zum Geburtstag!«, singt sie und lässt mich los.

»Danke, aber das ist erst morgen.«

Sie tippt mir mit dem Zeigefinger auf die Nasenspitze.

»Ich weiß.« Dann neigt sie den Kopf und betrachtet mich, als sähe sie mich heute zum allerersten Mal. »Meine Güte, du wächst ja schneller als Unkraut. Allmählich wirst du eine richtige kleine Dame.«

Ich runzle die Stirn. »Nein. Werde ich nicht.«

Das sagt sie jede Woche. Vermutlich liegt es eher daran, dass sie schrumpft. Genau genommen kann ich das sogar beweisen. Ich messe mich jeden Tag am Türrahmen meines Zimmers. Seit Monaten bin ich keinen Zentimeter gewachsen. Immer noch bin ich lediglich einen Meter vierzig groß, was übrigens der Durchschnittsgröße einer Zehnjährigen entspricht. Ich hab's nachgeschlagen.

Sie mustert mich aus zusammengekniffenen Augen, als ob sie ein nicht mehr ganz frisches Stück Rindfleisch inspiziert, das ihr der Fleischer andrehen will. »Bist du sicher?«

Um das Thema zu wechseln, schnappe ich mir schnell den Plastikbehälter vom Boden. »Hier, für Sie, Mrs Toodles. Fünfzig. Genau, wie Sie wollten.«

Sie hebt den Deckel an und schreit freudig auf, als sie den Inhalt sieht.

Der Behälter ist bis zum Rand mit leeren Toilettenpapierrollen gefüllt.

»Adeline!«, kreischt sie und kneift mich in die Wange. Sie nimmt mir den Behälter aus den Händen und hält ihn liebevoll im Arm wie ein Baby. »Du bist so ein Schatz! Ich werde sie in Ehren halten.«

Bevor ihr jetzt glaubt, dass sie wirklich total durchgeknallt ist, weil sie sich so über Toilettenpapierrollen freut, sollte ich vielleicht erklären, dass Mrs Toodles daraus Weihnachtsbaumanhänger bastelt. Ihr würdet staunen, wie viele Sachen man aus einer Papprolle machen kann. Also sammle ich bei uns zu Hause leere Rollen für sie. Ich weiß, nicht gerade die glamouröseste Aufgabe der Welt, aber es macht sie glücklich.

»Komm mit rein, meine Liebe. Ich hab Plätzchenzimt gemacht!«

Ich folge Mrs Toodles ins Haus und bemühe mich, nicht zu lachen. Ganz offensichtlich meint sie Zimtplätzchen, aber sie vertauscht häufig die Wörter, genau wie sie manchmal Realität und Fiktion vertauscht.

Sie stellt den Behälter auf den Esstisch und verschwindet in der Küche, um mir Plätzchen und Limonade zu holen. Ich sehe mich in ihrem vollgestellten Haus um. Alles ist genau wie immer. Als hätte sie in ihrem gesamten neunundachtzigjährigen Leben noch nie etwas weggeworfen. Sie schwört zwar Stein und Bein, dass sie jedes einzelne Stück hier braucht, aber ich kann mir beim besten Willen nicht vorstellen, was sie mit zehn Messingkerzenleuchtern, drei Lampenschirmen ohne Lampen, sieben riesigen Katzenfiguren und fünf altmodischen Telefonen, die nicht mal eingestöpselt sind, machen will. Ganz zu schweigen von dem Stickbild, auf dem der Schriftzug »Home, sweet Gnom« und das Bild eines winzigen roten

Gnoms vor einem pilzförmigen Haus darunter zu sehen ist.

Seit meinem ersten Besuch vor fünf Jahren hat sich hier nichts verändert. Was erklärt, warum mir das mysteriöse Objekt auf dem Esstisch neben meinem Toilettenpapierrollenbehälter sofort ins Auge fällt. Aus einem sonderbaren Grund bin ich nicht in der Lage, den Blick abzuwenden.

Letzte Woche stand das definitiv noch nicht hier. Ist es neu? Oder war es einfach nur irgendwo versteckt?

Ich bahne mir einen Weg über einen kniehohen Stapel alter Kataloge und gehe darauf zu. Bei genauerer Betrachtung stellt sich das mysteriöse Objekt als Schmuckschatulle heraus. Eine sehr alte Schmuckschatulle. Die goldfarbenen Beine haben die Form von eleganten Drachen. Zahllose winzige Edelsteine verzieren den Deckel, auf den dunkelblauen Seiten prangen viele weiße Sterne. Und im Schloss an der Vorderseite steckt ein Messingschlüssel mit einem Strahlenkranz.

Sie ist mit Abstand das Coolste, was ich je in diesem Haus gesehen habe. Das meiste hier ist einfach nur Müll. Aber diese Schatulle ... Die ist etwas ganz Besonderes. Das erkenne ich sofort.

Neugierig öffne ich den Deckel, und in diesem Moment höre ich etwas. Ein weit entferntes, gehauchtes Geräusch, wie der Gesang einer Frau. Schnell klappe ich den Deckel wieder zu, und das Geräusch verstummt.

Mrs Toodles kommt mit einem Tablett voller Plätzchen und Limonade aus der Küche zurück. Sie bewegt sich ungefähr so schnell wie eine Schnecke auf Krücken, aber ich bin mir nicht sicher, ob das an ihrem hohen Alter oder dem Gewicht ihres Schmucks liegt. Als sie das Tablett auf dem Tisch abstellt, klappern ihre Armreifen.

»Aha«, sagt sie wissend und sieht hinüber zur Schatulle. »Wie ich sehe, hat *la Boîte aux Rêves Cachés* dich bereits auf sich aufmerksam gemacht. Das ist ein hervorragendes Zeichen.«

Natürlich habe ich nicht die blasseste Ahnung, wovon sie da spricht. Seit diesem Schuljahr habe ich Französischunterricht, aber bisher haben wir lediglich die Wochentage gelernt und wie man sich ein Schinkenbaguette bestellt.

Es ist nichts Neues, dass Mrs Toodles französische Wörter in ihre Sätze einstreut. Sie wurde in Frankreich geboren und ist erst als junges Mädchen in die USA gekommen, hat also früher ständig Französisch gesprochen. Jetzt schimmert es immer nur stückchenweise durch, in kleinen, zusammenhanglosen Fetzen, so wie der Rest der Dinge in ihrem Smoothiegehirn.

»Was ist das?«, frage ich und schaffe es tatsächlich irgendwie, den Blick von dem Schmuckkästchen loszureißen. Doch selbst jetzt spüre ich noch seine Gegenwart. So, als ob es mich beobachtet.

Ganz vorsichtig hebt Mrs Toodles das blau-goldfarbene

Kästchen hoch und hält es schützend in ihrer faltigen, ringgeschmückten Hand wie ein kleines, verletztes Vögelchen. »Setz dich, Adeline«, sagt sie mit funkelnden Augen. »Heute Abend werde ich dir eine ganz besondere Geschichte erzählen.«

Magie im Herzen

»Wusstest du«, beginnt Mrs Toodles in ihrer üblichen schrulligen Art, »dass ich eine entfernte Verwandte der Sternendame bin?«

Wie immer sitzt sie am Kopfende des Tisches und ich daneben. Ich stopfe mir Zimtplätzchen in den Mund und spüle sie mit aus Pulver zusammengerührter zuckriger Limonade hinunter.

Sprachlos schüttele ich den Kopf. Mrs Toodles hat bisher noch nie in einer ihrer Geschichten selbst eine Rolle gespielt.

»Die Sternendame«, fährt sie fort und hält auch weiterhin das mysteriöse Kästchen im Schoß, »oder *la Dame Étoilée*, wie sie auf Französisch heißt, war eine mächtige Hexe, die als persönliche Mystikerin für Königin Marie Antoinette eingestellt wurde. Weißt du, wer Marie Antoinette war?«

Ich nicke. »Rory hat mal einen Film über sie gesehen. Sie besaß viele Schuhe.«

Mrs Toodles lacht kehlig. »Das ist wohl wahr. Sie war eine junge, leichtfertige Königin mit vielen Luxusartikeln und einer Unmenge Diener. Aber *la Dame Étoilée* – die Sternendame – musste vor dem Rest des Hofes geheim gehalten werden.«

»Warum?«, murmele ich durch meinen Mund voller Plätzchenkrümel.

»Weil sie eine Hexe war. Und Menschen im achtzehnten Jahrhundert standen der Hexerei nicht allzu positiv gegenüber. Doch nach dem Tod von Königin Marie Antoinette wurde die Identität der Sternendame enthüllt, und sie wurde verurteilt. Man hat sie hingerichtet und ihr Haus bis auf die Grundmauern niedergebrannt. All ihre Habseligkeiten wurden vernichtet.« Mrs Toodles' Blick fällt auf das Kästchen in ihrem Schoß. »Bis auf das hier.«

Unwillkürlich schnappe ich nach Luft.

»Es heißt *la Boîte aux Rêves Cachés*«, fährt sie fort. »Das Kästchen der versteckten Träume. Die Tochter der Sternendame hat es aus ihrer Hütte gerettet, und seit damals wird es über Jahrhunderte hinweg immer von der Mutter an eine Tochter oder Enkelin weitergereicht, natürlich geheim. Meine Großmutter hat es an ihrem zwölften Geburtstag bekommen. Meine Mutter wiederum an ihrem zwölften Geburtstag. Genau wie ich. Und da ich kinderlos bin, habe ich lange auf jemanden gewartet, an den ich es weitergeben kann.«

Ihr Blick wandert jetzt vom Kästchen zu mir.

Überrascht blinzle ich. »Ich? Sie wollen es mir schenken?«

Mrs Toodles nickt, und ich spüre einen Kloß im Hals.

»Aber warum?«, bringe ich heraus. Mrs Toodles macht ein schnalzendes Geräusch mit der Zunge und winkt mich näher zu sich heran. Ich beuge mich vor.

»Weil du«, flüstert sie und wirft argwöhnisch einen Blick über ihre Schulter, obwohl wir beide allein im Haus sind, »daran glaubst.«

Sie lehnt sich zurück und wirkt sehr stolz auf ihr Geständnis. »Das wusste ich schon vom ersten Tag an. Ich habe es in deinen wunderschönen grünen Augen gelesen.«

Obwohl ich stark versucht bin, ihr zu sagen, dass ich blaue Augen habe, lasse ich es bleiben. Letztendlich ist es egal. Es ist ja nicht so, als wäre ihre Geschichte wahr. Das sind sie nie. Schließlich glaubt die Frau, ihr Nachbar hätte eine imaginäre Katze in ihrem imaginären Pool ertränkt. Ganz offensichtlich ist sie nicht wirklich der Nachkomme einer Mystikerin aus dem achtzehnten Jahrhundert.

»*Du*«, fährt sie fort, »hast Magie im Herzen.«

Ich kann nicht anders, ich muss über das Kompliment ein wenig lächeln. »Was meinen Sie mit Magie?«, frage ich. »Wieso glauben Sie, ich hätte Magie im Herzen?«

Sie schnaubt entrüstet, als wäre die Antwort auf meine Frage völlig offensichtlich. »Weil das Kästchen der versteckten Träume sonst nicht funktionieren würde.«

»Nicht funktionieren?«, wiederhole ich. Ich spüre, wie die Neugier in mir blubbert wie kochendes Wasser. Obwohl ich weiß, dass es nicht wahr ist, obwohl ich mir wieder und wieder sage, dass man mit (fast) zwölf zu alt ist, um an solche Geschichten zu glauben, kann ich nicht anders. Ich beuge mich noch weiter vor und frage: »Was genau *macht* das Kästchen denn?«

Mrs Toodles grinst mich verschmitzt an und beugt sich so weit zu mir, dass wir uns an der Stirn berühren und ich ihr tief in die blauen Augen sehen kann. »Ach Adeline, du Dummerchen«, sagt sie geheimnisvoll. »Es erfüllt Wünsche.«

Seesterne und Zwiebelatem

Am Morgen klingelt mein Wecker um sechs. Stöhnend drücke ich die Schlummertaste und ziehe mir das Kissen über den Kopf. Ich bin so müde. In der Nacht zuvor habe ich ganz schlecht geschlafen. Stundenlang habe ich mich hin und her gewälzt und über die Geschichte der Sternendame nachgedacht.

Jedes Mal, wenn ich die Augen zugemacht habe, konnte ich wieder die Stimme von Mrs Toodles in meinem Kopf hören; wie einen Geist, der durch die Korridore schwebt und dabei immer und immer wieder dasselbe flüstert: »*Es erfüllt Wünsche.*«

Bevor ich zum Abendessen zurück nach Hause ging, hat sie mir die Schatulle überreicht. »Du musst lediglich deinen Geburtstagswunsch auf einen Zettel schreiben und ihn mit dem Schlüssel darin einschließen«, hat sie mir mit funkelnden Augen erklärt. »Den Rest übernimmt das Kästchen der versteckten Träume.«

Dann stand sie auf, nahm das Tablett und ging damit zurück in die Küche, als wäre nichts passiert. Als hätte sie nicht gerade eine riesige Bombe platzen lassen.

Lange stand ich schweigend da, starrte das Kästchen an und dachte über ihre Worte nach. Eine hingerichtete Hexe? Eine magische Schmuckschatulle?

Ganz offensichtlich ist das nur ein Märchen, sagte ich mir. Ganz offensichtlich ist nichts davon wahr. Ganz offensichtlich erfüllt das Kästchen keine Wünsche.

Aber einen Moment später, als ich gerade auf dem Weg zur Haustür war, kam Mrs Toodles aus der Küche, zog mich in ihre Arme und flüsterte mir etwas ins Ohr. Ihre Stimme klang plötzlich ganz anders als sonst. Weniger drollig und kindlich. Ernst. »Egal, was du tust«, sagte sie eindringlich, und ich spürte ihren warmen Atem an meinem Ohr. »Egal, was du dir wünschst, versteck den Schlüssel am sichersten Ort, den du kennst. Wenn du ihn verlierst, wird dein Wunsch auf ewig in dem Kästchen eingeschlossen sein.«

Mein Wecker klingelt erneut. Ich strampele die Decke weg und rolle mich unter lautem Gähnen aus dem Bett. Warum müssen wir an unserem Geburtstag zur Schule gehen? Das müsste gesetzlich verboten werden oder so. Schließlich haben wir doch auch am Geburtstag von George Washington oder Martin Luther King Jr. schulfrei, warum also nicht an unserem eigenen?

Meine beste Freundin Grace hat Glück. Sie ist im Sommer geboren und muss nie an ihrem Geburtstag in die Schule. Allerdings hat sie zu ihrem neunten Geburtstag mal drauf bestanden, dass wir bei ihrer Feier lauter Experimente in der Küche durchführen. Meiner Meinung nach war das totale Verschwendung eines idealen Sommergeburtstags, denn es war im Prinzip nichts anderes als Unterricht.

Auf dem Weg ins Bad fällt mein Blick auf die blau-goldfarbene Schmuckschatulle auf meiner Kommode. Ich bleibe stehen und betrachte sie. *La Boîte aux Rêves Cachés* hat Mrs Toodles sie genannt. Das Kästchen der versteckten Träume. Aus irgendeinem Grund hab ich beinahe das Gefühl, als ob ... als ob ... *es nach mir ruft.*

O nein! Werde ich jetzt auch verrückt? Fühlt es sich so an, wenn man den Verstand verliert? Ist Demenz etwa ansteckend? Ich stopfe das Kästchen in die unterste Schublade meiner Kommode und gebe dem Fach mit dem Fuß einen Schubs, um ganz sicherzugehen, dass es geschlossen ist. Dann gehe ich ins Bad. Ich muss mich fertigmachen.

Allerdings habe ich immer noch keine Ahnung, was ich anziehen soll. Ihr wisst ja, dass heute mein Geburtstag ist. Es geht also um eine wichtige Entscheidung. Nachdem ich zwanzig Minuten lang unschlüssig vor meinem Kleiderschrank gestanden habe, kommt Mom rein und nimmt mir die Entscheidung ab.

Sie hat mir ein blau-weiß gestreiftes Kleid mit einem riesigen Glitzerseestern auf der Brust ausgesucht.

Das ist nicht unbedingt das, was mir für meinen großen Tag vorgeschwebt hat, aber ich habe auch keine bessere Idee, denn für alles, was ich gern tragen würde, müsste ich erst mal dreißig Zentimeter wachsen, wie von Zauberhand Brüste bekommen und mich dann aus Rorys Kleiderschrank bedienen können. Alle drei Faktoren sind unwahrscheinlich.

Also bleibt mir wohl nur das Seesternkleid.

Meine Haare sind die nächste Katastrophe. Das Problem bei lockigen Haaren ist, dass man im Prinzip nicht besonders viel damit anfangen kann. Sind die lockigen Haare obendrein auch noch unkontrollierbar kraus, dann kann man absolut gar nichts damit anfangen, abgesehen von einem festen Knoten mit einer Million Haarklemmen, damit nicht überall Strähnen abstehen.

Ich starre mein Spiegelbild an und stöhne laut. Mit dem maritimen Look, der langweiligen Frisur und den Hunderten Sommersprossen im Gesicht (die ich wegen der blöden Kein-Make-up-vor-der-Highschool-Regel nicht abdecken darf), könnte ich mir genauso gut ein Schild umhängen, auf dem »Alles Gute zum Geburtstag, Loser« steht.

Oder zurück auf die Grundschule gehen, wo ich hingehöre.

Ich schnappe mir einen Bleistift vom Tisch und stelle mich mit dem Rücken an den Türrahmen. Dann markiere ich die höchste Stelle meines Kopfes am Holz.

Genau, wie ich vermutet habe: Ich bin keinen Zentimeter gewachsen.

»Addie!«, ruft Mom von unten. »Wir kommen zu spät! Beeil dich!«

Seufzend nehme ich meinen blau-weiß gepunkteten

Rucksack und sause nach unten, um mich dem zu stellen, was vermutlich der schlimmste Geburtstag aller Zeiten werden wird.

Grace und ich hätten eigentlich mit einer Woche Abstand geboren werden sollen. Unsere Mütter haben sich beim Geburtsvorbereitungskurs getroffen, also kennen Grace und ich uns genau genommen schon aus dem Mutterleib. Vermutlich ist das der Grund für unsere enge Freundschaft. Dass Grace im Sommer Geburtstag hat, liegt daran, dass sie ein Frühchen war. Ich dagegen kam genau zum errechneten Geburtstermin zur Welt. Mom behauptet, an diesem Tag wäre ich zum letzten Mal pünktlich gewesen.

Als ich nach unten komme, ist Dad bereits fort, was ziemlich normal ist. Er geht jeden Morgen um Punkt halb sieben zur Arbeit. Mom trinkt gerade ihren moosfarbigen Power-Smoothie aus, als ich in die Küche platze.

»Alles Gute zum Geburtstag!«, flötet sie und hält mir einen Bagel entgegen, der ziemlich lieblos in ein Stück Küchenpapier gewickelt ist.

»Ein Bagel?«, frage ich. »An meinem Geburtstag?«

»So ist das halt, wenn man Verspätung hat«, erklärt sie mir. »Wenn du ein bisschen früher runtergekommen wärst, hätte ich dir etwas Besonderes zum Frühstück machen können.«

»Vielleicht würde ich motivierter aufstehen, wenn ich einen Hund hätte.«

Mom wirft mir einen genervten Blick zu. »Netter Versuch.«

Schmollend nehme ich den Bagel und laufe hinter ihr her zur Garage. Keine Ahnung, warum ich geglaubt habe, das Argument mit dem Hund könnte an diesem Tag etwas bewirken. Schließlich hat es die letzten dreihundert Mal auch nicht funktioniert. Keine Ahnung, warum sich meine Eltern so gegen einen Hund wehren. In unserer Familie hat niemand eine Tierhaarallergie, und ich hab versprochen, ihn zu füttern und mit ihm Gassi zu gehen und auch alles andere zu erledigen, was gemacht werden muss, aber aus irgendeinem Grund weigern sie sich trotzdem.

Ich klettere auf den Rücksitz von Moms SUV und starre auf das traurige kleine Frühstück in meiner Hand. Der Bagel ist noch nicht mal getoastet und steckt voller Zwiebelstückchen. Ich hasse Zwiebelbagel. Ohne Zusätze sind sie mir lieber, oder höchstens mit Sesam bestreut. Von den Zwiebeln kriege ich Mundgeruch, aber weil ich kurz vorm Verhungern stehe, beiße ich trotzdem rein und schwöre, mir in der Schule sofort von jemandem Pfefferminzbonbons geben zu lassen.

Da der Bus für die Mittelschule an unserem Haus sehr früh vorbeikommt, fahre ich nur auf dem Heimweg mit dem Schulbus. Morgens bringen uns abwechselnd meine Mom und Grace' Mom zur Schule. Heute ist Freitag, also sind wir dran. Als wir bei Grace vorfahren, steht sie schon wartend am Bordstein. In der Hand hält sie einen weißen Pullover, was ich ein bisschen merkwürdig finde, denn sie trägt bereits einen Pullover.

»Alles Gute zum Geburtstag!«, sagt sie und steigt ein. »Ich hab heute Morgen ganz starke Klamottenschwingungen empfangen. Da dachte ich mir, dass du das hier vielleicht gebrauchen könntest.« Sie wirft mir den Pullover zu.

Manchmal können Grace und ich die Gedanken der anderen lesen. Allerdings klappt das nie, wenn wir es bewusst versuchen, sondern immer nur zufällig. Normalerweise würde Grace so etwas als Blödsinn abtun. Sie vertraut extrem auf wissenschaftliche Methoden und braucht in der Regel handfeste Beweise, bevor sie etwas glaubt, aber aus irgendeinem Grund erscheint ihr unsere Gedankenleserei als völlig selbstverständlich. Vielleicht, weil es so häufig passiert; so was lässt sich nur schwer ignorieren. Möglicherweise ist das ja Beweis genug für sie.

Dankbar nehme ich den Pullover entgegen und ziehe ihn über mein peinliches Seesternkleid. Es ist zwar keine vollständige Rundumerneuerung meines Outfits, aber eine deutliche Verbesserung gegenüber vorher ist es auf jeden Fall. Ich fange gerade an, mich trotz meines Ensembles ein wenig besser zu fühlen, als Grace sich zum Anschnallen umdreht und ich den supertollen Zopf entdecke, zu dem sie ihre Haare heute Morgen geflochten hat.

Grace ist eine Flechtkünstlerin. Sie denkt sich alle möglichen kunstvollen Muster aus. Heute hat sie ihre langen, sandblonden Haare zu einem wuscheligen Seitenzopf gebändigt, der auf dem Kopf beginnt und weit bis über ihre Schulter reicht. Unwillkürlich berühre ich meinen einfachen braunen Haarknoten. Plötzlich fällt mir wieder ein, warum ich überhaupt erst so schlechte Laune hatte.

Wobei ich niemals die Geduld für so einen Zopf aufbringen würde. Vermutlich würde ich ständig durcheinanderkommen und dann einfach aufgeben. Grace dagegen ist extrem geduldig und akkurat. Deshalb spielt sie auch besser Trompete als ich. Wir haben beide in der dritten Klasse mit dem Unterricht angefangen, aber sie ist schon vier Stufen weiter als ich. Unsere Musiklehrerin meint, ich müsste häufiger Tonleitern üben, aber Tonleitern sind unglaublich langweilig. Ich würde viel lieber ein Lied spielen. Allerdings klappt das nur, wenn man die Tonleitern drauf hat, und so schließt sich der Kreis.

Als Mom losfährt, sehe ich Grace' kleine Schwester Lily aus dem Haus kommen. Sie wartet auf den Bus zur Grundschule. Lily ist acht und treibt Grace in den Wahnsinn. Mit der Brille und den Affenschaukelzöpfen sieht sie wirklich süß aus, aber vermutlich würde ich anders denken, wenn sie meine Schwester wäre und immer ohne zu fragen meine Serien vom Rekorder löschen und den Rest von den guten Cornflakes essen würde.

Trotzdem winke ich ihr zu, und sie winkt breit grinsend zurück.

»Ich freu mich so auf heute Abend«, sagt Grace. »Ich hab schon ganz viele Ideen!«

Jedes Jahr an unseren Geburtstagen veranstalten Grace und ich eine Pyjamaparty. Am Wochenende gibt es immer eine normale Geburtstagsfeier mit anderen Gästen, aber den Abend unseres tatsächlichen Geburtstags verbringen wir schon gemeinsam, seit wir fünf waren. Nur wir beide.

»Ja!«, ruft Grace und hüpft auf und ab, soweit es ihr Sitzgurt zulässt. »Wir müssen unbedingt mit unserem Tanz weitermachen. Ich hab ein paar neue Ideen für den Refrain, die dir bestimmt gefallen werden. Und dann machen wir natürlich wieder einen Schlafsack-Hindernisparcours. Das versteht sich ja von selbst. Außerdem hab ich ein tolles Muster für ein Freundschaftsarmband gefunden, das will ich unbedingt ausprobieren, und ...«

Grace ist nicht zu stoppen. Obwohl ich lächle und nicke, höre ich schon gar nicht mehr zu. Keine Ahnung, was mit mir los ist. Normalerweise reicht schon die bloße Erwähnung unserer grandiosen Pyjamapartys, um mich aus einem Stimmungstief zu holen, aber heute nicht. Vielleicht liegt es am Schlafmangel, aber aus irgendeinem Grund ermüdet es mich, Grace über das reden zu hören, was wir normalerweise bei unseren Pyjamapartys machen. Aber nicht körperlich müde, eher geistig. Ich meine, die laufen seit Jahren immer gleich ab. Will sie denn nicht mal was Neues ausprobieren?

Mom scheint meine schlechte Stimmung zu spüren, denn sie schaltet mein Lieblingslied von *Summer Crush* ein, um mich aufzumuntern, *Best Day Ever*. Und offenbar funktioniert es, denn nur kurz darauf tanzen Grace und ich auf unseren Sitzen herum und singen lauthals mit: »Between you and me, I know this will be the best day ever! Ever! Ever!«

Addie und der fürchterliche, schreckliche, grauenvolle, miese Geburtstag

Okay. Berrin Mack, der Leadsänger von *Summer Crush*, hat sich vollkommen geirrt. Heute ist definitiv *nicht* der beste Tag aller Zeiten. Im Gegenteil, vermutlich ist es der schlimmste Geburtstag, den man erleben kann.

Zuerst komme ich zu spät zum Matheunterricht, weil Asher O'Neil, ein Blödmann aus meiner Klasse, unbedingt vor meinem Spind Bulle spielen muss. Schnaubend rammt er mich immer wieder, wenn ich versuche, mich ihm zu nähern, als wäre ich ein Matador mit einem Umhang. Irgendwann gebe ich auf und gehe ohne meine Bücher zum Unterricht, was mir natürlich Ärger mit dem Lehrer einbringt.

Am Ende der zweiten Stunde, als wir uns gerade an der Tür anstellen, rülpst Teddy Rucker laut. Alle Jungs finden das unglaublich lustig. Ich ziehe mir den Kragen meines Kleides über die Nase und kämpfe gegen den Brechreiz an. Es stinkt widerlich. Hat der zum Frühstück vergammelte saure Gurken gegessen oder was?

Im Naturkundeunterricht sollen wir ein Laborexperiment durchführen, und statt den Anweisungen im Buch zu folgen und die Chemikalien in der angegebenen Reihenfolge in das Becherglas zu füllen, halte ich es für einfacher und schneller, sie alle gleichzeitig hineinzuschütten. Ich bin ein großer Fan von Abkürzungen. Mein Motto lautet: Wenn es einen schnelleren Weg gibt, warum soll ich den nicht gehen? Grace nennt es Faulheit. Ich nenne es Effizienz. Warum soll ich zum Beispiel die Treppe nehmen, wenn ich mit dem Fahrstuhl viel schneller oben ankommen kann? Warum sollte ich mein Zimmer aufräumen, wenn ich einfach alles in den Schrank schieben kann und so schneller fertig bin?

Offensichtlich gibt es jedoch ein paar Dinge im Leben, auf die man mein Motto nicht anwenden sollte. Wissenschaftliche Experimente zum Beispiel. Was sich ein paar Minuten später bewahrheitet, als das Becherglas mit einem dicken, fluoreszierenden, orangeroten Glibber darin direkt vor meiner Nase explodiert.

Zum Glück trage ich eine Schutzbrille.

Weniger Glück habe ich bei der Note. Ich bekomme eine Sechs. Und Grace' wunderschöner weißer Pullover ist jetzt mit neonfarbenem Schleim bespritzt.

Außerdem haben wir heute Sport. Das bedeutet, dass ich meine Sportsachen anziehen muss. Ich hasse meine Sportklamotten. Darin sieht man meine dürren Beine, die immer noch von peinlichen blonden Haaren bedeckt sind, weil Mom findet, ich bin zu jung, um mir die Beine zu rasieren.

Als ich mir in der Umkleide gerade Shorts und ein weites T-Shirt überziehe, um wenigstens zu verdecken, wie erbärmlich flachbrüstig ich bin, fällt mein Blick auf Clementine Dumont auf der anderen Seite des Raumes. Sie spricht gerade mit einer ihrer Freundinnen über einen superromantischen Film, den sie am vergangenen Wochenende gesehen hat, und bindet dabei ihre langen, blonden Haare zu einem wuscheligen Knoten auf dem Kopf zusammen. Wenn ich mir so eine Frisur machen würde, sähe ich vermutlich aus wie eine der Gestalten aus der Muppet Show.

»Und der Typ im Film war so heiß, dass ich beinahe richtig ins Schwitzen gekommen bin«, berichtet sie ihrer Freundin.

Das andere Mädchen seufzt. »O Mann, den muss ich mir unbedingt ansehen.«

Clementine nickt. »Noch besser ist es, wenn du mit einem Jungen hingehen kannst. Das ist der perfekte Film für ein Date.« Sie schnappt sich ein rotes Hoodie aus ihrem Spind und zieht es über den schicken schwarzen Sport-BH, den sie nicht nur wegen des sportlichen Looks trägt. Sie braucht ihn tatsächlich. Clementine hatte ihren Wachstumsschub schon vor drei Jahren. Ihre Eltern bestehen offensichtlich nicht darauf, dass sie sich frühestens auf der Highschool schminkt, denn sie trägt schon seit der fünften Klasse Lidschatten, Wimperntusche und Lippenstift. Und sie rasiert sich die Beine. Manchmal frage ich mich, ob sie wirklich zwölf ist, denn sie sieht eher wie sechzehn aus. Ich hab sogar das Gerücht gehört, dass sie mit einem Neuntklässler von der Highschool geht, den sie im Einkaufszentrum kennengelernt hat. Angesichts der Jungs auf unserer Schule kommt mir das wie eine sehr kluge Entscheidung vor.

Ich würde sie gern fragen, ob das Gerücht stimmt, aber wir haben keinen Kontakt, weil wir im Prinzip überhaupt nichts gemeinsam haben. Worüber sollten wir da schon reden? Sie trägt Kajal und flirtet in Einkaufszentren mit Jungs. Ich veranstalte immer noch Pyjamapartys und bastele Freundschaftsarmbänder.

Daher bin ich in der Mittagspause nicht wirklich in Stimmung, mir noch mehr von Grace' abgedroschenen, kindischen Ideen für unsere Pyjamaparty anzuhören. Ich bin so wild auf einen Themenwechsel, dass ich sogar regelrecht dankbar bin, als Jacob Tucker an unseren Tisch kommt. Normalerweise versuche ich, mich von ihm fernzuhalten. Wegen der Geruchsbelästigung.

»Hi, Addie«, sagt Jacob und setzt sich zu uns. Die Hände hält er hinter dem Rücken versteckt. Er wirkt ein bisschen peinlich berührt und verlegen, und sein Gesicht nimmt gerade eine merkwürdige rote Farbschattierung an.

»Hi, Jacob«, gebe ich argwöhnisch zurück.

Eine Strähne seiner ungewaschenen Haare fällt ihm ins Gesicht. »Ich ... äh ... hab gehört, dass du heute Geburtstag hast. Also hab ich dir ein Geschenk mitgebracht.«

Er zieht die Hände hinter dem Rücken hervor, und ich entdecke darin eine Dose meiner Lieblingslimo. Die nette Geste trifft mich so unvorbereitet, dass ich einen kleinen Aufschrei nicht unterdrücken kann.

Woher weiß Jacob Tucker, dass ich Traubenlimo mag? Und wo hat er die her?

In der Schule wird keine Limo verkauft, und Traubenlimo ist nicht leicht zu bekommen. Die meisten Supermärkte führen sie gar nicht. Mom muss mir meine normalerweise in der Nachbarstadt besorgen.

»Wow, Jacob«, zwinge ich mich schließlich zu einer Reaktion. »Vielen Dank. Das ist echt lieb von dir.«

Er zuckt mit den Schultern. Sein Gesicht verfärbt sich von Sekunde zu Sekunde mehr. »Nicht nötig. Ich hoffe, sie schmeckt dir.«

Gierig nehme ich ihm die Dose aus der Hand. Jacob macht einen Schritt nach hinten und beobachtet, wie ich den Finger unter die Lasche schiebe und sie nach oben drücke.

Die Limo schießt aus der Dose wie Wasser aus einem kaputten Feuerhydranten. Der Strahl trifft mich mitten ins Gesicht, geradewegs in die Nase. Der Rest tropft auf meine Kleidung.

Schreiend lasse ich die Dose fallen. Sie rollt in der Cafeteria herum, als wäre sie von einem Dämon besessen. Immer noch schießt Limo heraus.

In diesem Moment höre ich das Gewieher. Es kommt

vom übernächsten Tisch, wo sich ein paar Siebtklässler schlaplachen und Jacob die Fäuste zum Anstoßen hinhalten.

»Wie lang hat er das Ding denn geschüttelt?«, will einer von ihnen in einer Lachanfallpause wissen.

»Zwanzig Minuten oder so«, behauptet ein anderer.

Mürrisch nehme ich mir ein paar Servietten aus dem Ständer auf dem Tisch und versuche, Grace' Pullover abzuwischen, der jetzt sowohl mit neonorangefarbenem Schleim als auch mit Traubenlimo beschmiert ist.

Happy Birthday to me.

Alles über alles

Bäh.

Warum müssen Mittelschuljungs nur so kindisch sein? Rorys Freunde würden nie so etwas Fieses tun. Was daran liegt, dass sie alle zur Highschool gehen. Sie sind praktisch schon Männer. Ich hingegen muss mich mit diesen blöden Jungs herumschlagen, die glauben, wenn sich ein Mädchen Traubenlimo in die Nase spritzt, wäre es das Lustigste auf der Welt.

Als der Bus mich zu Hause absetzt, bin ich so weit, dass ich den gesamten Geburtstag am liebsten abblasen würde. »Ich bleibe jetzt in meinem Zimmer, bis ich sechzehn bin«, verkünde ich meiner Mom beim Betreten des Hauses. »Was genau in eintausendvierhundertundeinundsechzig Tagen ist, falls du das wissen wolltest.«

Mom legt gerade Wäsche zusammen und sieht stirnrunzelnd auf. »Wow, das ist aber lange. Dann rufe ich vermutlich besser bei *JoJo's* an und storniere unsere Reservierung für heute Abend. Schade. Ich hatte mich schon auf Pizza mit Jalapeños und Ananas gefreut.«

Stimmt ja. Ich habe ganz vergessen, dass wir an diesem

Abend in mein Lieblingsrestaurant gehen. Und Pizza mit Jalapeños und Ananas klingt eigentlich ziemlich gut.

»Schön«, erwidere ich mürrisch und gehe zur Treppe. »Dafür komme ich raus. Aber das war's dann auch!«

Um sechs Uhr klopft Dad an meine Tür und singt: »Scheint der Mond hell und breit, ist es endlich Pizzazeit, am Geburtstag ...«

Ich verdrehe die Augen und gehe an ihm vorbei. »Hör auf damit, Dad.«

»Wusstest du«, fragt er unbeeindruckt, während er mir folgt, »dass Amerikaner durchschnittlich ungefähr zehneinhalb Kilo Pizza pro Jahr essen?«

»Faszinierend«, murmele ich und steige die Treppe hinunter.

Dad ist von einer Radiosendung namens *Alles über alles* besessen. Im Prinzip reden da zwei Männer eine Dreiviertelstunde lang über völlig willkürliche Dinge. Dad hält es für die interessanteste Sendung der Welt und hat es praktisch zu seiner Lebensaufgabe gemacht, sein neuerworbenes Wissen mit dem Rest der Familie zu teilen.

Überrascht stelle ich beim Einsteigen ins Auto fest, dass Rory allein ist, ohne Verabredung. Das ist ziemlich selten.

»Wo ist denn ...?«, setze ich an, merke aber, dass ich gar nicht weiß, wie der aktuelle Freund der Woche heißt.

»Henry«, beendet sie grummelig meinen Satz. »Mom hat gesagt, er darf nicht mit.«

Mom dreht sich auf dem Beifahrersitz um und wirft Rory einen strengen Blick zu. »Heute hat deine Schwester ihren besonderen Tag. Da geht es um sie, nicht um eine Verabredung.«

Rory verschränkt die Arme und starrt zum Fenster hinaus. »Meinetwegen. Dann muss er sich wenigstens nicht den ganzen Abend Dads Erklärungen über Tupperware anhören.«

»Hey! Henry fand es doch total spannend, als ich ihm erzählt hab, wie Earl Tupper sein Wissen als Chemiker genutzt hat, um buchstäblich die Zukunft des Plastiks neu zu gestalten«, wirft Dad verteidigend vom Fahrersitz aus ein.

»Nein, Dad«, widerspricht ihm Rory. »Er wollte nur höflich sein.«

»Wirklich?« Dad klingt ehrlich enttäuscht.

»Wirklich.«

Ich muss zugeben, dass ich erleichtert bin, dass Henry heute Abend nicht dabei ist. Er ist so ziemlich der süßeste Junge, den ich je gesehen habe, und ich will mir nicht dauernd Gedanken darüber machen, ob meine Haare wild abstehen oder mir Pizzakäse aus dem Mund hängt. Obwohl ich mein glitzerndes Seesternkleid und Grace' vollgeschleimten Pullover ausgezogen habe, fühle ich mich immer noch alles andere als glamourös, und neben Rorys

Freunden werde ich ständig daran erinnert, wie uncool ich doch bin.

JoJo's Pizza ist nicht gerade ein Nobelrestaurant, aber trotzdem komme ich hierher am allerliebsten. Ich mag die extradicke Kruste und dass man Honig dazu bekommt, um sie einzutauchen. Außerdem machen sie hier die besten Kräuterlimo-Shakes der Stadt. Vermutlich, weil sie ihre eigene Kräuterlimo brauen.

»So!«, sagt die Kellnerin enthusiastisch, als sie uns zu einer Sitznische führt. »Wie ich höre, feiert heute jemand Geburtstag!«

Ich werfe Mom einen bösen Blick zu und flüstere: »Ich hab dich doch gebeten, es ihnen nicht zu sagen. Jetzt werden sie singen.«

»Das Singen ist doch das Allerbeste!«, behauptet sie.

»Nein«, widerspreche ich. »Es ist das Allerpeinlichste.«

»Früher hast du es immer gemocht, wenn die Kellner für dich gesungen haben. Du weißt doch, sie bringen extra die große Kuhglocke und diese Ansingtrommeln mit an den Tisch.«

Schon der Gedanke allein lässt mich erschauern. »Ja. Genau.«

Mom lacht nur. »Schön. Dann sag ich ihnen, dass sie nicht singen sollen.«

Die Kellnerin zeigt uns unsere Nische. Ich lasse mich

mit Mom auf die eine Bank gleiten, und Rory setzt sich uns mit Dad gegenüber. Die Kellnerin bringt in Servietten eingewickeltes Besteck an unseren Tisch und reicht Mom, Dad und Rory eine Speisekarte.

Zuerst bin ich verwirrt, warum ich keine bekomme, aber dann legt sie ein großes Blatt Papier vor mich hin und stellt eine Dose mit Wachsmalstiften dazu.

»Lassen Sie es sich schmecken!«, flötet sie und geht.

Ich höre, wie Rory kichert. Neugierig betrachte ich das Blatt vor mir. »Was ist das?«, frage ich in die Runde.

Doch sobald die Frage meine Lippen verlassen hat, sehe ich schon die grausame Überschrift:

Kinderkarte
(Für unsere Gäste bis zehn Jahre)

Tränen schießen mir in die Augen, doch ich blinzle sie weg. Ich will nicht, dass Rory mich weinen sieht.

Mom lacht. »Ich wünschte, man würde mich für jünger halten, als ich bin.«

»Zumindest wird so die Gesamtrechnung billiger«, fügt Dad grinsend hinzu.

»Das ist nicht witzig!« Nun breche ich doch in Tränen aus, und alle sehen mich überrascht an. »Dieser ganze Geburtstag ist eine einzige Katastrophe, und ihr reißt auch noch Witze!«

»Addie«, sagt Mom. Ihr Ton verrät mir, dass ich ihrer

Meinung nach übertreibe. Aber das tue ich nicht. Wenn die anderen wüssten, was ich heute schon alles hinter mir habe. »Das war doch nur ein Missverständnis. Wenn du eine normale Speisekarte willst, können wir einfach ...«

»Ich will keine normale Speisekarte! Ich will nach Hause! Ihr versteht das nicht! Keiner von euch.«

»Addie«, versucht Dad, mich zu beschwichtigen.

»Vergesst es einfach!« Ich springe auf und renne los. Dabei wische ich mir wie wild über die feuchten Wangen, doch die Tränen fallen schneller, als ich sie wegwischen kann.

Der Yeti Forgetti

Wenn ich sechzehn wäre, könnte ich jetzt einfach ins Auto steigen und nach Hause fahren. Da ich aber erst zwölf bin, muss ich auf einer Bank vor dem Restaurant sitzen und warten, bis meine Eltern mich nach Hause bringen. Auf keinen Fall werde ich wieder reingehen. Bei *JoJo's Pizza* kann ich mich nie mehr blicken lassen!

Ich erwarte, dass jeden Moment meine gesamte Familie aus der Eingangstür gerauscht kommt, um nachzusehen, ob es mir gutgeht, aber nur Mom erscheint. Seufzend setzt sie sich neben mich.

»Fürs Protokoll«, sagt sie, »ich finde nicht, dass du wie Zehn aussiehst.«

»Deine Meinung zählt nicht«, gebe ich mürrisch zurück. »Du bist meine Mutter.«

»Das bedeutet, dass meine Meinung doppelt zählt!«, witzelt sie. Ich weiß, was sie versucht. Sie will mich aufmuntern. Wird nicht funktionieren.

»Ich hasse das!«, bricht es aus mir heraus, und ich trete gegen einen Stein auf dem Gehweg. »Ich bin ein Jahr älter geworden, aber nichts hat sich geändert. Fremde halten mich immer noch für ein kleines Kind. Du verbietest mir, mich zu schminken oder mir die Beine zu rasieren oder dass ich ein Handy haben darf. Alle anderen in meiner Klasse besitzen eins! Außerdem hab ich immer noch überall im Gesicht diese blöden Sommersprossen ...«

»Mir gefallen deine Sommersprossen«, unterbricht mich Mom.

»Die sind total babyhaft. Genau wie mein Name.«

»Möchtest du, dass wir dich ab jetzt Adeline nennen?«, fragt Mom hoffnungsvoll, als würde dadurch alles besser werden.

»Ich will sechzehn werden. Nicht zwölf.«

Mom legt lachend den Arm um meine Schultern und zieht mich zu sich heran. Am liebsten würde ich von ihr wegrutschen, weil ich Angst habe, dass jemand vorbeikommt und mich hier mit meiner Mutter kuscheln sieht, aber ich muss zugeben, dass es mir auch ein bisschen guttut. »Beim Erwachsenwerden gibt es keine Abkürzungen«, sagt sie. »Das gehört zu den Dingen im Leben, für die man den langen, steinigen Weg gehen muss.«

Meine Antwort besteht nur in einem Schnauben.

»Warum hast du es mit dem Älterwerden überhaupt so eilig?«, will sie wissen. »Übers Zwölfsein weißt du doch noch gar nichts. Vielleicht gefällt es dir ja.«

»Das bezweifle ich«, grummele ich.

»Na los.« Mom stupst mich an die Schulter. »Gehen wir wieder rein und essen Pizza.«

»Ich hab keinen Hunger mehr.«

»Hmm«, macht Mom und tippt sich mit dem Finger nachdenklich ans Kinn. Sofort fällt mir das spitzbübische Funkeln in ihren Augen auf. »Wenn ich dich nicht aufmuntern kann, dann bleibt nur noch eine Möglichkeit.«

Jetzt rutsche ich tatsächlich von ihr weg und sehe mich schnell nach möglichen Zeugen um. Glücklicherweise ist der Parkplatz leer. »Nein, Mom. Nicht. Tu's nicht. Nicht hier.«

»Tu was nicht?« Moms Stimme wird tiefer, fast wie ein Knurren.

»Mom«, flehe ich. »Bitte. Vielleicht sieht uns jemand.«

»Du musst dem Yeti Forgetti geben, was er verlangt.« Ihre Stimme hat sich jetzt komplett verändert. Ab hier gibt es kein Zurück mehr. Ich versuche aufzustehen, aber Mom zieht mich wieder zurück auf die Bank und kitzelt mich überall. Unter den Armen, am Bauch, in den Kniekehlen. Ich kreische vor Lachen. »Mom! Nein!«

»Wer ist Mom?«, bellt sie in ihrer Monsterstimme. »Dieses Wort kenne ich nicht.«

Ich bekomme vor lauter Kichern keine Luft mehr. »Yeti Forgetti! Hör auf!«

Sie kitzelt mich immer weiter. »Der Yeti Forgetti kann nicht aufhören.« Kreischend winde ich mich aus ihrer Reichweite und rutsche von der Bank auf meine Füße. Mom steht auf und hockt sich hin, zum Angriff bereit. Ich renne los. Sie sprintet hinter mir her und spricht immer noch in ihrer tiefen Monsterstimme. »Der Yeti Forgetti will kitzeln!«

Fünf Minuten später sind wir beide völlig außer Atem und haben mächtig Hunger auf Pizza. Als ich mich wieder in unsere Nische setze und mir vom Duft der Jalapeño-Ananas-Pizza, die dort auf mich wartet, das Wasser im Mund zusammenläuft, habe ich schon beinahe vergessen, worüber ich mich so aufgeregt hatte.

Zu alt für Teepartys

Ungefähr zehn Minuten nach unserer Heimkehr trifft Grace für unsere Pyjamaparty ein. Sie ist ganz pünktlich, was typisch für sie ist. Ich glaube, ich habe sie noch nie irgendwo zu spät kommen sehen.

»Dein Geschenk gebe ich dir erst morgen auf der Feier«, verkündet sie beim Betreten der Küche.

»Ein Welpe?«, frage ich hoffnungsvoll.

»Nein«, antworten Mom und Dad gleichzeitig, und ich werfe ihnen einen bösen Blick zu.

Grace kichert. »Es ist kein Welpe. Und mehr verrate ich nicht! Aber es wird dir gefallen. Ich hab es schon vor Monaten ausgesucht.«

Mom bringt uns einen kleinen Kuchen, und ich blase die Kerzen darauf aus. Für die Party am nächsten Tag bäckt sie Cupcakes. Mit einem Wunsch halte ich mich dieses Jahr gar nicht erst auf. Dass ich keinen Hund bekomme, weiß ich schon von Mom, und genau das war während der letzten sechs Jahre immer mein Geburtstagswunsch. Also ist das Wünschen vorm Kerzenausblasen reine Zeitverschwendung.

Nachdem wir den Kuchen hinuntergeschlungen haben, sagen Grace und ich meinen Eltern gute Nacht und gehen nach draußen in unser Versteck. Das Versteck ist ein Spielhaus im Garten, das Dad für Rory und mich gebaut hat, als wir noch klein waren. Er ist Bauunternehmer. Große Häuser bauen ist sein tägliches Brot, daher war eine kleine Version kein Problem für ihn. Rory hat schon ziemlich früh entschieden, dass sie viel zu cool für ein Spielhaus ist, deshalb sind Grace und ich dort eingezogen. Wir nennen es unser Versteck, weil es der einzige Ort ist, an dem wir wirklich allein sein können, ohne dass Eltern oder Schwestern herumspionieren. Wobei ich mir natürlich nie Sorgen darüber machen muss, dass Rory *mich* überwacht. Ihr ist es völlig egal, was ich tue. Aber Lily, die kleine Schwester von Grace, wäre am liebsten immer bei uns.

Wir rennen über den Steinweg durch den Garten und springen die Stufen hoch. Unser Versteck ist ein pastellgelbes Haus mit weißen Zierleisten, weißen Fensterläden und einer weißen Rundumveranda. Mom bezeichnet das als viktorianischen Stil, wie die alten Häuser in San Francisco. Im vorderen Fenster hängt eine kleine Tafel. Momentan steht *Graddies Dance Studio* darauf; diese Bezeichnung ist durch die Zusammenziehung unserer beiden Namen entstanden, und weil wir das Spielhaus in letzter Zeit immer nutzen, um uns Tänze zu unseren Lieblingssongs auszudenken. Letzten Sommer stand auf dem Schild

Graddies Cupcake-Bäckerei, weil wir beschlossen hatten, ins Kuchengeschäft einzusteigen, und das Versteck unsere Firmenzentrale war. Im Lauf der letzten Jahre stand auf dem Schild auch schon mal *Graddies Teestube,* als wir das Haus in ein Teehaus verwandelt haben, und sogar mal *Puppentagesstätte,* als wir noch sehr klein waren und es als Betreuungsort für unsere Puppen diente.

Grace und ich haben das Versteck selbst eingerichtet. Die Wände sind mit Fotos von *Summer Crush* bedeckt. Es gibt vier Poster der gesamten Band: Berrin, Donovan, Maddox und Cole. Daneben hängt jeweils ein Poster von unseren Lieblingsmitgliedern. Bei mir ist das Berrin, bei Grace Cole. In der Ecke stehen ein kleiner runder Tisch und ein riesiger Kleiderständer, wo wir die Tanzkostüme aufbewahren, die sich im Lauf der Jahre angesammelt haben. Dann gibt es noch einen Schrank mit Geschirr, Plüschtieren, extra Decken, alten Barbiepuppen und Garn für Freundschaftsarmbänder.

Grace breitet ihren Schlafsack auf dem rosafarbenen Teppich direkt unter dem Poster von Cole aus, legt sich hin und starrt es an. »Glaubst du die Gerüchte, dass Cole und Berrin sich nicht leiden können?«

Ich lasse mich auf meinen Schlafsack fallen. »Natürlich nicht. So was behaupten nur Trolle, die Ärger machen wollen. Ich hab gelesen, dass alle total eng befreundet sind und sogar viel Zeit miteinander verbringen, wenn sie nicht gemeinsam auf Tour sind.«

»Was werden die wohl unternehmen?«

»Sie gehen zusammen essen«, behaupte ich wissend.

»Berrin mag am liebsten Sushi.«

»Ich hasse Sushi«, gibt Grace zu und rümpft die Nase.

»Ich auch«, pflichte ich ihr bei. »Es riecht so nach ...«

»Aquarium«, sagen wir beide gleichzeitig. Schnell deuten wir mit offenen Mündern aufeinander und gackern wie zwei Hühner. Das tun wir immer, wenn wir etwas gleichzeitig sagen, was ziemlich häufig vorkommt.

»So«, sagt Grace und dreht sich auf den Bauch. »Was möchtest du zuerst machen? Wollen wir an unserem Tanz weiterüben? Freundschaftsarmbänder knüpfen? Einen Schlafsack-Hindernisparcours aufbauen?«

Ich seufze. »Keine Ahnung.«

»Eine Teeparty haben wir auch schon lange nicht mehr veranstaltet!«

Ich unterdrücke ein Stöhnen. »Grace. Ich bitte dich.«

»Was denn?«, fragt sie, und es klingt, als ob sie wirklich nicht versteht, wo das Problem bei ihren Vorschlägen liegt. »Das macht doch Spaß.«

Ich reibe über die kleine abgenutzte Teppichstelle neben meinem Kissen. Im Holzboden darunter befindet sich die zugehörige Delle. Ich kann mich noch genau erinnern, wie sie dorthin gekommen ist. Es war in dem Sommer, als wir beschlossen hatten, das Versteck als Bibliothek zu nutzen und den Kindern aus der Nachbarschaft unsere Bücher auszuleihen. Beim Versuch, ein riesiges Bü-

cherregal aus dem Haus hierherzuschleppen, ist es uns umgekippt und hat eine Kerbe im Fußboden hinterlassen.
»Meinst du nicht, dass wir für Teepartys ein bisschen zu alt sind?«

Grace sieht mich verblüfft an. »Die Königin von England veranstaltet auch Teepartys, und die ist hundert oder so.«

Ich blicke hinüber in die Ecke zu der Plastik-Teekanne mit Blumenmuster. Sie gehört zu einem Set, das mir Grace zu meinem siebten Geburtstag geschenkt hat, aber das ist lange her. Meine Mom verwendet die Zuckerdose inzwischen als Behälter für Kleingeld in der Küche, und vom ganzen Set sind nur noch zwei Tassen mit Untertasse übrig geblieben. Keine Ahnung, was mit dem restlichen Geschirr passiert ist. Grace und ich haben die Teekanne schon mehr als drei Jahre nicht mehr für Teepartys benutzt. Inzwischen verstecken wir darin unsere geheimen Nachrichten. Als ich nach dem Unterricht heute meine Sachen hierhergebracht habe, hat ein Zettel mit einem Geburtstagsglückwunsch darin gesteckt. Keine Ahnung, wann sie den reingeschmuggelt hat, aber das ist ja genau der Sinn der Sache.

»Wir könnten mit unserem Projekt für die Schule weitermachen«, schlägt Grace vor. Im Englischunterricht behandeln wir gerade Nacherzählungen. Das sind alte, angestaubte Geschichten, die jemand neu verpackt, so dass die Menschen wieder einen Bezug dazu finden. Die Aufgabe lautet, eine Geschichte in einem Format unserer Wahl nachzuerzählen. Sobald Ms Mailer verkündet hatte, dass wir paarweise arbeiten können, haben Grace und ich die Hände gehoben.

»Aber ich hab heute Geburtstag!«, protestiere ich. »Wieso sollte ich da Hausaufgaben machen wollen?« An Grace' leicht verletztem Gesichtsausdruck kann ich erkennen, dass das wohl eben ein wenig zu zickig rüberkam, aber ich bitte euch! Alle ihre Vorschläge sind total lahm.

»Das könnte doch Spaß machen«, verteidigt sich Grace. »Wir drehen einen Film und nennen unsere Produktionsfirma *Graddie Productions*!«

Ich zucke mit den Schultern. »Welche Geschichte wollen wir denn nacherzählen?«

Grace' Augen leuchten auf. »Ich hab's! Wie wär's mit einer modernen Märchenvariante?«

Der Vorschlag muntert mich sofort auf. Grace hat immer die besten Ideen für Schulprojekte. Aber einen Moment später, als ich gerade in Gedanken meine Lieblingsmärchen durchgehe, sehe ich vor mir, was passieren wird, wenn wir in der Schule mit einem Märchenfilm auftauchen. Mit Sicherheit würden wir ausgelacht werden. So etwas Unreifes würde Clementine Dumont niemals machen.

Mein Lächeln verwandelt sich in eine Grimasse. »Ein Märchen? Ist das dein Ernst?«

»Was denn?«, fragt Grace und klingt beleidigt. »Was ist denn daran verkehrt?«

»Wir sind nicht mehr sieben.«

Sie verschränkt die Arme vor der Brust. »Schön. Welche Geschichte willst du denn nacherzählen?«

Ich denke an das Gespräch zwischen Clementine und ihrer Freundin zurück, das ich in der Umkleide belauscht habe. Sie haben über einen neuen romantischen Kinofilm geredet.

Was ist die romantischste Geschichte aller Zeiten?

Ich reiße die Augen auf. »Romeo und Julia! Als Musikvideo in der Gegenwart. Das wird super!«

Grace sieht aus, als hätte sie gerade saure Milch getrunken. »Nein.«

»Na ja, das ist jedenfalls besser als Schneewittchen«, murre ich.

»Von Schneewittchen hab ich überhaupt nicht gesprochen. Wir könnten ja ein cooles Märchen nehmen, so wie Rapunzel.«

Ich schüttele vehement den Kopf. »Nein.«

»Okay«, murmelt Grace und zupft sich am Ohrläppchen. Das tut sie immer, wenn sie nervös ist oder sich unwohl fühlt. »Dann vergessen wir das mit dem Schulprojekt besser für heute.«

»Ich weiß, was wir machen können!«, rufe ich und springe auf.

»Was?«

»Rory macht sich gerade für einen Schulball fertig. Wenn sie weg ist, schleichen wir uns in ihr Zimmer und probieren alle ihre Schminksachen aus.«

Grace kichert, lehnt den Vorschlag aber rasch ab. »Auf keinen Fall. Wenn sie das rausfindet, bringt sie dich um. Und ich mag dich lieber lebend.«

Ich lache mit. »Okay, dann machen wir was anderes. Wenn Henry kommt, um sie abzuholen, dann schleichen wir uns auf den Rücksitz, fahren mit zur Schule und beobachten die beiden beim Ball!«

Das Funkeln in den Augen meiner besten Freundin erlischt, als hätte jemand den Schalter ausgeknipst. »Warum?«, fragt sie, und der unterschwellige, abgestoßene Ton in ihrer Stimme entgeht mir nicht.

»Weil das lustig wäre«, antworte ich schnippisch, und Grace zuckt zusammen. Eigentlich fühle ich mich ziemlich mies, weil ich heute so streitsüchtig bin, aber um die Wahrheit zu sagen, langsam verliere ich die Geduld mit ihr. Wäre es denn so schlimm, wenn sie sich mal aufrafft und ein paar neue Sachen ausprobiert? Etwas Erwachseneres?

»Und wenn wir erwischt werden?«, will sie wissen.

»Was dann?«

»Das klingt nicht mehr so lustig.«

»Bist du denn gar nicht neugierig auf die Highschool-Bälle?«

Grace fummelt an ihrem Kissen herum. »Na ja. Ein

bisschen vielleicht. Aber irgendwann werden wir doch sowieso rausfinden, wie es da ist. Wenn wir auf der Highschool sind.«

»Aber ich will es jetzt wissen!«

Grace beißt sich auf die Unterlippe.

»Auf jeden Fall ist es deutlich besser, als Freundschaftsarmbänder zu flechten«, gifte ich.

Geschockt sieht sie mich an. »Ich dachte, dir gefallen unsere Bänder.«

»Ja«, gebe ich zu. »Als ich neun war vielleicht.«

»Was willst du damit sagen?«, fragt sie, und jetzt höre ich auch in ihrer Stimme Abwehr aufkeimen.

Ich kratze ein bisschen grüne Farbe von der Wand. Die stammt von unserem Versuch im vorletzten Jahr, ein Dschungelwandgemälde zu produzieren. Leider sind wir damit komplett gescheitert. »Nichts. Ich hab diesen ganzen unreifen Kinderkram einfach satt.«

»Du hältst *mich* also für unreif?«

Ich zucke lediglich mit den Schultern, aber offensichtlich reicht das aus, um Grace so richtig wütend zu machen. Sie springt auf. »Was ist denn bloß los mit dir?«

Ich blinzle überrascht. »Mit *mir*?«

»Ja, mit *dir*! Früher warst du lustiger. Du hattest Spaß an unseren Ideen.«

Ich verschränke die Arme vor der Brust. »Vielleicht werde ich einfach schneller erwachsen als du.«

Grace ballt die Hände zu Fäusten. Ich beobachte, wie

ihr Gesicht sich langsam rot färbt, wie immer, wenn sie sich wirklich aufregt. »Wenn Erwachsenwerden bedeutet, dass man total langweilig wird, dann bleibe ich lieber, wie ich bin!«

Ich schnaube. »Wenn ich so *langweilig* bin, was machst du dann noch hier?«

Beim letzten Teil fühle ich mich ein bisschen mies. Grace sieht aus, als ob sie gleich in Tränen ausbricht.

»Keine Ahnung!«, brüllt sie und rollt hastig ihren Schlafsack zusammen.

Ich nehme an, dass sie jetzt davonstürmen wird. Dass sie das will, kann ich ihr ansehen. Stattdessen bleibt sie einfach stehen und blickt mich an. Ich glaube, sie wartet darauf, dass ich sie aufhalte. Vielleicht auch auf eine Entschuldigung.

Plötzlich überkommen mich Schuldgefühle. Ich hätte das alles nicht sagen sollen, aber ich bin immer noch so aufgebracht wegen der Dinge, die heute passiert sind. Ich öffne den Mund, um zu erklären, dass es mir leidtut und dass ich es nicht so gemeint habe, aber offensichtlich dauert das Grace zu lange, denn sie sagt: »Da du ja so erwachsen und reif bist, solltest du deinen Geburtstag vielleicht ganz allein feiern.«

Und dann stürmt sie tatsächlich hinaus. Die Tür knallt sie so fest hinter sich zu, dass die kleine Tafel aus dem Fenster fällt und klappernd zu meinen Füßen landet.

Besiegelt und beschlossen

Vor einer Stunde hat Grace' Mom sie abgeholt. Von meinem Zimmerfenster aus habe ich beobachtet, wie sie weggefahren sind, und habe versucht, mir einzureden, dass es mir überhaupt nichts ausmacht. Dass ich Grace für einen schönen Geburtstag gar nicht brauche. Allerdings war ich noch nie besonders gut darin, mich von Dingen zu überzeugen, die nicht wahr sind.

Stattdessen liege ich jetzt also mit Schuldgefühlen im Bett.

Ich wälze mich hin und her und versuche krampfhaft einzuschlafen, aber es ist sinnlos. Ich finde einfach keine bequeme Stellung. Meinen Schlafsack und das Kissen hab ich im Versteck gelassen, weil ich nicht alles durchs Haus zerren und dadurch meine Eltern aufwecken wollte. Wenn Mom rausfindet, dass Grace meinetwegen gegangen ist, dann erwartet mich ein langer Vortrag über Gastfreundschaft und wie man seine beste Freundin *nicht* behandelt.

Nachdem ich mich eine weitere Stunde herumgewälzt habe, beschließe ich, Grace anzurufen. Auf Zehenspitzen schleiche ich mich in den Flur und hole das Telefon.

Auch Grace darf erst auf der Highschool ein Handy besitzen. Unsere Mütter haben da vor ein paar Jahren so eine Art Pakt geschlossen, weil sie der Meinung waren, es wäre für uns einfacher, wenn wir beide keins hätten. Aus irgendeinem Grund scheint Grace die aktuelle Handylosigkeit auch nicht besonders viel auszumachen, aber für mich stellt das beinahe eine Art Freiheitsentzug dar.

Als ich gerade Grace' Nummer eintippe, fällt mein Blick auf den Wecker.

Es ist schon nach Mitternacht.

Mrs Harrington wäre vermutlich nicht begeistert, wenn sie um diese Zeit noch einen Anruf bekäme.

Schnell lege ich auf und werfe das Telefon aufs Bett.

Wenn unsere Eltern uns Handys erlauben würden, könnte ich Grace jetzt einfach eine Nachricht schicken und ihr sagen, wie leid es mir tut.

Wären wir sechzehn, gäbe es all diese Probleme nicht. Außerdem müsste ich mich dann überhaupt nicht entschuldigen, weil wir uns gar nicht erst gestritten hätten. Alles wäre perfekt. Ich könnte mir meine Klamotten selber aussuchen und Make-up tragen, die Jungs in meiner Klasse wären nicht so kindische, stinkende Idioten, die Kellnerinnen würden mir keine Kinderspeisekarten hinlegen, ich wäre nicht so flachbrüstig und hätte längst meinen Führerschein und ein wundervolles Leben. Es gäbe überhaupt keinen Grund, mich über irgendetwas zu ärgern!

Der ganze Tag war einfach nur Mist.

Ich lasse mich aufs Bett fallen und starre an die Decke. Als ich sieben und von Prinzessinnen völlig besessen war, hat Dad einen Mann aus seinem Bautrupp dafür bezahlt, dass er mir ein riesiges Märchenschloss an die Decke malt, komplett mit fluffigen weißen Wolken und einem glänzenden Sichelmond. Genau genommen ist mein ganzes Zimmer mit Prinzessinnenkram dekoriert, bis hin zu den glitzernden pinkfarbenen Wänden, den pinkfarbenen Chiffonvorhängen und der farblich dazu passenden Tagesdecke. Ich kann mich erinnern, wie toll ich dieses Zimmer damals fand. Wie begeistert ich es allen Mädchen aus meiner Schule gezeigt habe. Jetzt bringt es mich zum Weinen.

Während ich hier so liege und mich in meiner schlechten Laune suhle, denke ich über alles nach, was heute passiert und schiefgegangen ist: das blöde Seesternkleid und der schleimbedeckte Pullover von Grace. Jacob Tucker und seine explodierende Traubenlimo. *JoJo's Pizza* und die idiotische Kinderspeisekarte. Der Streit mit Grace. Zwölf zu sein war bisher äußerst enttäuschend. Ich denke über die nächsten vier Jahre nach und darüber, wie langsam die Zeit vergeht.

Und da höre ich zu meiner Überraschung in der Dunkelheit eine leise, weit entfernte Stimme. Als ob ein Geist durch die Wände flüstert.

»*Es erfüllt Wünsche.*«

Ich setze mich auf und schalte die Nachttischlampe ein.

Es ist niemand im Zimmer. Trotzdem bringe ich es nicht über mich, das Licht auszuknipsen.

»*Es erfüllt Wünsche.*«

Mrs Toodles?

Mein Blick wandert zur Zimmerecke, als ob er von dort regelrecht angezogen wird. Vor lauter Nervosität schlägt mein Herz schneller. Neugierig krieche ich hinüber zu der weißen Kommode mit den silberfarbenen Griffen und knie mich vor das unterste Schubfach. Ganz langsam ziehe ich es auf und hole die Schmuckschatulle heraus.

La Boîte aux Rêves Cachés.

Ich stelle sie auf den Schreibtisch und betrachte sie von allen Seiten. Ganz vorsichtig hebe ich den Deckel an. Sofort ist die fremde, gespenstische Stimme wieder da, die ich schon bei Mrs Toodles gehört habe. Sie klingt wie der Gesang einer Frau, allerdings in weiter Ferne.

Mit den Fingerspitzen fahre ich über den brüchigen Samtbeschlag. Im Inneren riecht es modrig und ein wenig fruchtig, so wie auch alles andere im Haus von Mrs Toodles. Das bringt mich zum Lächeln.

»*Du musst lediglich deinen Geburtstagswunsch auf einen Zettel schreiben und ihn mit dem Schlüssel darin einschließen. Den Rest übernimmt das Kästchen der versteckten Träume.*«

Ich spüre, wie meine Hand vor Aufregung kribbelt.

Das funktioniert nicht wirklich, sage ich mir. Schmuckschatullen erfüllen keine Wünsche. Magie gibt es nicht.

Rasch klappe ich den Deckel zu und flitze zurück ins

Bett. Ich kuschle mich ein und schalte das Licht aus. Allerdings werde ich das Gefühl nicht los, dass mich das Kästchen in der Dunkelheit beobachtet.

Plötzlich kommt mir ein Gedanke:

Wenn es keine Magie gibt, dann kann ein Versuch auch nicht schaden.

Und dieser Gedanke bringt mich dazu, das Licht wieder einzuschalten, zurück zum Schreibtisch zu gehen, ein Stück Papier aus meinem Notizbuch zu reißen, einen Satz draufzukritzeln und in die Schatulle zu stecken. Anschließend klappe ich den Deckel zu und drehe den Schlüssel um.

Sofort spüre ich, wie das Engegefühl in meiner Brust nachlässt, als hätte etwas seinen festen Griff um mein Herz gelockert.

Mit einem tiefen Seufzer marschiere ich zurück ins Bett und verkrieche mich gähnend unter der Decke. Als ich gerade einschlafen will, fällt mir etwas anderes ein, das Mrs Toodles gesagt hat:

»Egal, was du dir wünschst, versteck den Schlüssel am sichersten Ort, den du kennst. Wenn du ihn verlierst, wird dein Wunsch auf ewig in dem Kästchen eingeschlossen sein.«

Ich zwinge mich, die Augen zu öffnen, und blicke hinüber zur Schatulle auf meinem Schreibtisch. Ich kann den Schlüssel mit dem Strahlenkranz aus dem Schloss ragen sehen. Vermutlich sollte ich aufstehen und ihn an einem sicheren Ort verstecken, so wie Mrs Toodles es mir geraten hat, aber meine Augenlider werden schwer, und ich bin zu müde, um mich zu bewegen.

Morgen suche ich einen sicheren Platz dafür.

Überraschenderweise schlafe ich dann ganz schnell ein.

Mein letzter Gedanke, bevor ich in die Traumwelt hinübergleite, gilt dem handgeschriebenen Wunsch, der jetzt sicher in Mrs Toodles' Kästchen eingeschlossen ist.

Ich wünsche mir, sechzehn zu sein.

Spieglein, Spieglein an der Wand

Im Traum werde ich von einem riesigen, glitschigen Aal angegriffen. Er gleitet unter mein Kinn und hinterlässt eine feuchte Spur. Ich schlage nach ihm, bis er sich schließlich wegschlängelt. Als ich jedoch von der Stimme meiner Mutter aufgeweckt werde, die aus der Küche nach mir ruft, kann ich immer noch den Schleim auf meiner Haut spüren.

Schaudernd reibe ich mir über den Hals. Meine Fingerspitzen sind feucht.

Abgefahren.

»Adeline!«, ruft meine Mutter. »Bist du wach?«

Adeline?

Meine Mutter nennt mich nie Adeline. Hat das irgendwas mit unserem Gespräch vor *JoJo's Pizza* am Abend zuvor zu tun? Hat sie Mitleid mit mir, weil ich ihr gesagt habe, dass ich den Spitznamen Addie kindisch finde? Oder kriege ich gleich Ärger?

Oje. Bestimmt hat sie mit Grace' Mutter gesprochen. Jetzt weiß sie, was gestern Abend vorgefallen ist. Mir steht wohl die Gardinenpredigt des Jahrhunderts bevor. Das motiviert mich nicht wirklich zum Aufstehen. Ich schließe die Augen, rolle mich auf die andere Seite und versuche, wieder einzuschlafen, aber mein Gesicht berührt etwas Hartes und ... Felliges?

Blinzelnd schlage ich die Augen auf. Sehen kann ich allerdings nichts, denn vor meinem Gesicht liegt eine Wand aus goldgelbem Fell. Als ich ausatme, bewegt es sich. Da beginnt die Wand zu wackeln. Sie steht auf und beugt sich über mich, wobei der gesamte Körper vor Aufregung zittert.

Ist das ein ...?

»Und lass Buttercup nicht aufs Bett!«, ruft Mom vor meiner Tür. »Du weißt, dass sie nicht auf die Möbel darf.«

»Buttercup«, wiederhole ich neugierig.

Die fellige Kreatur macht ein begeistertes Geräusch.

Es ist ... ein Hund! Meine Eltern haben mir endlich einen Hund gekauft! Oder genauer gesagt eine Hündin, denn Mom hat eben von »ihr« gesprochen. Das muss meine große Geburtstagsüberraschung gewesen sein. Mann, das haben sie aber echt gut geheim gehalten! Sehr clever, sie mir erst am Tag *nach* meinem Geburtstag zu schenken. Als ich gestern einen Hund erwähnt habe, hat Mom sogar total genervt getan. Da hat sie richtig gut geschauspielert!

Vor Freude quiekend springe ich auf und streichle meine Hündin. Meine Energie scheint sich auf sie zu übertragen, denn sie hüpft auf dem Bett herum. »Du bist ja so süß«, gurre ich mit alberner Babystimme. »Ja, hallo! Hallo! Ja, du bist so süß. Ja, das bist du!«

Eine riesige Zunge schießt hervor und leckt mir übers Gesicht. Ich kichere.

Ich muss runtergehen und mich bei Mom und Dad bedanken. Eifrig springe ich aus dem Bett und renne in Richtung Flur, wobei ich geradewegs gegen eine Kommode knalle.

Autsch!

Was macht die denn hier?

Meine Kommode steht normalerweise in der Ecke. Außerdem sieht sie ganz anders aus. Die hier ist schwarz. Meine ist weiß. Langsam lasse ich den Blick durchs Zimmer schweifen und frage mich, ob ich womöglich immer noch in diesem ekligen Aaltraum feststecke, denn das hier ist ganz sicher nicht mein Zimmer. Dafür sieht es viel zu cool aus.

Die Wände sind in einem dunklen Fuchsiaton gestrichen. Die Kommode, der Nachttisch und der Schreibtisch sind alle in glänzendem Schwarz gehalten. Die Bettwäsche hat ein stylisches weiß-schwarzes Blumenmuster mit fuchsiafarbenen Zierkissen. Die Lampenständer sind silberfarben, die Schirme schwarz-weiß. Und die Wände sind mit gerahmten Schwarz-Weiß-Fotos von wunderschönen Frauen bedeckt, die ich nicht kenne.

Wo bin ich?

Ich sehe hinüber zur Tür in den Flur. Zumindest die

scheint an der richtigen Stelle zu stehen. Und das eben war definitiv die Stimme meiner Mutter.

Buttercup jault und kratzt an der geschlossenen Tür, weil sie raus will. Zögerlich mache ich einen Schritt auf sie zu, doch als mir etwas anderes Merkwürdiges an der Kommode auffällt, bleibe ich stehen. Sie hat einen Spiegel. Oder zumindest sieht es so aus. Ganz offensichtlich kann es jedoch kein richtiger Spiegel sein, denn das ist nicht mein Spiegelbild. Mit offenem Mund und großen Augen starre ich hinein. Eine Fremde starrt mit offenem Mund und großen Augen daraus zurück. Ich berühre mein Kinn. Die Fremde fasst sich an ihres.

Kreischend springe ich nach hinten.

Das fremde Mädchen macht es genauso.

Aber ...

Wie ...?

Was ...?

Das kann nicht ich sein! Dieses Mädchen ist groß und schlank und hat wunderschöne lange, seidige, glatte Haare. Ein bisschen sieht sie mir allerdings ähnlich. Ihre Augen haben dieselbe Farbe wie meine, und ihr Kinn dieselbe Form wie bei mir, aber ihr Gesicht ist schmaler, ihre Nase ist kleiner, und sie hat nur ganz wenige Sommersprossen. Misstrauisch mache ich einen Schritt auf die Kommode zu, kneife mir in die Wangen, ziehe mir an den Haaren und beobachte verblüfft, wie das Mädchen im Spiegel genau dasselbe tut.

Ich schaffe es, den Blick von der merkwürdigen Reflexion loszureißen, und sehe an mir hinab. Das löst ein erneutes Kreischen aus.

Ich hab Brüste!

Ich meine, sie sind nicht übermäßig riesig oder so, aber sie sind … da. Brüste, wo vorher keine waren.

Mit zitternden Händen greife ich danach.

Wah! Die sind echt. Und fühlen sich sehr komisch an.

Und natürlich, genau diesen Moment, als ich mit meinen mysteriösen Brüsten so dastehe, sucht sich meine Mutter aus, um ohne anzuklopfen ins Zimmer zu platzen.

»Adeline. Oh, gut. Du bist aufgestanden. Ein Wunder.«

Ich lasse meine Brüste los und mache eine unbeholfene Geste, als ob ich gerade unsichtbare Krümel von meinem Nachthemd wischen wollte.

Buttercup nutzt die Gelegenheit und flitzt zur offenen Tür hinaus.

Mir schießen eine Million Fragen durch den Kopf. Wo kommt die Hündin her? Was ist mit meiner Zimmereinrichtung passiert? Warum hab ich plötzlich Brüste? Aber alles, was aus meinem Mund kommt, ist: »Warum nennst du mich Adeline?«

Mom wirft mir einen merkwürdigen Blick zu. »Weil du das von uns verlangt hast.«

»Wirklich?«

»Ja.« Seufzend steckt sie sich einen Ohrring ins linke

Ohr. »Wie könnte ich die große Namensänderungs-Charta vergessen, die wir alle unterschreiben mussten?«

Große Namensänderungs-Charta?

Was ist eine Charta?

Das will ich gerade fragen, als Mom sagt: »Beeil dich. Ich schreib dir jedenfalls nicht schon wieder eine Entschuldigung.«

»Wofür soll ich mich beeilen?«

Mom sieht aus, als hätte ich gerade den schlechtesten Witz der Welt gerissen. »Für die Schule.«

Schule?

Aber heute ist Samstag.

Oder etwa nicht?

Gestern war mein Geburtstag, und das war definitiv ein Freitag, denn meine Mom war mit Fahren dran. Was bedeutet, dass heute meine Geburtstagsfeier stattfindet, die laut der Einladungen, die ich verschickt habe, für Samstag geplant ist.

»Warum muss ich denn heute in die Schule?«, frage ich verwirrt.

Findet eine Art besondere Wochenendveranstaltung statt, die ich vergessen habe?

Mom verdreht die Augen. »Fang gar nicht erst an. Du kannst nicht schwänzen.«

»Welcher Tag ist heute?«

Mom seufzt. »Vorhin war es noch Freitag.«

Freitag?

Aber gestern war Freitag! Oder etwa nicht?

»Übrigens«, sagt Mom und steckt sich den zweiten Ohrring an. »Hast du meinen roten Lippenstift gesehen?«

Ungläubig starre ich sie an. »Woher soll ich denn wissen, wo dein Lippenstift ist?«

»Hm, vermutlich, weil du ihn dir ausgeborgt hast, ohne mich zu fragen, und ihn dann nicht zurückgelegt hast.« Diesen merkwürdig sarkastischen Unterton hab ich vorher noch nie bei ihr gehört. Ganz abgesehen davon, dass das überhaupt keinen Sinn ergibt. Wovon redet sie denn da? Warum sollte ich mir ihren Lippenstift ausborgen? Sie weiß doch, dass ich mich nicht schminken darf. Schließlich hat sie das selbst so festgelegt! Findet sie das lustig?

»Haha, Mom«, antworte ich höhnisch. »Ich hab deinen Lippenstift genommen. Genau. Sehr witzig.«

Sie schnaubt ungeduldig. »Ich verstehe sowieso nicht, warum du dir meine Schminkutensilien ausborgen musst, wenn du ein ganzes Schubfach voll hast.«

Ich sehe sie an, als wäre sie ein bisschen wirr. Und um ehrlich zu sein, genauso klingt sie auch.

»Hör zu«, fährt sie fort. »Ich muss jetzt los zur Arbeit. Leg ihn einfach zurück, okay?« Und dann geht sie ohne ein weiteres Wort.

Völlig verblüfft bleibe ich im Türrahmen zurück.

Arbeit?

Aber sie ist doch Hausfrau. Hat sie über Nacht einen Job angenommen? Wenn ich jetzt so drüber nachdenke, sie sah ziemlich schick aus. Normalerweise trägt sie frühmorgens Leggings und ein Sweatshirt, aber ich bin mir relativ sicher, dass sie gerade ein Kostüm anhatte.

Mom besitzt Kostüme?

Und was war das für ein Blödsinn, dass ich eine ganze Schublade voller Make-up hätte?

Ich gehe zurück zu der unbekannten Kommode und reiße die oberste Schublade auf, um endgültig zu beweisen, dass meine Mom offensichtlich den Verstand verloren hat. Als ich den Inhalt erblicke, schlage ich mir jedoch die Hand vor den Mund.

Das Schubfach ist nicht nur voll mit Schminkutensilien, sondern quillt geradezu über!

Und wir reden hier auch nicht über billige Artikel aus der Drogerie. Das sind alles gute, teure Sachen. Alle Marken, die Rory auch benutzt, und noch ein paar weitere, von denen ich noch nie gehört habe. Vorsichtig wühle ich durch die Behälter und bin von Sekunde zu Sekunde fassungsloser. Ich finde mindestens fünf verschiedene Lidschattenpaletten, zahllose Fläschchen mit Wimperntusche, eine ganze Menge Kajalstifte, eine Handvoll Kompaktpuderdosen und Rougetöpfchen und ungefähr ein Dutzend verschiedene Lippenstifte.

Was befindet sich sonst noch in dieser Kommode?

Ich ziehe die nächste Schublade auf. Die steht voller Nagellackfläschchen in jeder erdenklichen Farbe.

Was ist hier los?

Wem gehört dieses Zimmer?

Meins kann das unmöglich sein.

Ob ich mich überhaupt trauen soll, einen Blick in den Schrank zu werfen? Ich bin mir nicht sicher, ob mein Herz das verkraftet.

Ganz vorsichtig ziehe ich die Tür auf und falle sofort auf den Hintern, weil stapelweise Klamotten auf mich einstürzen. Als hätte es jemand beim Aufräumen so eilig gehabt, dass er einfach nur alles reingeworfen und die Tür dahinter zugeknallt hätte.

Diese Taktik ist mir sehr vertraut, denn ich mache das ständig so.

Ich wühle mich durch Unmengen von Kleidung, die übrigens viel zu cool ist, um mir zu gehören, bis ich schließlich den Schrank dahinter entdecken kann. Mein Blick landet auf etwas im obersten Regal, und mein ganzer Körper erstarrt.

Vorsichtig hole ich die blau-goldfarbene Schmuckschatulle herunter.

Sie ist mehr oder weniger das einzige bekannte Objekt für mich in diesem Zimmer.

La Boîte aux Rêves Cachés.

Eine Erinnerung schießt mir durch den Kopf. Nur unscharf und verschwommen wie ein Traum, aber ich habe das Gefühl, als wäre es erst gestern gewesen. Oder ist das schon länger her?

Ich erinnere mich, dass ich etwas auf einen Zettel geschrieben habe. Ich erinnere mich daran, dass ich den Zettel in das Kästchen gelegt habe. Ich erinnere mich ans Abschließen.

Ich blicke auf das Schmuckkästchen in meinen Händen. Das Schlüsselloch ist leer. Der Deckel lässt sich nicht anheben, die Schatulle ist verschlossen.

Mir fällt wieder ein, was auf dem Zettel steht: »Ich wünsche mir, sechzehn zu sein.«

Benommen starre ich auf das Kästchen und atme in schweren Stößen ein und aus. Durch meinen Kopf rasen die Erinnerungen an alles, was heute Morgen passiert ist: Das fremde Zimmer, das merkwürdige Spiegelbild, Buttercup in meinem Bett – und plötzlich wird mein Kopf ganz leer, bis nur noch ein einziger, unfassbarer Gedanke übrig bleibt.

Es hat funktioniert.

Weckruf mit Kickboxen

Nein. Natürlich hat es nicht funktioniert. Das wäre doch verrückt. Die Schmuckschatulle besitzt keine Zauberkräfte. Sie erfüllt keine Wünsche.

Aber was, wenn doch?

Ich schiebe den Gedanken beiseite und stelle das Kästchen zurück ins Regalfach.

Es muss eine andere Erklärung geben. Eine logische. Allerdings fällt mir gerade keine ein.

Vielleicht habe ich ja Amnesie. Womöglich habe ich mir letzte Nacht den Kopf angestoßen und kann mich deshalb jetzt nicht mehr an mein eigenes Leben erinnern. Ich weiß weder, wann ich mein Zimmer umgestaltet habe, noch erinnere ich mich daran, diese Klamotten oder das Make-up gekauft zu haben. Und das ist echt schade, weil es so cool ist!

Oder vielleicht träume ich ja.

Ich springe aufs Bett und mache eine Reihe von Kickboxübungen, um mich aufzuwecken. *Zack! Bum! Ja!* Aber nichts verändert sich.

Ich drehe mich um, starre auf das Schmuckkästchen im

Schrank und denke an die Geschichte, die Mrs Toodles mir erzählt hat. Vielleicht versteht sie, was passiert ist.

Ich muss zu ihr rübergehen und mit ihr reden.

»Ich wünsch dir einen schönen Tag! Tschüs!«, ruft Mom von unten irgendwo. Ein paar Sekunden später höre ich Absätze über den Holzboden klappern und wie die Tür zur Garage zuknallt.

Ist sie wirklich einfach gegangen? Wie soll ich denn jetzt zur Schule kommen? Montags, mittwochs und freitags fahren wir, dienstags und donnerstags Mrs Harrington. Hat sie mit Grace' Mom den Tag getauscht? Anscheinend. Sie würde mich doch sonst nicht einfach zurücklassen.

Apropos Schule. Ich werfe einen Blick auf den Wecker. Ich bin total spät dran!

Schnell schnappe ich mir irgendwelche Sachen aus den Klamottenstapeln auf dem Fußboden und werfe sie mir über. Ich kann kaum erkennen, was ich da eigentlich anziehe.

Dann sause ich wieder hinüber zur Make-up-Schublade und gönne mir einen weiteren ausgiebigen Blick auf meine Schätze. Falls ich tatsächlich träume, dann kann ich das auch voll ausschöpfen, oder?

Also stürze ich mich auf all die Töpfchen und Tübchen. Leider wird mir ziemlich schnell klar, dass ich nicht die geringste Ahnung habe, was ich da tue. Ich werde wohl einfach improvisieren müssen.

Für die Augen wähle ich einen leuchtend blauen Lidschatten, den ich dick mit einem kurzen, breiten Pinsel aus dem Schubfach auftrage. Als Nächstes ziehe ich den unteren Lidrand mit einem kräftig lilafarbenen Lidstrich nach und stäube mir pinkfarbenes Rouge auf die Wangen. Zum Schluss trage ich noch roten Lippenstift auf. Ist das vielleicht der, nach dem Mom gefragt hat?

Ich finde eine Bürste und fahre damit durch meine unglaublich tollen glatten Haare. Wie leicht die Borsten durch die seidigen Strähnen gleiten. Wahnsinn! Normalerweise gleicht Haarekämmen jeden Tag für mich einem Gewaltmarsch durch ein matschiges, überwuchertes Feld, aber das hier ist im Vergleich dazu wie Schwimmen in einem stillen See.

Am Schreibtisch hängt etwas, das nach Schultasche aussieht. Es ist aber viel cooler als mein gepunkteter Rucksack. Eigentlich wirkt es mehr wie eine übergroße Designerhandtasche als eine Büchertasche. Sie besteht aus grell pinkfarbenem Leder mit breiten schwarzen Seitennähten und einer goldenen Schnalle vorne.

Ich sause damit nach unten und mache mich auf die Suche nach etwas Essbarem.

Erleichtert stelle ich fest, dass das Erdgeschoss unseres Hauses sich nicht verändert hat. Wenigstens das ist gleich geblieben. Abgesehen von Buttercup natürlich, die auf dem Fliesenboden sitzt und intensiv einen silbernen Futternapf mustert.

Zumindest nehme ich an, dass das eine Futterschüssel ist, obwohl sie sehr ungewöhnlich aussieht. Sie ist rund, mit einer Art weißem Teller oben drauf und einer kleinen, tortenstückartigen Öffnung. Die ist leer. Vermutlich füllt man da das Hundefutter rein. Aber warum ist die ganze Vorrichtung so riesig und die Öffnung nur so klein? Vielleicht ist es eine Art Wärmespeicher, damit das Hundefutter nicht kalt wird.

Macht man Hundefutter denn warm?

Auf jeden Fall wirkt das ganze Ding sehr futuristisch. Buttercup starrt es beharrlich an, als würde es jeden Moment lebendig werden und sie angreifen.

»Schon gut, schon gut«, sage ich und tätschele ihr den weichen Kopf. »Ich füttere dich.«

Das einzige Problem ist nur, dass ich gar nicht genau weiß, was ich ihr eigentlich geben soll. In der Speisekammer und den Schränken finde ich nichts, was auch nur annähernd nach Hundefutter aussieht. Also hole ich uns beiden Cornflakes und Milch und schütte die letzten Flocken aus der Packung in Buttercups dreieckiges Loch. Sie stürzt sich auf das Frühstück, als hätte sie schon wochenlang nichts mehr gefressen.

Erst als ich ein paar Minuten später meine Schüssel in die Spüle stelle, bemerke ich die Stille im Haus. Dad scheint schon zur Arbeit gegangen zu sein, was bestätigt, dass heute wirklich ein Wochentag ist und ich tatsächlich durcheinander gekommen bin, und vielleicht nicht nur mit den Wochentagen ... Aber wo ist Rory? Normalerweise ist sie sogar noch langsamer als ich. Hat sie heute einen Termin vor dem Unterricht?

Ich werfe mir die Tasche über die Schulter und blicke auf die Uhr an der Mikrowelle. Schon Viertel nach acht. In zehn Minuten beginnt der Unterricht. So spät zu kommen sieht Mrs Harrington gar nicht ähnlich, normalerweise ist sie genauso pünktlich wie ihre Tochter. Was, wenn Mom ihr versehentlich gar nicht Bescheid gesagt hat, dass sie die Fahrtage tauschen will? Vielleicht steht Grace ja bei sich in der Küche und wartet auf uns?

Ich will gerade bei ihr anrufen, als ich ein merkwürdiges Piepgeräusch höre. Schnell wirbele ich herum und versuche zu erkennen, wo es herstammt. Ein paar Sekunden später wird mir klar, dass das Geräusch von mir kommt. Genauer gesagt, aus meiner Tasche.

Ich wühle darin herum, bis meine Finger etwas Kaltes, Metallisches berühren.

ICH FASSE ES NICHT!

Es ist ein Handy.

Ich umklammere es fest und ziehe das unglaublichste Handy aller Zeiten heraus. Es scheint eine Art neues Modell zu sein, das ich noch nie zuvor gesehen habe.

Beinahe lasse ich es fallen, denn auf dem Display werden drei Nachrichten angezeigt.

Alle von Clementine Dumont.

Der Clementine Dumont?

Aber die redet doch gar nicht mit mir. Warum schreibt sie mir jetzt Nachrichten auf ein mysteriöses Handy, von dem ich nicht mal wusste, dass ich es besitze?

Ich schaue die SMS durch und versuche, den Inhalt zu verstehen.

Fahren? Clementine und ich fahren gemeinsam zur Schule? Und was ist mit Grace? Fährt sie mit uns?

Schnell tippe ich eine Antwort.

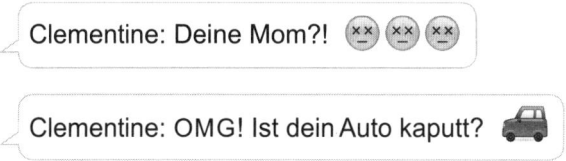

Erst nach einer langen Pause kommt die Antwort.

Clementine: Deine Mom?! xx xx xx

Clementine: OMG! Ist dein Auto kaputt? 🚗

Mir dreht sich der Kopf. Das ganze Zimmer verschwimmt vor meinen Augen.

Ich greife noch mal in meine pink-schwarze Schultasche und ziehe die dazu passende Brieftasche heraus. Mit zitternden Händen fummele ich am Verschluss herum. Mir fällt die Kinnlade herunter.

Darin steckt in einer durchsichtigen Plastikhülle ein Führerschein.

Mit *meinem* Namen und *meinem* Foto drauf.

Ich wühle noch ein bisschen weiter, bis ich sie finde – die eine Sache, die diesen Tag noch unglaublicher macht, als er jetzt schon ist. Mein Puls rast. Mit angehaltenem Atem ziehe ich die Hand aus der Tasche, gegen die sogar Mary Poppins' Wundertasche verblasst.

Und da ist er.

An meinem Zeigefinger baumelt ein Autoschlüssel.

Cupcake-Nägel und Emojis

Ein Führerschein. Ein Auto. Ein Handy. Ein Hund. Ein neues Zimmer. Neue Klamotten. Ein neuer Körper. Make-up!

Was ist hier los?!

Als ich gestern Abend eingeschlafen bin, war ich zwölf. Beim Aufwachen heute Morgen dann all das.

Mir bleibt kaum Zeit zum Durchatmen, geschweige denn, um mein Gedankenchaos zu ordnen. Hat mir die verrückte Power-Smoothie-Mixerhirn-Besitzerin Mrs Toodles etwa die Wahrheit gesagt? Erfüllt das Kästchen der versteckten Träume tatsächlich Wünsche? Stammt sie wirklich von einer Hexe aus dem achtzehnten Jahrhundert ab?

Weil du daran glaubst. Du hast Magie im Herzen.

Aber ich glaube nicht daran! Das kann ich nicht, nicht an so etwas Verrücktes. Schmuckschatullen erfüllen keine Wünsche! Menschen wachen nicht einfach vier Jahre älter auf. So etwas passiert einfach nicht!

Ich muss unbedingt mit Mrs Toodles reden und der Sache auf den Grund gehen.

Aber genau in diesem Moment zeigt das piepsende Handy in meiner Hand eine neue Nachricht an.

> Clementine: Wenn du nicht in zwei Minuten deinen Hintern hier rüberbewegt hast ... 🕷️ 🌂 🌧️

Mist. Sie klingt echt sauer. Schnell tippe ich eine Antwort.

> Ich: Bin schon unterwegs. Wo wohnst du?

Ein paar Sekunden später erhalte ich eine Antwort, die aus einer langen Reihe von Fragezeichen und ein paar Emojis besteht, die ich nicht kenne, aber das macht nichts. Ich glaube, ich weiß, wo sie wohnt. Nur ein paar Straßen von Grace entfernt.

Grace.

Was ist mit Grace? Warum hole ich sie denn nicht ab? Fahren wir nicht zusammen? Wahrscheinlich muss sie vor dem Unterricht noch irgendwohin oder so.

Ich rufe Buttercup, die durch eine Hundeklappe in der Hintertür verschwunden ist, laut einen Abschiedsgruß zu und rase aus dem Haus. Als ich sehe, was in der Einfahrt auf mich wartet, macht mein Herz einen kleinen Satz. Bis eben hatte ich mich fast davon überzeugt, dass das alles ein Streich sein muss. Aber das hier ... Das ist real.

Das Auto ist toll, klein, grün und anbetungswürdig. Es sieht aus wie ein Wagen, den man bei einer Filmverfolgungsjagd in Europa einsetzen würde. Mein ganzer Körper zittert vor Aufregung, als ich die Fahrertür aufschließe und mich auf den Sitz fallen lasse. Ich kann es immer noch nicht glauben. Gleich werde ich zum ersten Mal in meinem Leben Auto fahren. Ich versuche, mich an alles zu erinnern, was Rory tut, wenn sie das Haus verlässt. Sie dreht den Zündschlüssel im Schloss. Erledigt. Sie überprüft im Spiegel, ob hinter ihr irgendetwas steht. Auch das ist erledigt. Dann legt sie den Rückwärtsgang ein und fährt aus der Einfahrt.

Ich ziehe am Ganghebel, bis das kleine rote *R* aufleuchtet. Sofort bewegt sich das Auto nach hinten. Kreischend trete ich mit beiden Füßen auf die Pedale. Der Motor heult auf und das Auto macht einen Satz nach hinten, dann kommt es zum Stehen. Beinah wäre ich mit dem Gesicht auf das Lenkrad geknallt.

Der Gurt!

Den hab ich vergessen. Und wenn ich bedenke, was eben passiert ist, werde ich ihn wohl brauchen.

Ich lasse den Sitzgurt einrasten und hole tief Luft.

Okay, neuer Versuch.

Eigentlich müsste das doch einfach sein. Wie Autoskooter fahren.

Vorsichtig tippe ich beide Pedale an. Das linke ist eindeutig die Bremse. Ganz allmählich trete ich aufs Gas. Das

Auto fährt langsam rückwärts. Viel besser. Ich fahre weiter, bis ich aus der Einfahrt bin und mitten auf der Straße stehe. Vermutlich sollte ich jetzt irgendwie drehen. Als ich das Steuerrad nach links reiße, fährt das Auto aus irgendeinem Grund nach rechts, genau in die Gegenrichtung. Da will ich doch gar nicht hin!

Warum macht es denn so was?

Ich lege einen Vorwärtsgang ein und drehe das Lenkrad in die andere Richtung. Dann versuche ich es erneut. Rückwärts. Lenkrad nach links. Doch das Auto fährt immer noch nach hinten rechts.

Das ist echt schräg.

Ich krieche noch ein bisschen weiter vorwärts und lege wieder den Rückwärtsgang ein. Diesmal schlage ich nach rechts ein. Das Auto fährt nach links.

Keine Ahnung, was da los ist, aber zumindest stehe ich jetzt in der richtigen Richtung.

Ich drücke wieder einen Fuß aufs Gaspedal, diesmal ein bisschen zu fest, denn der Wagen macht einen Satz nach vorn. Panisch reiße ich das Lenkrad nach links und knalle gegen die Mülltonne der Nachbarn.

Mist.

Hinter mir hupt es, und ich zucke erschrocken zusammen. Erst da wird mir bewusst, dass ich mitten auf dem Sherwood Drive neben dem umgekippten Müllkübel stehe und hinter mir ein Auto vorbeifahren will. Ich drehe das Lenkrad in die andere Richtung und tippe das Gaspedal nur vorsichtig an. Wieder macht der Wagen einen Satz nach vorn. Als ich es schließlich endlich bis zum Straßenrand schaffe, ziehe ich die Handbremse an, springe heraus, um die Mülltonne aufzuheben, und setze mich dann wieder ins Auto.

Okay, dann will ich mal versuchen, die Straße zu verlassen.

Nervös lege ich einen Gang ein und achte sorgfältig darauf, dass das Lenkrad gerade ist.

Das hier hat überhaupt keine Ähnlichkeit mit Autoskooter fahren. Die Pedale reagieren unglaublich empfindlich. Schon bei der winzigsten Berührung des Gaspedals prescht das Auto vor, und bei der kleinsten Berührung der Bremse hat man das Gefühl, gegen eine Backsteinmauer zu fahren.

Als ich sieben Minuten später bei Clementine eintreffe, bin ich unterwegs beinahe gegen drei weitere Mülltonnen, einen Briefkasten, einen Baum und ein Kind auf einem Fahrrad gekracht. Ich glaube, der Kleine weint immer noch vor lauter Schreck über unseren Fast-Zusammenstoß. Ich fahre an den Straßenrand und stelle den Motor ab. Meine Hände zittern so stark, dass ich damit das Lenkrad umklammern muss, damit es aufhört.

Clementine reißt die Beifahrertür auf und lässt sich in einer Wolke aus blumigem Parfüm, Pfefferminzkaugummi und Ungeduld auf den Sitz fallen. Sie ist sogar noch schöner als beim letzten Mal, als ich sie gesehen habe. In der

Mittelschule sah sie bereits wie sechzehn aus, und jetzt könnte sie glatt als zwanzig durchgehen.

»Was soll denn der Mist?«, schreit sie mich praktisch an.

»Du bist eine Viertelstunde zu spät. Und ...« Als sie mich ansieht, erstarrt sie regelrecht. Die Worte purzeln ihr nur so aus dem perfekt geschminkten Mund. »Oh. My. Lady Gaga. Was hast du denn da im Gesicht? Und was hast du da an?« Ihre Hand schießt vor und reißt meine vom Lenkrad. »Deine Fingernägel!«, kreischt sie, und ich sehe zum ersten Mal bewusst auf meine Hände.

Keine Ahnung, worüber sie sich so aufregt. Die sehen doch echt niedlich aus! Sie sind so lackiert, dass sie wie kleine Cupcakes mit weißer Glasur und Streuseln wirken. *Hab ich das gemacht?* Falls ja, dann hab ich echt was drauf!

»Du solltest doch heute Morgen die Schmetterlingsnägel filmen, damit wir das heute Nachmittag hochladen können. Hast du das etwa auch vergessen? Was ist denn bloß los mit dir? Wir haben einen Ruf zu verlieren. Und Follower, die sich auf tägliche Uploads verlassen.«

»Äh ...« Ich zögere, weil ich nicht die geringste Ahnung habe, wovon sie da spricht. Außerdem bin ich immer noch ziemlich aufgewühlt, weil ich eben beinahe mein niedliches kleines Auto geschrottet hätte. Ganz abgesehen davon, dass ich von Clementines Haaren regelrecht fasziniert bin. Sie sind einfach toll. Sie hat ihre goldblonden Locken zu perfekten, zerzausten Wellen gestylt, die im Sonnenlicht glitzern. Wie macht sie das?

Clementine schnippt mit den Fingern vor meinem Gesicht herum. »Adeline! Konzentrier dich! Rede mit mir. Was ist hier los?« Ihre Miene wird weicher. »O nein. Hat deine Mom dir wieder Hausarrest verpasst? War sie sauer, weil du gestern Abend so spät nach Hause gekommen bist? Du hast ihr doch gesagt, dass du bei mir warst, oder? Und dass ich schuld bin?«

Plötzlich keucht sie auf und schlägt sich die Hand vor den Mund. »Hat er auf die Nachricht gestern etwa nicht reagiert?« Sie greift in meine Tasche und holt das Handy heraus. Sprachlos sehe ich zu, wie sie durch meine Nachrichten scrollt und dann erleichtert aufseufzt. »Oh, Gott sei Dank.« Sie lässt sich auf den Sitz sinken, als hätte sie gerade den Ausbruch des dritten Weltkriegs verhindert. »Er hat geantwortet. Jag mir doch nicht so einen Schrecken ein!«

Moment. Worum geht es hier? Wer hat mir geantwortet?

Ich nehme ihr das Handy aus der Hand und entdecke eine Nachricht von jemandem namens Connor.

> Ich: Hey, ich hab gehört, du hattest in der letzten Mathearbeit volle Punktzahl. Ich hab meine leider verbockt. 😩 💔 💥 Hättest du vielleicht Lust, mir beim Lernen für die nächste zu helfen? 📕 👍 🍋

> Connor: Klar, gern. Wie wär's mit Montagabend?

> Ich: Perfekt. Bis dann! 😊

Wow, ich hab das geschrieben? Von Emojis scheine ich ja geradezu besessen zu sein. Ich überfliege noch mal die Nachrichten. Dabei fällt mir etwas auf, das ich beim ersten Mal überlesen habe. Ruckartig sehe ich auf.

»Ich hab die Mathearbeit verbockt?«, frage ich ungläubig. Beim Gedanken an Dads Miene bei dieser Nachricht wird mir ganz übel.

Clementine macht eine abwehrende Handbewegung. »Nein. Du hattest alles richtig. Du hast nur so getan, als hättest du eine schlechte Note bekommen.«

»Aber warum denn?«

»Damit du mit Connor lernen kannst.«

»Wer ist Connor?«

Sie wirft mir einen komischen Blick zu und fängt an zu lachen. »Der war gut. Echt gut. Mach weiter so, das wird ihn wahnsinnig machen.«

Jetzt bin ich noch verwirrter als zuvor.

»Fahren wir in die Schule, oder bleiben wir einfach hier stehen?«, fragt Clementine.

Ich betrachte den Schalthebel in der sicheren Parkposition. Schon allein der Gedanke, gleich wieder einen Gang einlegen zu müssen, verursacht mir Übelkeit. »Äh ...«, zögere ich. »Ich fühle mich heute Morgen nicht so gut. Kannst du fahren?«

Neugierig zieht sie eine Augenbraue hoch. »Du willst, dass ich dein Auto fahre?«

»Hm.«

Ich befürchte schon, dass sie mich gleich wieder anbrüllt und mir sagt, dass ich verrückt bin und wir so was nicht machen. Stattdessen zuckt sie mit den Schultern und schnallt sich ab. »Okay. Klar. Meinetwegen.«

Tschüs, Addie

Während der Fahrt zur Schule versuche ich schweigend, meine Gedanken zu sortieren, obwohl Clementine über jedes erdenkliche Thema plappert. Dank ihres chaotischen Geschwätzes finde ich jedoch die folgenden Dinge über mein Leben heraus:

- Clementine und ich haben einen sehr erfolgreichen YouTube-Kanal namens *Shimmer and Shine*, und wir posten Tutorials für Make-up, Frisuren und Fingernägel. (Cool!)
- Wir sind Elftklässler und gehen zur Highschool. (HIGHSCHOOL!)
- Connor McKinley ist einer der süßesten, begehrtesten Jungs der Schule, und Clementine glaubt, dass er vielleicht an mir interessiert ist. (An mir!)
- Clementine und ich sind beste Freundinnen. (Was?!)

Grace hat sie nicht ein einziges Mal erwähnt, aber ich bin viel zu sehr damit beschäftigt, mir alles zusammenzureimen, um nach ihr zu fragen. Außerdem hat Clementine noch keine Andeutung darüber gemacht, wie wir beste Freundinnen geworden sind, was mich brennend interessiert, nachdem sie auf der Mittelschule nie mit mir gesprochen hat. Danach frage ich natürlich auch nicht, weil ich befürchte, dass sie mich dann für irre hält. Mir selbst geht das nämlich allmählich so. Das Letzte, was ich momentan brauche, ist noch eine weitere Person, die genauso denkt.

Clementine fährt auf den Parkplatz der Highschool und parkt in einer Lücke direkt am Eingang. Merkwürdig, dass genau dieser Platz noch frei war, denn der Rest des Parkplatzes ist voll. Clementine ist jedoch gar nicht erst durch die anderen Reihen gefahren. Sie hat mein Auto geradewegs hierher gelenkt, als hätte sie bereits gewusst, dass der Stellplatz hier noch frei sein wird.

Beim Aussteigen starre ich bewundernd das hohe Backsteingebäude vor mir an.

Thunder Creek Highschool.

Ich weiß schon gar nicht mehr, wie lange ich von diesem Moment geträumt habe. Jedes Mal, wenn wir hier vorbeigefahren sind, habe ich mir den Tag vorgestellt, an dem ich durch diese Tür gehen und durch die Flure schlendern würde, und jetzt ist es endlich so weit!

Ein bisschen früher als erwartet, aber was macht das schon?

Mit einem flauen Gefühl im Magen gehe ich auf die legendäre blaue Tür zu, aber sehr weit komme ich nicht. »O nein, auf keinen Fall«, warnt mich Clementine und zieht mich am Ärmel. »Tut mir leid. Ich hab dich echt gern. Und ich bin eine viel zu gute Freundin, um dich so reingehen zu lassen.«

Sie zieht mich zu einer versteckten Tür neben der Turnhalle. Wir schleichen uns in die Mädchenumkleide, und Clementine stellt mich vor den Spiegel. Beim Anblick des Spiegelbilds zucke ich zusammen. Ich hatte schon fast vergessen, wie ich inzwischen aussehe. Es ist immer noch total schockierend.

Als ich versuche, mich wegzudrehen, hält sie mich fest. »Was hast du dir denn heute Morgen bloß angetan?«

Ich zucke zusammen. »Ich stehe heute ein bisschen neben mir.«

Sie seufzt. »Das kannst du laut sagen.«

Dann kramt sie in ihrer eigenen schicken Designerschultasche herum und zieht ein Päckchen Feuchttücher und eine Reihe von Schminkutensilien hervor, die sie vor uns ausbreitet. Sofort macht sie sich an die Arbeit und wischt mir alles vom Gesicht, was ich heute Morgen aufgetragen habe. Anschließend legt sie los.

Ich versuche, ganz genau aufzupassen, was sie da tut, aber dafür ist sie einfach zu schnell. Sie kommt mir vor wie eine Künstlerin, mischt mit der Lidschattenpalette gekonnt Pigmente und wechselt in Sekundenschnelle die Pinsel. Als sie fertig ist, wage ich erneut einen Blick in den Spiegel und sinke vor Erleichterung beinahe zu Boden.

Clementine ist ein Genie. Sie hat meine harten blauen

und lilafarbenen Töne gegen weichere (und zugegebenermaßen vorteilhaftere) schimmernde Braun- und Goldtöne ausgetauscht und meinen orangeroten Lippenstift durch ein helles pinkfarbenes Gloss ersetzt. Dadurch wirken meine Augen größer und meine Nase schmaler. Die verbliebenen Sommersprossen hat sie mit einer Art durchsichtigem Puder abgedeckt. Ich meine, ich wusste ja schon immer, dass Make-up Wunder bewirken kann, aber das hier ist reine Magie. Ich sehe aus ...

Ich sehe aus ...

Ich hole tief Luft.

Wie sechzehn.

Als hätte ich endlich alles, was ich mir schon immer gewünscht habe.

Bewundernd starre ich auf mein Spiegelbild, vor dem ich mich nun nicht mehr fürchte. Ich kann es nicht länger leugnen.

Ich *bin* tatsächlich sechzehn.

Kaum zu fassen, wie sehr ich mich in nur vier Jahren verändert habe. Wie ist das überhaupt möglich? Sanft gleite ich mit den Fingern über meine ausgeprägten Wangenknochen und schürze die glänzenden Lippen. Dann fahre ich mir durch die seidigen, glatten Haare.

»Ich weiß, ich weiß«, sagt Clementine und stopft die magischen Utensilien zurück in ihre Tasche. »Deine Haare haben es dringend nötig. Wir lassen dein Brasilianisches Blow-out am Wochenende auffrischen.«

»Ich lasse mir die Haare glätten?«, platze ich ohne nachzudenken heraus.

Clementine schüttelt den Kopf. »Du benimmst dich heute total komisch.«

Es tut mir leid, ich kann nicht anders. Dafür ist das alles viel zu aufregend. Keine Ahnung, wie oft ich Mom schon angebettelt habe, damit ich mir die Haare chemisch glätten lassen darf, aber sie hat das immer abgelehnt. »Manche Leute würden für solche Locken alles tun, warum willst du viel Geld ausgeben, um sie loszuwerden?«, war ihre Standardantwort. Woraufhin ich immer die Augen verdreht, geseufzt und meinen Haarknoten gerichtet habe.

Aber das war einmal. Das war das armselige, überbeschützte, gefängnisartige Leben der zwölfjährigen Addie.

Jetzt sind wir hier, im glamourösen, freien, komplett verbesserten Leben der sechzehnjährigen *Adeline*.

Als hätte jemand die Tür aufgeschlossen und mich aus meiner Gefängniszelle befreit. Endlich.

Und ich habe das Gefühl, ab jetzt wird alles unglaublich toll.

Ganz verloren und irgendwie gefunden

In unserem Bezirk gibt es drei Mittelschulen, deren Schüler anschließend alle auf die Thunder Creek Highschool gehen: Cheyenne, Diamond Ridge und Sky View (meine). Deshalb ist es nur allzu verständlich, dass in diesem Gebäude haufenweise Schüler herumlaufen, die ich noch nie zuvor gesehen habe. Obwohl ich vermutlich nicht mal die erkennen würde, mit denen ich bisher gemeinsam zur Schule gegangen bin, weil inzwischen alle vier Jahre älter sind und sich auf schockierende Weise verändert haben.

Es fällt mir schwer, nicht allen ins Gesicht zu starren, während ich den Flur entlanggehe. Bei jedem Schüler, der mir auch nur entfernt bekannt vorkommt, zerbreche ich mir den Kopf, ob ich ihn kennen müsste. Ich versuche, mich auf die auffälligsten Merkmale wie große Nasen, eng stehende Augen oder lange Hälse zu konzentrieren, aber es nützt nichts. Schließlich sind die meisten *meiner* auffälligsten Merkmale aus der Mittelschule inzwischen auch völlig verschwunden.

Clementine redet schon wieder über unser Vlog. »Wir müssen uns endlich wegen unseres nächsten Make-up-

Tutorials entscheiden. Ich hab gedacht, wir könnten mal was Thematisches machen. Blumenfee oder Weltallprinzessin!«

»Klingt gut«, stimme ich geistesabwesend zu. Sie hakt mich unter, und plötzlich fühle ich mich ganz beschwingt. Ich bin hier! Auf der Highschool! Arm in Arm mit Clementine Dumont! Und die anderen Schüler lächeln uns zu.

Das beschwingte Gefühl verschwindet jedoch schlagartig, als Clementine sich von mir losmacht: »Dann treffen wir uns also nach der ersten Stunde und überlegen uns was, ja?«

Moment! Sie wird mich doch jetzt nicht einfach hier zurücklassen, oder?

Erst da wird mir klar, dass ich nicht die geringste Ahnung habe, wo ich jetzt hingehen muss. Natürlich habe ich irgendwo einen Spind, aber wo? Und woher soll ich die Kombination kennen, mit der man ihn öffnet?

Ich werfe einen Blick auf den langen, furchteinflößenden Korridor vor uns, der mit zahllosen Reihen roter Metallspinde gefüllt ist. Das müssen weit über tausend sein!

»Ich hab eine bessere Idee!«, behaupte ich strahlend. »Warum gehst du nicht mit mir zu meinem Spind und wir planen das Tutorial auf dem Weg dorthin?«

Clementine runzelt die Stirn und sieht auf ihr Handy. »Sei nicht albern. Dir bleibt gar keine Zeit mehr, zum

Spind zu gehen. In weniger als zwei Minuten klingelt es zur ersten Stunde.«

»Ach so, stimmt«, sage ich und komme mir blöd vor.

»Geh einfach zu Trig und wir treffen uns anschließend.«

»Trig«, wiederhole ich. »Alles klar. Was ist das?«

Clementine sieht mich ausdruckslos an. »Was ist heute bloß los mit dir? Hast du gestern Nacht nicht genügend geschlafen?«

Wenn überhaupt, dann hab ich viel zu lange geschlafen, schießt es mir sofort durch den Kopf. Praktisch vier Jahre lang.

»Vermutlich nicht«, versuche ich, es mit einem fröhlichen Lachen abzutun.

»Trigonometrie«, sagt sie ganz langsam, als hätte sie Bedenken, dass ich sie sonst nicht verstehe ... was tatsächlich der Fall ist.

»Genau.« Ich schlage mir die Hand vor die Stirn. »Was denn sonst? Das wusste ich doch. Trigmonogetrie.«

Clementine geht kopfschüttelnd davon, und ich bleibe mitten im Flur allein zurück.

Ich beiße mir auf die Lippe und sehe mich um. Was soll ich jetzt tun? Herumlaufen, bis ich einen Raum finde, an dem »Trig« steht? Jemanden nach dem Weg fragen? Mom wird immer sauer, wenn Dad sich weigert, jemanden nach dem Weg zu fragen, aber das hier ist was anderes. Wenn ich jemanden nach meinem Klassenzimmer frage, werden sie mich definitiv für verrückt halten.

»Hey, Adeline«, begrüßt mich ein Mädchen und stellt sich neben mich.

Ich kneife die Augen ein Stück zusammen, um herauszufinden, ob ich sie erkenne, aber das ist nicht der Fall. Verwirrt starrt sie mich an, vermutlich, weil ich sie gerade genauso ansehe.

»Hi«, sage ich schließlich.

»Alles klar wegen heute Abend?«

Ich zucke zusammen. Heute Abend? Was ist heute Abend? Und woher soll ich wissen, ob dafür alles klar ist?

»Äh, natürlich«, murmele ich.

»Prima! Bis dann!« Sie strahlt mich an und läuft davon. Genau in diesem Moment ruft ein anderes Mädchen: »Adeline!« Sie steht ein bisschen weiter unten im Flur und winkt mir begeistert zu.

»Hast du meine Nachricht bekommen? Wollen wir am Wochenende zusammen shoppen gehen?«, fragt die zierliche Brünette.

Wer sind all diese Leute, und woher kennen sie mich?

»Äh«, sage ich unangenehm berührt und wünsche mir, dass Clementine noch hier wäre, um mich da durchzulotsen. »Keine Ahnung.« Das Mädchen guckt enttäuscht und ich fühle mich sofort schuldig. »Ich meine, ich muss erst in meinem Terminkalender nachsehen«, füge ich hastig hinzu. Das scheint sie aufzumuntern.

»Okay! Schick mir eine SMS!« Sie winkt mir noch einmal zu und verschwindet den Flur hinunter.

Während der nächsten Minute rufen mich Leute aus drei verschiedenen Richtungen, und mir wird von der vielen Umdreherei schon langsam schwindlig. Das ist so schräg. Als ob mich jeder in der Schule kennt und mich begrüßen will. Liegt das an dem YouTube-Kanal? Clementine hat angedeutet, dass er echt beliebt ist. Ich muss ihn mir später unbedingt mal anschauen. Genau genommen gibt es eine Menge Dinge, die ich mir unbedingt anschauen muss, sobald ich eine Sekunde Zeit habe. Und die Liste wird von Minute zu Minute länger.

Mein Handy klingelt leise, und dankbar für die Ablenkung hole ich es aus der Tasche. Auf dem Display blinkt die Erinnerungsfunktion:

Vergiss dein Kostüm nicht!

Mein Kostüm? Was um Himmels willen soll das bedeuten? Aber mir bleibt keine Zeit, um darüber nachzudenken. Bevor es klingelt, muss ich meinen Klassenraum finden. Am ersten Tag auf der Highschool will ich nicht gleich zu spät kommen. Ich wische die Erinnerung vom Display und stecke das Handy wieder ein.

Okay, wenn ich ein Trig-Klassenzimmer wäre, wo würde ich mich befinden?

Ich drehe mich langsam einmal im Kreis und entschließe mich anschließend, nach links in einen kleineren Flur zu gehen. Kaum hab ich einen Schritt gemacht, ruft jemand: »Hey! Was geht ab?«

Als ich aufsehe, falle ich beinahe in Ohnmacht.

Es ist Berrin Mack! Der Leadsänger (und mit Abstand das süßeste Bandmitglied) von *Summer Crush*! Er ist hier! In diesem Flur! In dieser Stadt! Und er kommt auf mich zu!

Okay, benimm dich völlig normal.

Bleib cool.

Einfach. Nur. Cool.

»Hey«, antworte ich und bemühe mich um einen lockeren Ton, als ob ich jeden Tag mit dem beliebtesten Promi der Welt plaudere.

Als er näher kommt, kann ich auch sein Gesicht genauer erkennen.

Okay, es ist *nicht* Berrin Mack. Aber er könnte glatt als sein Zwilling durchgehen! Oder als verschollener Cousin oder so. Er sieht ihm total ähnlich. Er ist groß, und die welligen blonden Haare umrahmen perfekt sein langes, schmales Gesicht mit den dunkelgrünen Augen. Er könnte bei einem Berrin-Mack-Doppelgängerwettbewerb mitmachen und würde definitiv gewinnen.

Ich fasse mir an die Lippen, um zu überprüfen, ob mein Mund offensteht.

»Das mit deinem Trig-Test tut mir leid«, sagt der Berrin-Mack-Doppelgänger. »Aber ich muss zugeben, ich bin eigentlich ein bisschen froh, dass du den so vergeigt hast.«

»Ach ja?«, bringe ich heraus und bin selbst überrascht, dass ich in der Gegenwart eines so unglaublich attraktiven Typs einen zusammenhängenden Satz bilden kann, auch wenn der nur aus zwei Wörtern besteht.

Er stößt mich an die Schulter, und ich werde rot. »Ja. Weil ich jetzt mit dir zusammen lernen kann.«

»Oh! Du bist Connor!«, platze ich laut heraus, ehe ich es verhindern kann, und komme mir sofort blöd vor. Erst recht, weil er mich so merkwürdig ansieht.

Doch dann lacht er, als wäre das alles ein lustiges Spiel. »Und du bist Adeline!«, pariert er im selben Tonfall.

Das muss der Junge sein, von dem die Nachricht stammt. Der mir kommende Woche beim Lernen für die nächste Mathearbeit helfen soll. Ist das Trig? Eine Art Mathe?

In diesem Moment klingelt es, und Connor zieht mich am Ärmel. »Na los. Wir beeilen uns lieber, wenn wir noch rechtzeitig kommen wollen.« Er sprintet den Flur entlang, und für einen Moment bleibe ich sprachlos und verdutzt stehen, bis er sich umdreht und fragt: »Kommst du?«

Erleichtert laufe ich ihm nach. Es sieht aus, als hätte ich gerade den dringend benötigten Wegweiser zu Trigmotologie gefunden.

Trigonopolie? Egal. Hauptsache, ich finde den richtigen Raum.

Trigo ... Was?

Connor und ich hasten ins Klassenzimmer und setzen uns ganz nach hinten. Ich halte den Kopf gesenkt und gehe davon aus, dass die Lehrerin uns jetzt fürs Zuspätkommen die Leviten lesen wird, aber als ich eine Sekunde später aufsehe, lächelt sie mich nur freundlich an.

Wenn das hier Mr Bastions Matheklasse auf der Sky View wäre, hätte der uns jetzt sein säuerlichstes Gesicht gezeigt, ganz zu schweigen von diesen grässlichen Zetteln fürs Zuspätkommen. Aber diese Lehrerin, eine ältere, rundliche Frau in langem Kleid, beginnt einfach fröhlich mit dem Unterricht, als wäre nichts gewesen.

Bisher gefällt mir die Highschool ausgesprochen gut.

Doch als sie die ersten Symbole an die Tafel schreibt, merke ich, dass ich gar nichts verstehe. Was um alles in der Welt soll »$y = \sin(x - \pi)$« bedeuten? Das kann doch nicht Mathematik sein? Wo bleiben denn die Zahlen? Das sieht eher nach einem streng geheimen Spionagecode aus.

Vorsichtig schaue ich mich um, um herauszufinden, ob die anderen auch so verblüfft sind, doch alle schreiben mit gesenkten Köpfen wie wild in ihre Hefte. Abgesehen vom süßen Connor, der mich ansieht.

Lächelnd deutet er auf mein Heft. Vermutlich sollte ich auch was aufschreiben.

»Was wäre also die Funktion von tan A?«, fragt die Lehrerin die Klasse und schreibt weiter rätselhafte Symbole an die Tafel.

Ich kritzele mit.

Die Funktion von tan? Ich lese noch mal durch, was ich da geschrieben habe, und füge rasch die Antwort hinzu.

Dass man im Badeanzug besser aussieht?

So wie es aussieht, brauche ich diese Nachhilfestunde mit Mr Klug und Süß tatsächlich.

Als die Klingel mich eine Dreiviertelstunde später von meinem Leid erlöst, stehe ich auf, suche meine Sachen zusammen und warte an der Tür darauf, dass sich der Rest der Klasse zu mir gesellt.

»Was machst du denn da?«, will Connor wissen.

»Mich anstellen«, erkläre ich das Offensichtliche.

»Anstellen?«, wiederholt er. »Wofür?«

Ich will ihn gerade daran erinnern, dass wir uns immer anstellen müssen, ehe wir einen Unterrichtsraum verlassen. Das ist eine der Schulregeln. Doch dann fällt mir seine verwirrte Miene auf, und meine Selbstsicherheit gerät ins Wanken.

Müssen wir uns denn nicht mehr anstellen?

Das ist ja großartig! Beinahe hätte ich laut gejubelt, aber

ich kann mich gerade noch rechtzeitig beherrschen. Dieses Anstellen habe ich schon immer gehasst.

Connor starrt mich an und wartet auf eine Antwort.

»Äh.« Ich suche panisch nach etwas Geistreichem, das ich sagen könnte. »Ich stelle mich an, damit ich auf dich warten kann.«

War das witzig?

Oder einfach nur lahm?

Seinem fragenden Blick nach zu urteilen, vermutlich eher lahm.

Glücklicherweise werden wir einen Moment später von Clementine unterbrochen, die hereinkommt und mich abholt. Zuvor sagt sie jedoch noch »Hi, Connor« in der merkwürdigsten Stimme, die ich je gehört habe. Es klingt, als wäre eine Zweijährige einen Marathon gelaufen und jetzt völlig außer Atem.

Connor scheint es allerdings zu gefallen, denn er grinst breit und erwidert: »Hi, Clementine«, als wir den Raum verlassen.

Clementine führt mich den Flur entlang und ich hoffe, dass wir zu meinem Spind gehen, weil ich immer noch nicht die geringste Ahnung habe, wo der sich befindet. Doch bevor wir unser Ziel erreichen, höre ich, wie das Handy in meiner Tasche wild piept, und Clementine bleibt wie angewurzelt mit weit aufgerissenen Augen stehen.

»Du hast das Handy im Unterricht nicht lautlos gestellt? Willst du unbedingt nachsitzen oder was?«

Ich hole es heraus. Zehn neue Nachrichten. Wer schreibt mir denn bloß immerzu?

Mir war gar nicht klar, dass ich so viele Freunde habe. Vor vierundzwanzig Stunden war Grace praktisch meine einzige Freundin, und jetzt ...

Wo ist sie überhaupt? Ich habe sie den ganzen Tag über noch nicht gesehen. Offenbar haben wir dieses Jahr völlig unterschiedliche Stundenpläne. Wie ich sie kenne, belegt sie vermutlich lauter Fortgeschrittenenkurse.

Eine Sekunde später taucht wieder die bizarre Erinnerungsnachricht auf meinem Display auf.

Vergiss dein Kostüm nicht!

Ich wische sie weg, um zu sehen, von wem die Nachrichten stammen. Hoffentlich ist eine davon von Grace. Allerdings kommt mir keiner der Namen bekannt vor.

Ich klicke auf die erste, von jemandem namens Annabelle. Sie ist noch verwirrender als Trigolosophie.

Clementine reißt mir das Handy aus der Hand und empört sich: »Bäh, so eine Schleimerin!«

Ich beuge mich vor, weil ich sehen will, was sie sieht, aber die ganze Nachricht besteht nur aus einem Haufen Bilder.

»Was schreibt sie denn?«, frage ich in beiläufigem Ton.

»Ich hab's noch nicht lesen können.«

»Sie will heute Abend mit uns abhängen. Sie will sich bei dir einschmeicheln, um an mich ranzukommen.«
Ich starre auf den Bildschirm. Das hat sie aus diesem Emoji-Haufen erkannt?
»Wirklich?« Ich nehme ihr das Handy aus der Hand und versuche verblüfft, die Nachricht mit Clementines Übersetzung in Einklang zu bringen. Schreibt man sich so SMS? Die Jahre ohne Handy haben mich ja total zurückgeworfen.
»Wag es nicht, sie zum Mitkommen einzuladen.« Clementine schnappt sich wieder mein Handy. »Hier, lass mich antworten.«
»Okay«, stimme ich dankbar zu. »Das ist vermutlich besser.« Ich wüsste nicht mal, was ich sagen sollte, selbst wenn ich diese Sprache spräche. Clementine hat mit dieser Annabelle ganz offensichtlich ein Problem. Vielleicht hat sie ihr etwas Schreckliches angetan. Möglicherweise hat sie Clementine den Freund ausgespannt und tut jetzt so, als wäre nichts passiert. Was auch immer es ist, es muss ziemlich übel sein, wenn ich mir Clementines verkniffene Miene so ansehe, als sie mit nur einem Tastenklicken eine Antwort schickt und mir das Handy zurückgibt.

Verblüfft starre ich auf das Display.

Häh?

»Hi Leute!«, sagt jemand, und ich erkenne ein Mädchen namens Emma Sandoval. An der Mittelschule waren sie und Clementine unzertrennlich, aber mit mir hat sie nie viel geredet. »Euer letzter Upload war krass!«

»Danke«, antwortet Clementine mit einem erleichterten Seufzer. »Dabei war das der reinste Albtraum beim Filmen. Als Erstes konnten wir uns nicht für das Nageldesign entscheiden. Ich wollte Schmetterlinge, aber Adeline wollte Galaxy-Nägel. Ich hab ihr gesagt, dass momentan *jeder* Galaxy-Nägel macht.«

Emma nickt wissend. »Jeder macht Galaxy-Nägel.«

Clementine stößt mich mit dem Ellbogen an. »Ich weiß. Siehst du? Also haben wir die Cupcake-Nägel als Kompromiss gefunden. Und dann die Katastrophe mit der Frisur ...«

Während Clementine Emma die tragische Saga berichtet, dass meine Haaransätze nicht mit dem Glätteisen kooperieren wollten, fällt mir jemand auf der anderen Seite des Flurs ins Auge.

Ein Mädchen.

Sie steht vor einem offenen Spind und ist von einer Gruppe umgeben, so dass ich ihr Gesicht nicht wirklich gut erkennen kann. Sie unterhalten sich angeregt und bewegen sich hin und her, und über die Schultern hinweg und zwischen den Köpfen hindurch kann ich immer mal wieder einen Blick auf sie erhaschen.

Ist das ...?

Ich mache einen Schritt nach links und stelle mich auf die Zehenspitzen. Vielleicht kann ich so über die Köpfe hinwegsehen.

Doch erst als jemand die Gruppe verlässt und ich einen freien Blick habe, kann ich mich vergewissern, dass sie es tatsächlich ist.

Schnell schlage ich eine Hand vor den Mund, damit mir nicht versehentlich ein kleiner Aufschrei entweicht. Sie hat sich unglaublich verändert! Sie ist jetzt größer, mindestens fünfzehn Zentimeter, und ihre Haare trägt sie nicht mehr geflochten. Offen hängen sie ihr über den Rücken. Außerdem sind sie dunkler geworden. Statt sandblond sind sie inzwischen beinahe hellbraun. Die Wangenknochen treten deutlicher hervor, und die Augenbrauen sind schmaler, aber es ist immer noch dieselbe Person. Meine beste Freundin.

»Grace!«, rufe ich aufgeregt und sprinte durch den Flur, wobei ich mich an den anderen vorbeidrängeln muss.

Kaum zu fassen, wie glücklich ich über ihren Anblick bin. Als hätte ich sie ewig nicht mehr gesehen, obwohl es kaum einen Tag her ist. Zumindest für mich. Aber inzwischen ist so viel geschehen! Ich kann es kaum erwarten, ihr vom magischen Schmuckkästchen zu erzählen und der Geschichte von Mrs Toodles und meinem verrückten Vormittag. Und dem Hund! O mein Gott! Wenn ich ihr von Buttercup erzähle, wird sie ausflippen.

Doch am Ende bespreche ich nichts davon mit ihr, weil ich überhaupt nicht zu ihr durchkomme. Unmittelbar bevor ich ihren Spind erreiche, werde ich grob zurückgerissen und den Flur entlanggezerrt. »Was machst du denn da?«, zischt Clementine und hakt mich erneut unter. »Wir kommen noch zu spät zur zweiten Stunde!«

Als wir um die Ecke biegen, werfe ich einen Blick zurück zu Grace. Ich suche ihren Blick, um ihr wortlos zu signalisieren, dass es mir leidtut, so zu verschwinden, und dass ich sie später suchen werde, aber die Gruppe hat ihre kleine Blase wieder geschlossen, und ich kann sie nicht mal mehr sehen.

Exsquisai – moi

Auf dem Weg zum Unterricht plappert Clementine die ganze Zeit über neue Ideen für die nächste Folge von *Shimmer and Shine*, aber ich höre kaum zu, weil mir nicht aus dem Kopf gehen will, wie sehr Grace sich äußerlich verändert hat. In nur vier Jahren. Ich habe so viele Fragen. Welche Fächer belegt sie jetzt? Wann hat sie aufgehört, sich die Haare zu flechten? Hat sie einen Freund?

Beim Gedanken daran, wie Grace einen Jungen küsst, muss ich beinahe laut kichern. Bei dem Thema hat sie sich immer ziemlich zimperlich angestellt. Obwohl sie ständig das Poster von Cole von *Summer Crush* geküsst hat.

Hoffentlich können wir mittags zusammen essen. Vielleicht haben wir ja sogar ein Fach gemeinsam. Ich muss unbedingt mit ihr reden.

Clementine führt mich die Treppe hinauf und in Raum 202. Die Wände sind mit einem Foto des Eiffelturms, einer französischen Flagge und einem Kinoplakat von »Die Tribute von Panem« auf Französisch verziert. Ich tippe mal darauf, dass das hier der Französischraum ist.

Falls wirklich vier Jahre vergangen sind, müsste ich inzwischen ja fließend Französisch sprechen können!

Die Lehrerin klatscht zweimal in die Hände. »Votre attention, tout le monde. On commence! Asseyez-vous, s'il vous plaît, et sortez vos cahiers de vocabulaire.«

Okay, ich habe mich wohl geirrt.

Ich habe nämlich nicht die geringste Ahnung, was die Frau gerade gesagt hat. Jedenfalls nichts über ein Schinkensandwich. Alle anderen – einschließlich Clementine – wühlen jedoch in ihren Taschen herum und holen Hefte und Stifte heraus. Ganz offensichtlich verstehen die alle viel mehr Französisch als ich.

Zählt man den Matheunterricht und die kryptischen SMS dazu, habe ich den ganzen Vormittag über schon mit Fremdsprachen zu kämpfen. Allmählich beschleicht mich das Gefühl, dass die Highschool nicht nur ein anderes Gebäude, sondern ein anderer Planet ist.

»Psst«, flüstert Clementine mir zu. Ich schaue zu ihr hinüber, wo sie eindringlich auf ein Heft mit dem Wort *vocabulaire* auf dem Umschlag deutet.

Vocabulaire. Das klingt wie Vokabular.

»Pourquoi n'avez-vous pas votre cahier? L'avez-vous encore oublié?« Warum sehen mich denn plötzlich alle an? Und warum wirft mir die Lehrerin einen so bösen Blick zu?

»Mademoiselle Adeline«, sagt sie spitz.

Oh. Das bin ich. Clementine seufzt tief und greift in die

Schultasche zu meinen Füßen, holt ein blaues Heft heraus und knallt es mir auf den Schreibtisch.

War das schon die ganze Zeit über da drin?

»Excusez-moi, Madame«, sagt Clementine mit beeindruckendem Akzent. »Adeline ne sent pas bien aujourd'hui.«

Verdutzt starre ich auf das Heft. Das Wort *vocabulaire* starrt zurück. Verwirrt blättere ich es durch, und mir fällt die Kinnlade herunter, als ich meine eigene Handschrift erkenne.

Alles ist auf Französisch.

Ich habe das geschrieben?

Wie kann das sein, wo ich doch kein einziges Wort verstehe, das die Lehrerin sagt? Abgesehen von meinem Namen, was genau genommen nicht zählt, weil mein Name ja schon französisch ist.

Und trotzdem gehöre ich ganz offensichtlich in diese Klasse. Ich besitze das Heft. Die Lehrerin kennt mich.

Aber ich kann mich an nichts davon erinnern.

Als hätte mein Körper im Schnelldurchlauf auf sechzehn vorgespult, aber mein Kopf ist immer noch zwölf. In meinen Erinnerungen gibt es eine riesige, vierjährige Lücke.

Ich denke an all die verwirrenden Dinge, die heute passiert sind: Meine Mom ist arbeiten gegangen, Buttercup lag in meinem Bett, ich habe ein komplett neues Zimmer und eine völlig andere Garderobe, ich fahre zusammen mit Clementine Dumont zur Schule. Menschen, mit denen ich noch nie ein Wort gewechselt habe, schicken mir SMS und winken mir zu und wollen nach der Schule etwas mit mir unternehmen.

Während die Lehrerin weiterhin auf Französisch unsinniges Zeug von sich gibt, tue ich so, als würde ich aufpassen. Dabei wirbeln die vielen unbeantworteten Fragen in meinem Kopf wild herum.

Was genau ist während der letzten vier Jahre geschehen?

Warum kann ich mich an nichts erinnern?

Und, viel wichtiger noch, was versteckt sich noch in dieser vierjährigen Gedächtnislücke?

Vorsicht vor Spind 702

Der Tag ist bereits zur Hälfte vorbei, und ich habe immer noch nicht in meinen Spind geschaut. Ich weiß nicht mal, wo er sich befindet. Kurz vor der Mittagspause habe ich die geniale Idee, ins Schulsekretariat zu gehen und dort Bescheid zu geben, dass ich meine Kombination vergessen habe. Ich erwarte beinahe einen genauso bösen Blick, wie Mrs Manfield ihn mir immer auf der Mittelschule zugeworfen hat, wenn ich um irgendetwas bitten musste, aber die Sekretärin lächelt nur verständnisvoll. »Ach, meine Liebe. Heute ist wohl einer dieser Tage, wie?« Sie tätschelt mir die Hand und tippt dann auf ihrer Computertastatur herum. »Ich sag schon lange, dass sie euch Kindern viel zu viel aufbürden. All diese Leistungskurse und Hausaufgaben und Tests, das ist die reinste Überforderung.« Der Drucker neben ihr erwacht ratternd zum Leben, und sie greift nach dem Papier, das auf dem Einsatz erscheint.

»Bitte schön, meine Liebe.« Sie schiebt es mir über den Schreibtisch hinweg zu. »Überarbeite dich nicht. Ein Burn-out mit sechzehn ist viel zu früh.«

Keine Ahnung, was sie damit meint, aber ich danke ihr

lächelnd und gehe. Als ich auf das Blatt in meiner Hand blicke, werden mir vor Erleichterung beinahe die Knie weich. Denn da steht nicht nur meine Spindkombination, sondern auch die Nummer.

Ich kämpfe den Drang nieder, zurückzulaufen und der Schulsekretärin um den Hals zu fallen.

Während ich noch auf der Suche nach Spind Nummer 702 bin, findet mich Clementine und zieht mich in die Cafeteria, wo sie uns an einen Tisch platziert, an dem schon andere Mädchen und Jungs sitzen.

Jungs!

Seit der dritten Klasse habe ich nicht mehr gemeinsam mit Jungs Mittag gegessen. Gestern hätte ich nicht mal mit den Jungs aus meiner Klasse gesehen werden wollen! Was vermutlich daran liegt, dass sie alle doof und unreif waren wie Jacob Tucker, der Junge, der mir am Tag zuvor die explodierende Limo angedreht hat.

Beziehungsweise vor vier Jahren.

Schnell wird jedoch deutlich, dass diese Jungs völlig anders sind. Sie sind alle sehr erwachsen und tatsächlich interessant. Und sie müssen weder schmutzige Witze reißen noch Pupsgeräusche machen, um uns zum Lachen zu bringen. Sie erzählen einfach witzige Anekdoten.

Auf der Suche nach Grace blicke ich mich in der Cafeteria um, aber ich entdecke sie nicht. Dafür erkenne ich einige Schüler wieder, mit denen ich sie vorhin im Flur gesehen habe. Sie sitzen drei Tische von uns entfernt, aber sie scheint nicht dabei zu sein. Vielleicht hat sie ja zu einer anderen Zeit Mittagspause als ich. Oder sie ist zum Lernen irgendwohin gegangen.

Clementine fällt auf, dass ich mich umsehe. Sie beugt sich vor und flüstert: »Er hat mir erzählt, dass er einen Arzttermin hat.«

Er? Glaubt sie, dass ich nach Connor suche? Scheint so.

Dann fügt sie hinzu: »Mach dir keine Sorgen. Heute Abend wird er da sein.«

Beim Gedanken an ein Wiedersehen mit ihm zuckt eine Art elektrischer Schlag durch mich hindurch. Ich möchte Clementine fragen, was heute Abend los ist. Sie ist schon die Dritte, die andeutet, dass etwas stattfinden wird, aber ich befürchte, dadurch würde sie mein Verhalten nur noch merkwürdiger finden. Also vertiefe ich das Thema lieber nicht.

Im Lauf des Tages starte ich zwei Versuche, meinen Spind zu finden, werde aber jedes Mal von Clementine abgelenkt. Obwohl ich mich nicht beschweren will. Letztendlich führt sie mich zu all meinen Unterrichtsräumen. Ohne sie würde ich vermutlich immer noch wie eine Nomadin ziellos in den Fluren herumirren und mich fragen, wo ich hinmuss.

Gleich beginnt jedoch die letzte Schulstunde für heute, und ich kann nicht mehr länger warten. Ich weiß, dass ich jetzt Englisch habe, weil mir Clementine das gesagt hat, ehe sie zu ihrem Chemieunterricht losgedüst ist.

Ich ziehe das Blatt von der Schulsekretärin aus der Tasche und folge den Spindnummern, bis ich den finde, nach dem ich suche.

702.

Hoffentlich liefert mir der Inhalt die dringend benötigten Hinweise auf mein neues Leben. Sorgfältig gebe ich die Kombination ein und ziehe die Tür auf. Mit einem Aufschrei springe ich zurück, als eine Lawine von Dingen herausrollt, die mich unter sich zu begraben droht, genau wie die Klamotten heute Morgen in meinem Schrank.

Vielleicht war es doch keine so gute Idee, hierherzukommen. Benutze ich den Spind überhaupt? Oder stopfe ich lediglich Kram hinein und schließe die Tür?

Als ich mich gerade vorbeugen will, um ein paar Sachen aufzuheben, knalle ich mit dem Kopf gegen etwas Hartes und falle auf den Hintern.

»Autsch!« Ich reibe mir über die Stirn.

»O mein Gott! Das tut mir so leid!«, sagt eine tiefe männliche Stimme.

Ich blicke auf, um zu sehen, wogegen ich da gelaufen bin. Genauer gesagt, gegen wen. Es ist ein Junge mit dunkelbraunen, beinahe schwarzen Haaren, rundem Gesicht, blasser Haut und großen, ausdrucksstarken braunen Augen. Außerdem riecht er ziemlich toll. Irgendwie nach minziger Seife. Aber das ist nicht das Erste, was mir an ihm auffällt. Als Erstes bemerke ich nämlich, wie süß er ist. (An süßen Jungs scheint es auf der Highschool nicht zu mangeln!) Dann fällt mir auf, dass er mir bekannt vorkommt. Allerdings habe ich nicht die geringste Ahnung, warum.

Auch er reibt sich über die Stirn. »Ich hab dich den Spind öffnen sehen. Murphys Gesetz, oder?«

Ich blinzle verwirrt. »Wer?«

Er lacht. »Murphy. Du kennst doch das alte Sprichwort: Alles, was schiefgehen kann, wird auch schiefgehen.« Er streckt eine Hand aus. »Egal. Hier, lass mich dir helfen.«

In verblüfftem Schweigen sehe ich zu, wie er Papiere, Stifte und einen Teil des Mülls vom Boden aufsammelt und sie zu verschiedenen Stapeln sortiert. Vor lauter Scham werde ich rot. Obwohl ich mich nicht daran erinnern kann, all diesen Plunder angehäuft zu haben, schäme ich mich sehr wohl dafür, dass dieser supersüße Junge ihn für mich aufhebt.

»Schon gut«, sage ich rasch und nehme ihm die Sachen aus der Hand. »Das musst du nicht tun. Schieb einfach alles wieder rein.«

Als er aufsteht, fällt mir zum ersten Mal auf, wie unglaublich groß er ist. Mindestens einen Meter fünfundachtzig! Er lacht. »Vielleicht ist das ja der Grund, warum du überhaupt so ein Chaos hier drin hast, Addie.«

Addie.

Er kennt meinen Namen. Meinen Spitznamen. Wenn

ich so darüber nachdenke, habe ich den den ganzen Tag über noch nicht gehört. Alle nennen mich Adeline. Meine Mom, meine Lehrer, Clementine. Sogar Connor.

Warum nennt mich also dieser Junge Addie? Das muss bedeuten, dass wir uns gut genug – oder lange genug – kennen, dass er meinen alten Spitznamen benutzt. Er kommt mir zwar bekannt vor, aber ich kann mich beim besten Willen nicht daran erinnern, wer er ist.

Und ich kann ihn ja schlecht auf den Kopf zu fragen.

»Gehst du zur Englischstunde?«, fragt er, während ich den Rest des Krams zurück in den Spind schiebe und die Tür schließe. Das Ding werde ich nie wieder öffnen.

»Ja. Genau«, sage ich mit viel zu viel Begeisterung, aber ich freue mich so, dass er in meiner Klasse ist. Da kann er mir den Weg zeigen. Und ich finde vielleicht seinen Namen heraus.

»Wie geht's deiner Schwester?«, fragt er, während wir den Flur entlanggehen.

»Gut«, antworte ich. »Sie ...« Ich verstumme. Gerade wollte ich ihm erzählen, dass sie schon wieder einen neuen Freund hat und die meiste Zeit mit ihren Freundinnen im *Human Bean* verbringt, aber dann wird mir mit einem überraschenden Anflug von Trauer klar, dass das vor vier Jahren war. Vom jetzigen Leben meiner Schwester weiß ich gar nichts.

»Gefällt ihr Rice?«, will er wissen.

Ich kneife die Augen zusammen. »Reis, wie Milchreis?«

Er lacht. »Du bist ein echter Witzbold, Addie. Rice University natürlich. Das College. Es ist ihr drittes Jahr dort, richtig?«

College?!

Meine Schwester geht aufs College?

Aber das ergibt Sinn. Vor vier Jahren war sie sechzehn, also ist sie jetzt ...

O mein Gott! Sie ist zwanzig!

Meine Schwester ist kein Teenager mehr. Sie ist erwachsen.

Mit leichter Enttäuschung erkenne ich, dass ich ihr letztes Highschooljahr völlig verpasst habe. Ihre Abschlussfeier, ihre Collegebewerbungen, ihren Abschlussball. Mit wem ist sie da wohl hingegangen? Henry? Nein, mit Henry war sie da bestimmt nicht mehr zusammen. Sie hatte praktisch jede Woche einen neuen Freund.

Ich habe so viele Fragen an sie. Wo liegt diese Rice University überhaupt? Weit weg? Kann ich sie eventuell am Wochenende besuchen? Vielleicht kann ich bei ihr im Studentenwohnheim übernachten! Das wäre total cool!

Erst da wird mir bewusst, dass wir nicht mehr gehen, sondern vor einer Tür mit dem Namensschild »Mr Heath« stehen. Vermutlich unsere Englischklasse. Der Minzseifenjunge starrt mich an und wartet auf meine Antwort auf seine letzte Frage.

»Oh!«, sage ich kopfschüttelnd. »Ja. Es gefällt ihr.«

Nehme ich an, füge ich in Gedanken hinzu.

Er lächelt. »Das ist schön. Meine Mom hat neulich nach ihr gefragt.«

Seine Mom?

Sind seine Eltern mit meinen Eltern befreundet? Ist er ein alter Freund der Familie?

Woher kenne ich ihn bloß?

Plötzlich fällt mir auf, wie merkwürdig es ist, dass dieser Junge mehr über mein Leben weiß als ich. Am liebsten würde ich ihm noch ein paar Informationen entlocken, doch mein Kopf ist wie leergefegt, als wir den Raum betreten und ich sehe, wer in der ersten Reihe sitzt. Mein Herz macht einen Satz.

Endlich. Das ist meine Chance, mit ihr zu reden und zu guter Letzt ein paar Antworten zu bekommen!

»Wir sehen uns später!«, verabschiede ich mich vom geheimnisvollen Jungen. Dann sprinte ich in die zweite Reihe und setze mich direkt hinter Grace Harrington.

Addie van Winkle

Grace dreht sich nicht mal um. Stattdessen ist sie in das Buch in ihrer Hand vertieft. Typisch Grace. Sie liest leidenschaftlich gern. Manchmal mache ich Witze darüber, dass vor ihrem Fenster die Apokalypse stattfinden könnte, und sie würde einfach weiter umblättern, als wäre nichts geschehen.

Ich will ihr gerade auf die Schulter tippen, als die Klingel läutet und mich erschreckt. Anschließend beginnt der Lehrer mit dem Unterricht. Frustriert lasse ich mich auf meinem Stuhl zurückfallen.

Offensichtlich muss ich mich bis nach dem Unterricht gedulden. Ich blicke auf die Uhr. Fünfzig Minuten.

Aber so lange kann ich nicht warten. Ich will unbedingt wissen, wie es ihr ergangen ist und was sie während der vergangenen vier Jahre gemacht hat. Die Vorfreude auf ihre Antworten macht mich so zappelig, dass ich kaum still sitzen kann.

Ich muss jetzt mit ihr sprechen. Was bedeutet, dass mir nichts anderes übrig bleibt, als ihr einen Zettel zu schreiben.

Grace kann es eigentlich nicht leiden, wenn ich ihr im Unterricht Nachrichten zustecke. Dafür ist sie viel zu sehr Prinzipienreiterin, und außerdem hat sie Angst, dass sie womöglich vom Lehrer erwischt wird. Aber als die beiden einzigen Schülerinnen in der siebten Klasse ohne Handys muss man kreativ werden. Erst recht, wenn es etwas zu diskutieren gibt, das unmöglich bis zum Unterrichtsende warten kann. So wie jetzt.

Leise reiße ich eine Seite aus meinem Heft und beginne zu kritzeln.

OMG! Wir müssen reden. Mir ist etwas total IRRES passiert, und du bist die Einzige, der ich davon erzählen kann!

»Washington Irvings Kurzgeschichte ›Rip van Winkle‹, die ihr bis heute lesen solltet, steckt voller verschiedener Themen«, erklärt der Lehrer Mr Heath leidenschaftlich und schwenkt die Arme herum wie ein wildgewordener Zirkuskünstler. »Wer kann uns eins davon nennen?«

Ich falte den Zettel zusammen und beuge mich unauffällig vor. Dann lasse ich ihn genau in dem Moment über Grace' Schulter fallen, als ihre Hand nach oben schnellt, um die Frage zu beantworten. Der Zettel prallt von ihrem Ellbogen ab und fliegt mir erst ins Gesicht und dann in den Schoß.

Panisch blicke ich zum Lehrer. Glücklicherweise scheint er es nicht bemerkt zu haben.

»Ja, Grace?«

»Nostalgie«, behauptet Grace und senkt die Hand.

»Sprich weiter«, ermutigt er sie.

»Washington Irving ist ganz offensichtlich ein nostalgischer Mann mit einer großen Portion Sentimentalität im Hinblick auf die Vergangenheit«, fährt sie fort. »Rip van Winkle hat zwanzig Jahre geschlafen und kehrt in seine Heimatstadt zurück, wo er feststellt, dass sich alles verändert hat und seine Frau gestorben ist. Darin spiegeln sich Washington Irvings eigene Probleme mit den langen Abwesenheiten von zu Hause wider. Es handelt sich einfach um eine übertriebene Reflexion seines eigenen Unterbewusstseins und vielleicht sogar eine Projektion seiner Schuldgefühle.«

Mir bleibt der Mund offen stehen. Gerade eben habe ich Grace zum ersten Mal sprechen gehört, seit ich in dieser merkwürdigen neuen Welt aufgewacht bin. Sie klingt nicht mal mehr wie früher. Sie klingt so ... so ... klug!

Natürlich ist Grace schon immer klug gewesen. Sie lernt viel und bekommt gute Noten, aber so erwachsen wie jetzt ist sie mir noch nie vorgekommen. Ich bin sogar ein kleines bisschen stolz auf sie.

»Toll!«, kommentiert Mr Heath. »Das ist eine hervorragende Beobachtung, Grace. Wer hat noch ein Thema erkannt? J. T.?«

Ich drehe mich um und sehe, wie der dunkelhaarige Junge, der mich zum Klassenraum begleitet hat, die Hand senkt und beginnt, über die Frau des Buchcharakters zu sprechen.

Aha! J. T.! Sein Name ist J. T.!

Leider hilft mir das kein bisschen weiter, denn ich kenne keinen J. T. Zumindest nicht, dass ich wüsste. Aber warum kommt er mir dann so bekannt vor? Wie eine Erinnerung, die man nicht genau zu fassen kriegt.

Während der Lehrer durch J. T.s Antwort abgelenkt ist, starte ich einen zweiten Versuch, Grace den Zettel zuzuwerfen. Vorsichtig beuge ich mich vor, tue so, als ob ich gähnen muss, damit ich die Hände ausstrecken kann, und lasse das zusammengefaltete Blatt über Grace' linke Schulter fallen.

Es landet in ihrem Schoß.

Hurra!

Sie sieht nach unten, und ich stelle mir begeistert vor, wie sie es liest und mir antwortet, dass sie es kaum abwarten kann, mit mir zu reden und sich sofort nach dem Unterricht mit mir treffen will. Oder noch besser, dass wir zusammen ins *Human Bean* gehen und uns dort bei Latte macchiatos austauschen!

Doch meine Kaffeephantasien sterben einen schnellen Tod, als ich zusehen muss, wie Grace den Zettel in ihre Tasche auf dem Boden stopft, ohne ihn überhaupt gelesen zu haben. Sie hat ihn nicht mal geöffnet.

Das nervt mich ein bisschen. Was, wenn da etwas Superwichtiges draufgestanden hätte? Oder es um einen lebensbedrohlichen Notfall ginge? Wieso hat sie nicht mal reingesehen?

Ich verdrehe die Augen. Sogar mit sechzehn ist Grace offensichtlich sehr auf die Einhaltung der Regeln bedacht und hat Angst davor, vom Lehrer erwischt zu werden. Zumindest manche Dinge haben sich nicht geändert.

»Adeline?« Als ich meinen Namen höre, zucke ich zusammen.

Er hat mich ertappt.

Tapfer riskiere ich einen Blick auf Mr Heath, der mich erwartungsvoll ansieht.

»Ja?«, frage ich und bemühe mich um einen unschuldigen Ton.

»Welche Themen sind dir in ›Rip van Winkle‹ aufgefallen?«

Verwirrt sehe ich erst ihn an und dann meinen Schreibtisch. Ich habe nicht mal die Geschichte vor mir liegen. Vermutlich steckt sie in meiner Tasche, aber ich kann ja schlecht ausgerechnet jetzt danach suchen, während er auf meine Antwort wartet.

»Äh ...« Ich versuche, Zeit zu schinden, und denke an das zurück, was Grace gerade gesagt hat. Etwas über einen Mann, der eingeschlafen und zwanzig Jahre später wieder aufgewacht ist. Das Gefühl kann ich auf jeden Fall nachempfinden! Ich bin praktisch Rip van Winkle. »Verwirrung?«, schlage ich schließlich vor.

Irgendwo vor mir höre ich ein höhnisches Schnauben.

War das Grace?

Nein. Grace würde so was nicht tun. Sie ist meine

Freundin. Warum sollte sie sich vor der gesamten Klasse über meine Antwort lustig machen? Das war sie ganz sicher nicht.

»Interessant«, findet Mr Heath. »Was genau meinst du damit?«

»Äh«, beginne ich erneut und komme mir von Sekunde zu Sekunde dümmer vor. Im Vergleich zu Grace' Schlaumeierantwort klinge ich eher wie ein plapperndes Äffchen. »Ich meine nur, wenn jemand beim Aufwachen merkt, dass sich sein Leben vollkommen verändert hat, dann muss der doch total verwirrt sein.«

Mr Heath nickt und reibt sich nachdenklich das Kinn.

Ich rede weiter. »In vier ... äh, zwanzig Jahren kann sich eine Menge verändern. Und wenn man nicht dabei war, fragt man sich natürlich, was man verpasst hat. Das ist so, als ob jeder, den du kennst, die letzte Folge einer Serie gesehen hat und am nächsten Tag darüber spricht, aber du mit deinen Eltern essen warst und sie deshalb verpasst hast.«

»Phantastisch!«, ruft Mr Heath zu meiner Erleichterung. »Adeline hat gerade das Thema Ausgrenzung in Bezug zu sich und ihren Mitschülern gesetzt, indem sie es mit einem modernen Medium wie Fernsehen verglichen hat. Absolut phantastisch.«

Ich strahle. Haha! Vielleicht schlage ich mich bei diesem Highschoolkram doch nicht so schlecht.

Erneut schießt Grace' Hand in die Höhe.

»Ja, Grace«, fordert der Lehrer sie auf.

»Das sehe ich nicht so. Ich finde, sie hat das Wesentliche nicht begriffen.«

Was?

»Inwiefern?«, fragt er und wirkt neugierig.

Ohne sich umzudrehen, fährt Grace fort: »Für mich hört es sich so an, als ob Adeline« – sie spricht meinen Namen mit deutlich hörbarer Abneigung aus – »die Geschichte nicht gelesen hat und sich jetzt an meine Antwort dranhängt und dabei irgendwas Vages mit Fernsehen hinzufügt, um alle zu beeindrucken.«

Ich keuche auf. Was macht sie denn da? Warum macht sie mich vor dem Lehrer schlecht? Vor der ganzen Klasse? So was sieht Grace überhaupt nicht ähnlich.

»Hast du die Geschichte gelesen, Adeline?«, fragt Mr Heath, und alle starren mich an.

Jetzt stecke ich zwischen allen möglichen widersprüchlichen Emotionen fest. Ich kann mich nicht entscheiden, ob ich sauer auf Grace sein soll, weil sie mich dumm dastehen lässt, oder panisch, weil ich die Geschichte tatsächlich nicht gelesen habe und der Lehrer das jetzt rausfindet.

Schließlich entscheide ich mich für die Wahrheit. »Nein. Tut mir leid. Hab ich nicht.«

Der Lehrer nickt. »Nun ja, danke für deine Ehrlichkeit, Adeline. Aber lies sie auf jeden Fall bis morgen, damit du dich richtig an der Diskussion beteiligen kannst. Gut, dann sprechen wir als Nächstes über die Heimatstadt von Rip van Winkle.«

Während er das neue Diskussionsthema erläutert, starre ich böse auf Grace' Hinterkopf. Ich kann nicht fassen, was sie gerade getan hat. Ist sie wegen irgendetwas sauer auf mich? Doch bestimmt nicht immer noch wegen der Pyjamaparty. Für sie ist das doch schon vier Jahre her, oder etwa nicht? Vielleicht ist sie wegen etwas anderem böse. Möglicherweise haben wir uns vor kurzem gestritten, und ich weiß es bloß nicht, weil es in dieser nervigen Erinnerungslücke verloren gegangen ist.

Was auch immer es ist, ich werde es rausfinden.

Als es endlich klingelt und damit der gefühlt längste Schultag meines Lebens endet, springt Grace von ihrem Platz auf und rast aus dem Zimmer, als ob sie vor einer Zombie-Invasion flieht. Bis ich mein Heft und alles andere in die Tasche gestopft habe und ihr folgen kann, ist sie schon halb den Flur runter, und ich muss einen Sprint einlegen, um sie noch zu erwischen. »Hey! Grace! Warte auf mich!«, rufe ich, aber sie dreht sich nicht um.

Ich überhole sie und bleibe vor ihr stehen, so dass sie anhalten muss.

»Was?«, keift sie.

Ich ringe nach Atem. »Was sollte das denn? Bist du sauer auf mich oder so?«

Sie schnaubt, als wäre es das Lächerlichste, was sie je gehört hat. »Nein, ich bin nicht *sauer* auf dich.«

Allerdings klingt sie sehr sauer.

»Aber warum hast du das dann eben vor der Klasse gesagt?«

»Es war eine analytische Diskussion von Irvings Geschichte. Ich habe lediglich eine andere Betrachtungsweise dargelegt.«

Ich runzle die Stirn. »Häh?«

Sie seufzt ungeduldig. »Ich habe jetzt Probe für die Marschkapelle.« Sie versucht, um mich herumzugehen, als wäre unser Gespräch bereits beendet.

Aber von meiner Seite aus ist es das nicht. Ich will noch über viele Dinge mit ihr reden.

»Marschkapelle!«, rufe ich und meine Augen strahlen. »Natürlich! Die Trompete. Wir spielen Trompete. Das hätte ich beinahe vergessen!«

Sie wirft mir einen verdutzten Blick zu. Als wäre ich das Monster von Loch Ness, das endlich aufgetaucht ist.

»Ich begleite dich dorthin.« Wenn Grace in der Marschkapelle ist, muss ich auch in der Marschkapelle sein. Schließlich haben wir mit sieben auch gemeinsam mit dem Trompetenunterricht angefangen. Und obwohl sie immer besser war als ich, kann ich mir kaum vorstellen, dass sie allein der Marschkapelle beigetreten ist. Das klingt genau nach der Art von Thema, die wir bis in die frühen Morgenstunden im Versteck diskutieren würden, mit einer Liste der Vor- und Nachteile für die Kapelle und alle weiteren möglichen Highschoolaktivitäten.

Grace schüttelt den Kopf und lässt ein dunkles Lachen hören, das so gar nicht nach ihrem üblichen hohen, fröhlichen Lachen klingt. »Du? In der Marschkapelle? Das wäre ja ridikül.«

Dann geht sie ohne ein weiteres Wort einfach weg, und ich bleibe im Flur stehen und frage mich, was mit meiner besten Freundin passiert ist.

Und was genau *ridikül* bedeutet.

(Fast) allein zu Haus

Ich bitte Clementine, uns in meinem Auto nach Hause zu fahren, weil ich mich angeblich nicht besonders wohl fühle. Sie parkt vor ihrem Haus und winkt mir zum Abschied zu. Ich soll mich ein bisschen ausruhen, damit ich fit für heute Abend bin, sagt sie.

Obwohl ich so tue, als ob ich jetzt zu mir nach Hause fahre – ich setze mich hinters Lenkrad, schnalle mich an und so weiter –, habe ich viel zu viel Angst, um wieder Auto zu fahren. Ich schaffe es gerade, den Schlüssel ins Zündschloss zu stecken und ganz leicht aufs Gaspedal zu treten, und fahre im Schritttempo ungefähr drei Häuser weiter. Nur gerade weit genug, bis Clementine mich aus ihrem Fenster nicht mehr sehen kann.

Dann stecke ich den Schlüssel in die Tasche und laufe nach Hause.

Den ganzen Weg über muss ich über den verrückten Tag nachdenken. Es ist der erste ruhige Moment für mich.

Doch egal, wie oft ich die Ereignisse in meinem Kopf Revue passieren lasse, ein Gedanke schiebt sich immer wieder in den Vordergrund.

Grace.

Warum war sie in der Klasse und im Flur so unhöflich zu mir? Warum kann ich nicht mit ihr in der Marschkapelle sein? Praktisch vom Tag unserer Geburt an haben wir alles gemeinsam gemacht. Warum sollte sich das auf der Highschool geändert haben?

Zu Hause springe ich die Stufen hoch und ziehe an der Türklinke, doch es ist abgeschlossen. Das finde ich sehr merkwürdig, weil wir fast nie abschließen. Ausgenommen nachts.

Ich wühle mich durch die Schultasche bis zum Schlüsselbund. Tatsächlich, da hängt ein weiterer Schlüssel dran, der mir vorher gar nicht aufgefallen ist. Ich stecke ihn ins Schloss. Die Tür springt auf.

»Mom!«, rufe ich, lasse die Tür hinter mir zufallen und stelle meine Tasche auf den Küchentisch. »Ich bin zu Hause! Mom? Wo bist du?«

Keine Antwort. Da fällt mir plötzlich wieder ein, warum sie nicht da ist. Sie arbeitet jetzt, und ich habe nicht die geringste Ahnung, wann sie nach Hause kommt.

Beinahe hätte ich als Nächstes nach Rory gerufen, bis ich mich daran erinnere, was mir dieser J.T. erzählt hat. Rory ist ebenfalls nicht mehr da.

Mit einem Mal spüre ich, wie mir Tränen in die Augen steigen. In diesem Moment kommt Buttercup die Treppe heruntergesaust und springt an mir hoch, um mir das Gesicht zu lecken.

Zumindest eine begrüßt mich bei meiner Heimkehr.

Ich gehe mit ihr in den Garten und hüpfe ein paar Minuten mit ihr herum, bis wir beide erschöpft sind. Buttercup stürzt die Hälfte des Wassers in ihrem Napf hinunter, und ich fülle mir am Spülbecken ein Glas und mache es ihr nach. Buttercup starrt wieder auf ihren futuristischen Napf, als ob sie darauf wartet, dass er sich von ganz allein füllt.

»Du hast schon wieder Hunger?«, frage ich ungläubig.

Wie oft frisst denn so ein Hund am Tag? Genauso oft wie Menschen? Ich finde immer noch kein Hundefutter, also fülle ich ihr Erdnussflips in die Schüssel, und sie schlingt sie genauso schnell hinunter wie heute Morgen die Cornflakes.

Mann, dieser Hund hat echt ein leidenschaftliches Verhältnis zum Essen. Nachdem sie fertig ist, also nach etwa fünf Sekunden, schleppe ich mich die Treppe hoch in mein Zimmer. Buttercup folgt mir gehorsam wie ein keuchender Schatten.

Ich hole tief Luft und beschließe, mich erneut meinem Kleiderschrank zu stellen. Glücklicherweise liegen die meisten Kleidungsstücke bereits noch von ihrem Angriff heute Morgen auf dem Boden. Mit der Gründlichkeit eines Fernsehermittlers ziehe ich alles aus den Fächern und suche nach Hinweisen. Nach irgendetwas, das mir dabei hilft, diesen verrückten Tag zu verstehen.

Abgesehen von ein bisschen Krimskrams und alten

Schulheften kommt mir nichts im Schrank bekannt vor. Die Klamotten sind viel cooler, die Schuhe drei Nummern größer und meistens mit Absatz, doch der Großteil meiner Sachen ist weg. Meine Sammlung gläserner Prinzessinnenfiguren kann ich nirgendwo entdecken. Meine Plüschtiere stehen nicht mehr im unteren Fach. Alle meine Brettspiele sind fort.

Genau genommen findet sich keine einzige Spur meines früheren Ichs hier drin.

Buttercup schiebt sich in den Schrank und steckt die Nase in einen Stapel Winterklamotten, den ich bei meiner Suche wahllos auf den Boden geworfen habe.

»Ich weiß«, sage ich und tätschele ihr den Kopf. »Es ist ganz schön chaotisch.«

Sie schnüffelt an einem Paar kuschliger, gepunkteter Socken, dann nimmt sie sie ins Maul und trottet glücklich davon.

»Hey! Bring die wieder her!«, rufe ich, aber sie ist bereits weg, und ich bin zu müde und niedergeschlagen, um ihr nachzulaufen.

Ich schleppe mich zum Schreibtisch und klappe den Laptop auf. Er ist schicker als mein früherer. Vermutlich ein neueres Modell. Es dauert einen Moment, aber dann finde ich den Internetbrowser und öffne eine Suchmaschine.

Allerdings hab ich nicht die geringste Ahnung, wonach ich suchen soll.

Ich kann ja wohl kaum eintippen: »Was ist zwischen mir und meiner besten Freundin vorgefallen?«

Stattdessen suche ich nach der Rice University und stelle erschrocken fest, dass die sich in Texas befindet. Zweitausend Meilen weit weg.

Texas?

Warum ist meine Schwester bis nach Texas gezogen? Urplötzlich habe ich die Hoffnung, dass dieser ganze Tag ein einziger Scherz ist. Eine Art Streich. Meine Schwester ist gar nicht wirklich weg. Sie ist immer noch hier, nebenan in ihrem Zimmer und lackiert sich gerade die Fußnägel türkis oder sucht Klamotten für ein wichtiges Date mit dem Freund der Woche aus. Wenn ich an ihre Tür klopfe, wird sie mich anschnauzen und mir sagen, dass ich nicht wie ein Perversling herumlungern und lieber abhauen soll, so wie immer.

Ich schiebe den Stuhl zurück und gehe hinaus auf den Flur. Auf Zehenspitzen, als ob mich sonst jemand im Haus hören könnte. Sich ins Zimmer meiner Schwester zu schleichen hat schon immer den Scharfsinn und die Geschicklichkeit eines erstklassigen Spions erfordert. Als ich vorsichtig die Tür öffne und einen Blick in das makellos saubere und deprimierend leere Zimmer werfe, wird es mir schlagartig bewusst.

Es ist real. Ich träume nicht.

Rory hätte ihr Zimmer niemals so sauber hinterlassen, wenn sie nur kurz weggegangen wäre.

Mit hängenden Schultern betrete ich es, um die seltene Gelegenheit zum Umsehen zu nutzen. Früher hat sie mich praktisch nie in ihr Zimmer gelassen.

Ich schaue unter ihr Bett und in ihren Schrank und öffne jede Schublade. Dabei warte ich auf die Genugtuung, dass ich endlich in Rorys Sachen herumschnüffeln kann, doch sie stellt sich nicht ein. Es gibt auch nicht mehr viel zu sehen. Die meisten Schubfächer sind leer, abgesehen von ein paar zurückgelassenen T-Shirts oder Schlafanzughosen.

Sie ist tatsächlich fort. Sogar ihre Pinnwand ist nahezu leer. Dort hatte sie immer Bilder von sich mit ihren Freundinnen oder Freunden hängen, oder die lustigen Comicstrips, die Dad ihr aus der Zeitung ausgeschnitten hat, und Schminktipps aus Zeitschriften. Dort befindet sich jetzt nichts weiter als ein Foto von ihr im *Human Bean,* in einer Nische mit Camilla, einer ihrer besten Freundinnen.

Und plötzlich kommt mir eine Idee. Ehrlich, darauf hätte ich schon viel früher kommen können.

Alle Fotos, die Rory hier hängen hatte, wurden ursprünglich mit ihrem Handy gemacht ...

Ich renne die Treppe wieder hinab, Buttercup bellend hinter mir her, weil sie glaubt, wir wollen im Garten spielen. Auf dem Küchentisch steht meine Tasche. Ich schütte den gesamten Inhalt aus, bis ich das Handy gefunden habe.

Warum ist mir das nicht früher eingefallen?

Wie konnte ich so blind sein? Dieses Handy ist eine Zeitkapsel. Die ganze Zeit über lagen die Antworten direkt vor meiner Nase.

Und jetzt bin ich entschlossener denn je, sie zu finden.

Grace-los

Nachdem ich das Display entsperrt habe, werde ich erneut mit SMS und Benachrichtigungen bombardiert. Zwanzig neue Mitteilungen. Die Hälfte stammt von Clementine, die andere Hälfte wieder von Leuten, deren Namen mir überhaupt nichts sagen.

Bin ich wirklich mit all denen befreundet?

Schon wieder eine Erinnerung, dass ich mein Kostüm nicht vergessen soll, was auch immer das bedeutet. Ich ignoriere alles und nehme mir vor, es später durchzugehen. Momentan liegt Wichtigeres an.

Als ich schließlich alle Benachrichtigungen vom Display gewischt habe, beginne ich meine Suche. Der Tag ist bis hierhin so verrückt und verwirrend gewesen, dass ich gar keine Gelegenheit hatte, mir das Handy genauer anzusehen.

Ich scrolle durch seitenweise Apps, bis mir schwindlig wird.

Benutze ich die wirklich alle?

Bei den meisten weiß ich nicht mal, wofür die gut sind. Nach einer gefühlt stundenlangen Suche finde ich endlich den Ordner mit den Fotos und scrolle durch zahllose Bilderreihen.

Das hätte ich schon längst machen sollen! Mein sechzehnjähriges Ich knipst pro Tag mindestens zehn Fotos. Mein gesamtes Leben ist dokumentiert. Hier ist alles, was ich verpasst habe.

Bei den meisten Aufnahmen handelt es sich um Selfies von Clementine und mir. Wir ziehen gelangweilte Mienen im Schulkorridor, lachen in der Cafeteria, hängen im Einkaufszentrum ab, trinken Kaffee im *Human Bean* (Ich wusste doch, dass ich da hingehe!), filmen unsere Beauty-Tutorials. Auf manchen Fotos sieht man auch andere Menschen. Einige erkenne ich aus der Schule wieder.

Während ich die Bilder durchsehe, erfüllt mich dieselbe Traurigkeit wie vorhin, als ich über die verpasste Abschlussfeier meiner Schwester nachgedacht habe. Anhand dieser Fotos wird deutlich, dass mein Leben als Sechzehnjährige ziemlich toll ist. Ich trage echt coole Klamotten, mein Make-up sieht immer super aus, ständig lächle oder lache ich, und scheinbar habe ich haufenweise Freunde. Aber sosehr ich es auch versuche und so lange ich diese Fotos auch anstarre, ich kann mich an keinen einzigen dieser Momente erinnern. Als hätte das alles ohne mich stattgefunden, obwohl ich überall dabei war.

Als hätte ich das alles übersprungen und geradewegs eine Abkürzung durch mein Leben genommen.

Am meisten entmutigt mich jedoch, dass ich kein einziges Bild von Grace finde.

Ich scrolle bis zum Anfang zurück. Das Foto scheint ungefähr vom Beginn meiner Highschoolzeit zu stammen, nachdem meine Eltern mir endlich ein Handy gekauft haben. Es gibt Tausende Aufnahmen – von mir, Clementine, Rory, von Buttercup als süßer, flauschiger Welpe.

Grace ist jedoch auf keiner einzigen zu sehen.

Das ergibt doch überhaupt keinen Sinn! Wir sind beste Freundinnen. Zumindest waren wir das mit zwölf.

Niedergeschlagen lege ich das Handy weg. So aufschlussreich das auch war, ich habe immer noch viele Fragen.

Zum Beispiel, warum verbringen Grace und ich unsere Freizeit nicht mehr zusammen? Und wie kam es zu meiner Freundschaft mit Clementine? Wenn man diesen Fotos glauben darf, sind wir mindestens seit der neunten Klasse befreundet.

Was bedeutet, dass zwischen dem Ende der Mittelschule und dem Beginn der Highschool etwas passiert sein muss. Etwas, das mein gesamtes Leben auf den Kopf gestellt hat und meine Freundin zu meiner Feindin hat werden lassen.

Etwas, woran ich mich beim besten Willen nicht erinnern kann.

Lächerlich

Meine Mom kommt erst nach neunzehn Uhr von der Arbeit nach Hause. Ich war viel zu hungrig, um darauf zu warten, dass sie Abendessen kocht. Tut sie das überhaupt noch? Und ich kann nicht kochen, also hab ich Erdnussbutter aus dem Glas gelöffelt, weil ich weder Brot noch Marmelade für Sandwiches gefunden habe.

Als sie durch die Tür kommt, bin ich so froh, ein freundliches, bekanntes Gesicht zu sehen, dass ich vom Stuhl aufspringe, den Löffel auf den Boden fallen lasse und sie fest an mich drücke.

Sie wirkt erschrocken, erwidert dann aber meine Umarmung.

»Adeline?«, beginnt sie vorsichtig. »Ist alles in Ordnung?«

Ich schniefe und meine Augen füllen sich mit Tränen. »Ich hatte einen komischen Tag«, sage ich, weil ich ganz genau weiß, dass ich ihr nicht erzählen kann, was wirklich vorgefallen ist. Ich weiß gar nicht, ob ich das überhaupt jemandem sagen kann. Jedenfalls nicht, ohne Gefahr zu laufen, in einer Irrenanstalt zu landen.

Da erkenne ich erneut bekümmert, dass es einen Menschen gibt, dem ich es hätte berichten können.

Grace.

Vermutlich hätte sie mir nicht sofort geglaubt, dafür ist sie viel zu logisch und wissenschaftlich veranlagt, aber irgendwann bestimmt. Auf jeden Fall hätte sie mir zugehört und versucht, mir zu helfen.

Wenn wir immer noch Freundinnen wären.

Und da beginne ich zu weinen. In unkontrollierten Schluchzern, mit Schniefen und eimerweise Tränen. Direkt auf das schicke schwarze Kostüm meiner Mutter, das leider sehr teuer aussieht.

»Hey, schon gut«, versucht sie mich zu trösten. »Was ist denn passiert? Möchtest du darüber reden? Hast du dich mit Clementine gestritten?«

Ich schüttele den Kopf. »Nein. Es ist nur ...« Ich schniefe. »Die Highschool ist ganz anders, als ich dachte.«

Hörbar atme ich aus. Es stimmt. Und es tut gut, es laut auszusprechen.

Mom lächelt wissend und küsst mich auf die Stirn. »So ist das meistens.«

In diesem Moment fällt mir auf, wie viel älter sie aussieht. In ihrem Gesicht entdecke ich neue Falten und graue Strähnen in ihren Haaren.

»Mom?«, frage ich, mache einen Schritt zurück und reibe mir mit einer Hand über die Nase.

Lächelnd stellt sie ihre Tasche auf dem Tisch ab. »Ja?«

Es gibt so vieles, das ich sie fragen möchte. Warum arbeitet sie wieder? Warum hat sich Rory für ein College entschieden, das so weit weg ist? Was ist zwischen Grace und mir vorgefallen? Doch ich stelle keine einzige Frage, denn ich würde mich komplett übergeschnappt anhören. Also bleibe ich lieber bei etwas Sicherem und Normalem. »Wie war's bei der Arbeit?«

Seufzend öffnet sie den Kühlschrank. »Ach, wie immer. Ein neuer Tag, dieselbe Arbeit.«

Frustriert beiße ich mir auf die Lippe und versuche es erneut. »Gefällt dir dein Job?«

Sie sieht mich mit zusammengezogenen Brauen über die Kühlschranktür hinweg an, und ich fürchte schon, die falsche Frage gestellt zu haben. Doch dann lächelt sie und sagt: »Es ist auf jeden Fall besser, als den ganzen Tag lang hier rumzusitzen und nichts zu tun.«

Aus irgendeinem Grund ärgert mich ihre Antwort. »Aber du hast doch gar nicht hier rumgesessen! Du warst eine Mom. Du hast vieles im Haus erledigt. Und dich um uns gekümmert.«

Mom wirft mir erneut einen verwunderten Blick zu und lacht leise. »Sicher, als ihr kleiner wart, da gab es mehr zu tun. Aber jetzt ist Rory auf der Uni, und du hast dein eigenes Auto und all deine Freunde, da macht es nicht viel Sinn, dass ich zu Hause bleibe. Es ist ja nicht so, als ob du mich hier brauchst.«

Ich balle die Hände zu Fäusten. Keine Ahnung, warum

mich das so sauer macht. Ich möchte ihr widersprechen, dass es sehr wohl Sinn macht. Dass ich sie hier noch brauche. Schnell wird mir jedoch klar, dass das womöglich nicht der Wahrheit entspricht.

Ich versuche ja immer noch, mein neues Leben zu entschlüsseln, alle Puzzleteilchen zusammenzusetzen. Vielleicht hat sie recht. Vielleicht brauche ich sie mit sechzehn nicht mehr.

Ich gebe zu, dass ich mich bei diesem Gedanken gleichzeitig beschwingt und einsam fühle.

Mom sucht immer noch im Kühlschrank herum. Ich will ihr meine Erdnussbutter anbieten, aber ich hab ja den Löffel fallen lassen. Als ich mich bücke, um danach zu suchen, sehe ich, wie Buttercup ihn mit der Nase auf dem Boden herumschiebt.

»Mom?«

»Hmm?«

»Weißt du, wo meine Trompete ist?«

Sie schließt die Kühlschranktür und legt eine Handvoll Zutaten auf die Arbeitsplatte. Sieht nach Omelett aus. »Im Keller, glaube ich.«

»Was macht sie denn dort?«, frage ich verwirrt. Das kommt mir wie ein sehr umständlicher Aufbewahrungsort vor.

Mom holt eine kleine Pfanne aus dem Schrank und stellt sie auf den Herd. »Dort haben wir sie verstaut, nachdem du mit dem Unterricht aufgehört hast.«

»Ich hab aufgehört, Trompete zu spielen?«, kreische ich, ohne nachzudenken. Mom wirft mir einen merkwürdigen Blick zu. Ich versuche, den Schock aus meiner Miene zu verbannen und cool zu wirken. *Tu ganz normal.* »Ach ja. Stimmt.« Ich kaue auf meiner Unterlippe herum. »So, äh, ich kann mich gar nicht mehr so richtig erinnern. Wann hab ich noch mal mit dem Trompetespielen aufgehört?«

Mom schaltet den Herd ein. »Worauf willst du hinaus?«

»Auf gar nichts. Ich hab nur über das Leben nachgedacht, du weißt schon, und über die Entscheidungen, die wir treffen.«

Mom lacht, als hätte sie schon jahrelang nichts mehr so Witziges gehört. »Du hast *nur* über das Leben nachgedacht?«, macht sie sich über mich lustig.

Leicht gekränkt verschränke ich die Arme. *»Ja.«*

Sie wirft ein Stück Butter in die Pfanne und schwenkt es hin und her. »Okay. Ich bin ziemlich sicher, dass es in der siebten Klasse war. Kurz nach deinem zwölften Geburtstag. Möchtest du ein Omelett?«

Ich drücke mir die Fingernägel in die Handflächen und versuche, die Frustration in meiner Stimme zu verstecken. »Nein, danke. Ich hab schon gegessen. Ich gehe jetzt hoch und ...« – doch mir fällt nichts ein. Um ehrlich zu sein, ich hab nicht die geringste Ahnung, was ich als Nächstes tun werde. Ich brauche Antworten, habe aber immer noch keine Ahnung, wo ich die finden soll. »Und fang schon mal mit den Hausaufgaben an, schätze ich.«

Mom zieht skeptisch die Augenbrauen hoch. »Hast du denn heute Abend nichts vor?«

»Vermutlich doch«, murmele ich und gehe die Treppe hinauf. Und füge leise hinzu: »Obwohl ich mich nicht daran erinnern würde.«

Unruhig laufe ich in meinem Zimmer umher und versuche, ein wenig Ordnung in die wirren Informationsbruchstücke in meinem Kopf zu bringen. Leider lassen sie sich einfach nicht zu irgendetwas Sinnvollem zusammensetzen. Es gibt noch viel zu viele Lücken.

Grace hasst mich.

Meine beste Freundin ist Clementine.

Ich tue so, als hätte ich die Mathearbeit versaut, um Connor zu beeindrucken.

Meine Schwester besucht eine Universität, die nach einer Beilage benannt ist.

Ich betreibe ein Beauty-Vlog.

Trompetespielen habe ich aufgegeben.

Das kann ich am allerwenigsten glauben. Ich meine, klar, ich war nie wirklich gut, aber das war eine der gemeinsamen Aktivitäten von Grace und mir. Mit sieben hatten wir unsere erste Unterrichtsstunde. Meine Mom hat mich jeden Mittwoch rüber zu Grace gebracht, und die Lehrerin kam ebenfalls dorthin, und wir haben zusammen geübt. Lily, Grace' kleine Schwester, haben das laute

Gehupe und die schiefen Tonleitern verrückt gemacht. Deswegen hat sie immer Lärmschutzkopfhörer aufgesetzt, die für ihren kleinen Kopf eigentlich viel zu groß waren.

Ich denke zurück an den Moment nach der Englischstunde, als Grace mir im Flur ins Gesicht gelacht hat: »Du? In der Marschkapelle? Das wäre ja ridikül.«

Auf dem Handy tippe ich »ridikül« in die Suchmaschine. Die Definition bessert meine Laune keineswegs.

*ri-di-**kül**: lächerlich, zum Lachen, komisch.*

Also, das ist aber ziemlich gemein. Sie findet den Gedanken, dass ich in der Marschkapelle mitspiele, lächerlich? Ich könnte sehr wohl Teil der Marschkapelle sein! Ich kann nämlich gleichzeitig laufen und ein Instrument spielen. Was weiß sie denn schon?

Offensichtlich eine ganze Menge mehr als ich. Ich wusste ja nicht mal, dass ich das Trompetespielen aufgegeben habe.

Das Handy in meiner Hand vibriert. Schon wieder eine dieser blöden Erinnerungsnachrichten.

Vergiss dein Kostüm nicht!

»Was bedeutet das?«, schreie ich das Handy an.

»Was?«, höre ich Mom von unten rufen.

»Nichts!«, brülle ich zurück und werfe das Handy aufs Bett. Dann lasse ich mich daneben fallen und drücke das Gesicht in die schicken fuchsiafarbenen Kissen.

Ich wollte unbedingt sechzehn sein, aber jetzt stellt sich das als ganz anders heraus, als ich dachte. Nichts ergibt irgendeinen Sinn. Keine Ahnung, wie sich ein Leben in nur vier kurzen Jahren so verändern kann. Dabei wollte ich einfach nur älter sein, damit ich ein Handy besitzen und Make-up tragen kann und nicht mehr in der Kinderabteilung einkaufen muss.

Ich wusste ja nicht, dass ich dafür meine beste Freundin eintausche.

Das Handy vibriert erneut. Seufzend entsperre ich das Display. Es ist eine weitere SMS von Clementine. Diesmal schreibt sie:

> Clementine: Ich hole dich gegen 9 für den Ball ab. 🎸💃🎭💋

WAS????

Mit offenem Mund starre ich die Nachricht an. Mein Herz schlägt heftig gegen die Rippen. Haben das alle gemeint, als sie von heute Abend gesprochen haben?

»Ein Ball?« Kreischend springe ich auf. Dann hüpfe ich auf dem Bett auf und ab. All meine Sorgen und unbeantworteten Fragen sind schlagartig vergessen.

Anscheinend hat Mom das Spektakel gehört, denn einen Moment später kommt sie mit dem Pfannenwender in der Hand ins Zimmer gerannt. Als sie mich wie auf einem Trampolin herumspringen sieht, bleibt sie stehen. »Ist alles in Ordnung?«, fragt sie behutsam.

»Heute Abend findet ein Ball statt!«, rufe ich.

»Das heißt also, dass es dir bessergeht?«, hakt sie nach.

»Heute Abend findet ein Ball staaaaatt!!!«, singe ich lauthals, bevor ich mich lachend auf den Hintern fallen lasse und von dort auf die Füße katapultiert werde.

Mom lacht kopfschüttelnd mit. Bevor sie sich umdreht, um zurück in die Küche zu gehen, höre ich sie noch leise sagen: »Noch einmal Teenager sein.«

Shimmer and Shine

Mein erster Highschoolball! So viele Jahre lang habe ich Rory beobachtet, wie sie sich für Bälle fertiggemacht hat – die Kleider, die Schuhe, das Make-up, der Schmuck, Parfüm! Und jetzt bin endlich ich an der Reihe.

Die nächsten fünf Minuten sause ich im Zimmer umher wie im Rausch, bis ich schließlich einen Blick auf den Wecker erhasche.

Clementine will mich um neun abholen, und jetzt ist es schon Viertel nach acht! Okay, ich muss mich konzentrieren.

Als Erstes muss ich ein Kleid finden. Das sollte nicht allzu schwierig sein, immerhin ist mein Schrank voll mit tollen Klamotten.

Allerdings erweist es sich trotzdem als schwierig. Denn all diese tollen Klamotten liegen entweder noch in einem Haufen auf dem Boden oder hängen wild durcheinander, ohne erkennbares System. Warum ist denn mein sechzehnjähriges Ich so schlampig? Warum kümmert es sich nicht besser um seine Sachen? Als ob es die gar nicht so richtig zu schätzen weiß.

Nachdem ich mich durch kiloweise Stoff auf dem Boden gewühlt habe, finde ich schließlich etwas, das mir supergut gefällt. Es ist ein trägerloses, knielanges Kleid mit einem silberfarbenen Paillettenoberteil und einem luftigen türkisfarbenen Rock, der vorne kurz und hinten lang geschnitten ist. Es sieht aus wie etwas, das eine griechische Göttin tragen würde. Ihr wisst schon, wenn eine griechische Göttin auf einen wahnsinnig tollen Highschoolball gehen würde.

Ganz hinten im Schrank finde ich noch ein paar glänzend silberne High Heels. Weil der Absatz so hoch ist, kann ich nicht wirklich gut darin laufen, aber ich lerne schnell. Bis Clementine mich abholt, hab ich den Dreh sicher raus. Außerdem sind die Schuhe viel zu toll, um nicht getragen zu werden. Mit ihnen fühle ich mich wie von Zauberhand plötzlich acht Zentimeter größer.

Wie groß bin ich jetzt eigentlich?

Ich schlüpfe wieder aus den Schuhen, schnappe mir einen Bleistift und gehe hinüber zum Türrahmen. Den Rücken fest dagegen gedrückt, fahre ich mit dem Stift ein paar Mal direkt oberhalb des Scheitels über das Holz. Als ich das Ergebnis betrachte, falle ich beinahe in Ohnmacht.

Ich bin fast fünfundzwanzig Zentimeter gewachsen!

Ich bin jetzt einen Meter vierundsechzig groß!

Ich bin praktisch ein Supermodel!

Mom hatte also tatsächlich recht mit dem kurz bevorstehenden Wachstumsschub.

Nachdem ich eine wunderschöne Silberkette, ein Armband, Ohrringe und eine paillettenbesetzte Clutch gefunden habe, um den Look abzurunden, hole ich tief Luft und ziehe breit grinsend das magische Make-up-Fach auf. Ich hatte schon beinahe vergessen, was für ein tolles Sortiment ich besitze. Lipgloss in jeder Farbschattierung. Lidschattenpaletten, aufgereiht wie Bücher im Regal. Mehr Kajalstifte als ich normale Stifte im Schreibtisch liegen habe!

Ich greife nach einem Kompaktpuder und will mein Gesicht gerade mit den seidigen, cremefarbenen Pigmenten bedecken, als mir Clementines Gesichtsausdruck angesichts meines Make-up-Versuchs heute Morgen wieder einfällt. Mein Lächeln verschwindet.

Wegen der vierjährigen Gedächtnislücke habe ich nicht die geringste Ahnung, was ich mit diesen Schminksachen anfangen soll. Mein sechzehnjähriges Ich mag ja eine professionelle Beauty-Vloggerin mit haufenweise eifrigen Followern sein, aber *ich* habe nicht die geringste Ahnung davon.

Doch plötzlich kommt mir eine Idee.

Ich bin eine professionelle Beauty-Vloggerin! Clementine und ich betreiben ein erfolgreiches Beauty-Vlog auf YouTube. Mein gesamtes Können ist dokumentiert!

Ich öffne die YouTube-App auf dem Handy und suche nach »Shimmer and Shine«. Sofort erscheinen die Suchergebnisse. Hunderte von Videos mit jeweils zahllosen

Klicks und Kommentaren. Voller Ehrfurcht scrolle ich mich durch.

Wir sind praktisch Promis!

Ich klicke auf ein Video namens »Vorbereitung für ein Date« und lehne das Handy gegen den Spiegel auf meiner Kommode. Ein paar Sekunden später erscheint mein eigenes Gesicht auf dem Display.

Es ist das sechzehnjährige Gesicht, an das ich mich immer noch nicht ganz gewöhnt habe, und mein Make-up ist atemberaubend.

»Hi! Hier ist Adeline von *Shimmer and Shine*«, spricht mein YouTube-Ich fröhlich in die Kamera. »Heute zeige ich euch, wie ihr diesen echt heißen Date-Look hinbekommt.«

Boah! Ich klinge so reif und weltgewandt.

Die Kamera fährt von meinen Augen, die fachmännisch in schimmernden Gold- und Brauntönen bemalt sind, über die betonten Wangenknochen hinunter zu den vollen, glänzenden Lippen.

»Sieht das nicht göttlich aus?«, fragt mein YouTube-Ich. »Und dabei ist es supereinfach, Leute! So hab ich das gemacht.«

Die Szene ändert sich erneut, und jetzt sehe ich mich selbst mit ungeschminktem Gesicht. Ich stehe vor dem Badezimmerspiegel. Vor mir liegen eine Reihe von Schminkutensilien und einige Bürstchen ausgebreitet.

»Ich beginne jetzt mit der Grundierung im Farbton Tauptastic. Dazu benutze ich meine Concealerbürste Nummer siebzehn«, erklärt das YouTube-Ich.

Ehrfürchtig sehe ich zu, wie das Mädchen im Video geschickt mit schnellen, kreisförmigen Bürstenstrichen Grundierung auf sein Gesicht aufträgt und dadurch die Sommersprossen auf seinen Wangen verdeckt und der Haut ein gleichmäßigeres Aussehen verleiht. Ich suche dieselbe Grundierung heraus und die entsprechende Bürste und ahme es nach. Es ist deutlich schwerer, als sie es wirken lässt.

Im Lauf des Tutorials trage ich Puder auf, Lidschatten, Eyeliner, Mascara, Lippenkonturenstift, Lipgloss und Rouge. Zum Schminken gehören eine Menge Arbeitsgänge und sehr viele Utensilien. Das hatte ich gar nicht so auf dem Schirm. Es dauert dreimal so lange wie im Video, weil ich ständig die Pausentaste drücken und zurückspulen muss, damit ich genau sehen kann, was sie da macht. Außerdem komme ich nicht darüber hinweg, wie schräg es ist, dass ich mich selbst bei diesen Dingen beobachte, an die ich mich nicht erinnern kann. Und dann versuche, genau dasselbe auf genau demselben Gesicht nachzumachen ... allerdings mit deutlich weniger beeindruckendem Ergebnis.

Als ich fertig bin, sieht es natürlich keineswegs so gut aus wie bei meinem YouTube-Ich, aber gegenüber heute Morgen ist es eine deutliche Verbesserung. Vermutlich fehlt mir einfach nur etwas Übung. Mein YouTube-Ich hat schließlich viel mehr Erfahrung.

Es dauert ein paar Minuten, bis ich auf den Absätzen die Treppe hinabgestöckelt bin, und zweimal stürze ich beinahe. Kurz nach neun komme ich jedoch unten an. Bei jedem Schritt klappern meine Absätze laut. Meine Eltern schauen im Wohnzimmer fern. Ich bleibe im Türrahmen stehen und betrachte meinen Dad. Es ist das erste Mal, dass ich ihn sehe, seit ich in meinem neuen Leben aufgewacht bin. Das ist so bizarr! Er ist buchstäblich über Nacht vier Jahre gealtert. Im Prinzip sieht er noch genauso aus wie früher, aber die Schläfen sind grauer, und um die Augen herum erkenne ich ein paar Falten mehr.

Als sie mich in der Tür stehen sehen, springen beide auf.

»Du siehst wunderschön aus«, sprudelt es aus Mom heraus.

»Ziemlich schick«, stimmt Dad ihr zu. Mir steigt die Schamesröte ins Gesicht. »Mom. Dad. Hört auf!«

»Ich möchte nur ein einziges Foto machen!«, bettelt Mom.

»Na gut«, gestatte ich es ihr. »Aber nur eins.«

Sie knipst es mit ihrem Handy und betrachtet es lächelnd. »Holt Clementine dich ab?«

»Ja.«

»Ich finde es gut, dass ihr beiden ohne Verabredungen geht«, sagt Mom.

Dad lacht schallend. »Ja, ich auch.«

Also haben wir uns freiwillig entschieden, zusammen hinzugehen? Heißt das, wir hätten eventuell auch mit Jungs gehen können?

Beim Gedanken daran, dass ich heute Abend Connor wiedersehe, schnellt mein Puls in die Höhe. Ob er mich zum Tanzen auffordert? Vielleicht sollte ich doch lieber andere Schuhe anziehen. In diesen hier kann ich kaum laufen, geschweige denn das Tanzbein schwingen.

»Vergiss nicht«, warnt Mom. »Um Mitternacht bist du zu Hause.«

Völlig verwirrt starre ich sie an. »Was? Warum?«

Sie kneift die Augen zu Schlitzen zusammen und blickt hinüber zu Dad.

»Fang gar nicht erst wieder damit an, Adeline«, sagt Dad streng. »Diese Uhrzeit haben wir für dich festgelegt, und daran halten wir auch fest.«

»Ich hab eine feste Heimkommzeit?«, platze ich begeistert heraus. Das galt bisher immer nur für Rory. Ich war diejenige, die zu Hause mit ihren Eltern Monopoly gespielt hat, während meine Schwester sich amüsierte.

Mom und Dad tauschen einen verblüfften Blick. »Ja, hast du«, bestätigt Mom.

»Das ist so cool!«, freue ich mich und eile, so schnell die Schuhe es zulassen, hinüber und drücke sie fest.

»Okay«, sagt Mom misstrauisch. »Was willst du?«

»Nichts! Ich schwöre.« Ich lasse sie los. »Überhaupt nichts. Um Mitternacht bin ich zu Hause, versprochen.«

»Gut.« Sie klingt immer noch zögerlich. »Vielleicht kannst du morgen endlich das Spielhaus ausräumen.«

»Das Spielhaus?«, wiederhole ich und gehe zum Fenster. Als ich das kleine gelb-weiße viktorianische Haus im Garten erblicke, entfährt mir ein kleiner Aufschrei. Es ist immer noch da! Auch nach vier Jahren noch.

Unser Versteck.

Ein flaues Gefühl im Magen beschleicht mich, als ich an die vielen Fotos zurückdenke, die ich heute gefunden habe. Grace war auf keinem einzigen davon zu sehen.

»Ja, das Spielhaus«, sagt Mom, und Dad geht zur Speisekammer, um sich einen kleinen Imbiss zu holen. »Du weißt doch, dass ich online eine Verkaufsanzeige geschaltet habe. Es muss leer sein, falls jemand kommt und es sich ansehen will.«

Plötzlich dreht sich das Zimmer um mich herum. »Du willst es verkaufen?« Ich schreie praktisch.

Mom blinzelt überrascht. »Darüber haben wir doch letzte Woche gesprochen. Du hast gesagt, es ist dir egal, weil du es sowieso nicht mehr benutzt.«

»Ich hab das gesagt?«, frage ich geschockt.

Sie lacht. »Ich zitiere: ›Mom, ich bin viel zu alt für das blöde Ding.‹«

Ich zucke zusammen, als meine Mom mich nachmacht... beziehungsweise mein sechzehnjähriges Ich. Sie klingt so unhöflich und eingebildet. Bestimmt übertreibt sie. So kann ich mich unmöglich anhören.

»Wie auch immer«, fährt sie fort, »ich bin sicher, ein anderes kleines Mädchen wird damit sehr glücklich werden. Räumst du es also am Wochenende aus?«

»Ich ...«, beginne ich, schaffe es aber nicht, den Satz zu beenden. Der Gedanke daran, unser Versteck auszuräumen und zuzusehen, wie es jemand in Einzelteilen abtransportiert, ist mir momentan zu viel. Mir brennt die Kehle, und Tränen steigen mir in die Augen. Ich kann nicht riskieren, dass mein Make-up verschmiert.

Glücklicherweise hupt es genau in diesem Moment in der Einfahrt. Ich hole tief Luft und streiche mein Kleid glatt. Mein erster Highschoolball. Da will ich mir von nichts die Laune verderben lassen.

»Zahnkontrolle?«, fragt Mom.

Ich reiße den Mund weit auf wie beim Zahnarzt, und sie lacht. »Nein. Ich meine, soll ich nachsehen, ob dir auch keine Essensreste zwischen den Zähnen stecken, bevor du gehst?«

»Oh. Ach so.« Ich zeige ihr meine Zähne, und sie streckt einen Daumen hoch.

»Alles okay.«

»Atemkontrolle?«, fragt Dad, der gerade mit einer Hand in der Chipstüte aus der Speisekammer kommt. »Ich hab heute beim Podcast gelernt, dass es mehrere Tage dauern kann, bis stinkende Lebensmittel wie Zwiebeln und Knoblauch ausgeschieden werden.«

»Dad«, beschwere ich mich. »Das ist eklig.« Obwohl ich

insgeheim froh bin, dass er sich während der vergangenen vier Jahre nicht allzu sehr verändert hat. Er hört sich immer noch diesen blöden Podcast an.

Mom zieht mich noch einmal in ihre Arme, und als sie mich loslässt, bemerke ich ein Glitzern in ihren Augen. »Du siehst wunderschön aus. Ich kann kaum glauben, wie erwachsen du inzwischen bist.«

Draußen hupt es erneut. Ich klemme mir die Clutch unter den Arm und stöckele zur Tür. »Ja«, erwidere ich lächelnd. »Da sind wir schon zu zweit.«

Sieben Jungs

Jetzt ist es offiziell: Ich liebe die Highschool. Dieser Ball ist der Wahnsinn. Sie haben die Turnhalle in ein funkelndes Meer aus Sternen und Scheinwerfern und rotem Teppich verwandelt. Die Hauptbeleuchtung wurde gedimmt, so dass man die unzähligen winzigen Lichter sehen kann, die von der Decke hängen. Unmittelbar über der Tanzfläche schweben goldfarbene, sternenförmige Ballons, und jemand hat ein riesiges Hollywoodzeichen mit einem Vollmond an die Wand gemalt.

Das Motto lautet: »Heiße Hollywoodnächte«, und es trifft ganz offensichtlich ins Schwarze, denn ich komme mir vor wie ein Promi, der gerade bei der Oscar-Verleihung eintrifft.

Die Schulbälle auf der Mittelschule waren lange nicht so toll. Erstens lassen sie da das Licht an, damit die Aufsichtspersonen alle Schüler jederzeit im Blick haben. Zweitens war da nie so cool geschmückt. Und wenn es überhaupt ein Motto gab, dann meistens was Langweiliges und Kindisches so wie »Karneval« oder »Party auf dem Meeresgrund«.

Das hier ist echt der Wahnsinn. Clementine und ich posieren für ein Bild auf dem roten Teppich, vor einem großen Banner mit unserem Schulmaskottchen darauf. Die Aufnahmen macht ein Profifotograf, und wir gehen sofort zu dem kleinen Bildschirm und begutachten sie. »Siehst du«, sagt Clementine, während sie ihre E-Mail-Adresse eingibt, damit der Computer ihr die Fotos schicken kann, »ich hab dir doch gesagt, dass es am besten ist, alle Einladungen von Jungs abzulehnen und als BFFs zu gehen. Schau doch mal, wie phänomenal wir aussehen. Wir werden mit Abstand das am meisten beachtete Paar hier sein.« Sie drückt auf *Senden* und tippt mir liebevoll auf die Nasenspitze. »Und du wolltest eine Einladung annehmen. Kleines Dummerchen.«

Ich lache nervös. »Ich hab's vergessen. Hatten mich zwei oder drei Jungs gefragt?«

Clementine verzieht das Gesicht, als hätte gerade jemand gepupst. »Zwei oder drei? Du meinst wohl sieben.«

»*Sieben?*«, rufe ich.

Sieben Jungs haben mich zum Ball eingeladen? Und ich hab alle abblitzen lassen?

Clementine verzieht das Gesicht immer mehr, als wäre sie plötzlich verwirrt. »Da bin ich mir ziemlich sicher.« Sie zählt an ihren Fingern ab: »Nick, Asher, Isaac, Liam, Reid, Harrison, und dieser eine Junge, dessen Name ich immer vergesse. R. D.? L. J.?«

»Aber nicht Connor?«, vergewissere ich mich.

Clementine zieht eine Schnute. »Ach bitte. Du weißt doch, dass Connor viel zu cool ist, um ein Mädchen zum Ball einzuladen. Der wird genau wie wir solo herkommen. Und wenn der richtige Zeitpunkt gekommen ist, sorge ich dafür, dass du mit ihm tanzt.«

Mein Herz beginnt wie wild zu galoppieren. »Wirklich?«

»J. T.!«, platzt sie heraus. »So heißt er. Ich wusste doch, dass es irgendwelche Initialen waren.«

»J. T.?«, hake ich neugierig nach. »Der hat mich eingeladen?«

»Ja.« Clementine lacht lauthals. »Als ob du da je zugesagt hättest.«

Ich denke an den supergroßen, dunkelhaarigen Jungen, der versucht hat, mir beim Aufräumen zu helfen, nachdem so viel Krempel aus meinem Spind gefallen war. Er war so nett. Und echt süß.

»Warum nicht?«

»Weil er uncool ist. Das war er schon auf der Mittelschule.«

Auf der Mittelschule. Kenne ich ihn daher? Ist er gemeinsam mit uns zur Sky View gegangen?

»Außerdem ist das hier viel besser. Jetzt können wir tanzen, mit wem wir wollen.« Sie zwinkert mir zu. »Statt ausschließlich an unser Date gebunden zu sein. Abwechslung ist die Würze des Lebens, das weißt du doch.«

Ein Hiphop-Song ertönt, und Clementine lässt den lautesten Kreischer hören, den ich je erlebt habe. »Ja!«, ruft sie, packt mich am Arm und zieht mich auf die Tanzfläche. »Das ist voll mein Groove.«

Sie beginnt, sich perfekt zu dem harten Beat zu bewegen, und ich habe Mühe, mit ihr mitzuhalten. Es ist ziemlich schwierig, weil ich (a) in diesen Schuhen unmöglich tanzen kann (ich hätte doch andere Schuhe wählen sollen), und ich (b) das Lied nicht kenne. Normalerweise tanze ich zu viel fröhlicheren Liedern, wie den Popsongs von *Summer Crush*.

Clementine wirft sich die Haare über die Schulter und stößt ihre Hüfte gegen meine. Ich bemühe mich, es ihr gleichzutun, beuge die Knie und rocke mit rausgestrecktem Hintern von einer Seite zur anderen.

Ich sehe albern aus.

»Welches Lied ist das?«, schreie ich über die Musik hinweg.

Statt einer Antwort lacht sie einfach nur, was ich so deute, dass ich das Lied eigentlich kennen müsste. Vielleicht ist es sogar eins unserer Lieblingslieder, allerdings klingt es überhaupt nicht vertraut.

Vermutlich ist es irgendwann während der letzten vier Jahre herausgekommen, deshalb ist es mir fremd. Ich habe also nicht nur vier Jahre meines Lebens verpasst, sondern auch vier Jahre Musik.

O mein Gott! Das bedeutet, dass es inzwischen bestimmt mindestens vier neue Alben von *Summer Crush* gibt! Begeisterung macht sich in mir breit. Es ist dasselbe Gefühl wie sonst auch, wenn Grace und ich zum allerersten Mal einem ihrer neuen Songs lauschen. Wir haben sie stets gemeinsam gehört und Release-Partys im Versteck gefeiert.

Ich frage mich, wie die neuen Alben wohl heißen und welche Lieder drauf sind. Garantiert sind sie noch toller als die letzten vier. Ich habe plötzlich das dringende Bedürfnis, Grace zu suchen und sie zu fragen, welche davon ihre Lieblingslieder sind. Doch dann erinnere ich mich wieder daran, wie sie mich heute im Flur angesehen hat. Als hätte ich eine ansteckende, unheilbare Krankheit. Die Kehle wird mir eng.

Aber nur, bis Clementine mich am Arm packt, zu sich heranzieht und flüstert: »Schau mal, wer gerade gekommen ist.«

Als ich den Kopf drehe, fällt mein Blick geradewegs auf Connor. Er steht in der Nähe der Tanzfläche und sieht sich um. In dunklen Jeans, weißem Hemd, schwarzem Jackett und mit schmaler Krawatte sieht er umwerfend aus. Seine Haare sind noch ein bisschen feucht, als ob er geradewegs aus der Dusche kommt, und in dem dunklen Raum leuchten seine blauen Augen beinahe genauso hell wie das umherstreifende Scheinwerferlicht.

Sein Blick wandert durch den Raum, bis er schließlich auf mir landet. Er verzieht den Mund zu einem Lächeln, das mich beinahe umkippen lässt. Und nicht nur, weil ich immer noch versuche, auf diesen acht Zentimeter hohen Absätzen das Gleichgewicht zu halten.

Ohne den Blick von mir zu nehmen, kommt er auf uns zu.

»Und genau *deshalb* hast du sieben Jungs einen Korb gegeben«, flüstert mir Clementine ins Ohr. »Jetzt ist es Zeit für deinen Move.«

Die fünf Flirtregeln

Meinen Move? Ich hab keinen Move. Ich kenne überhaupt keine Moves! Ich bin doch erst zwölf. Haben Zwölfjährige Moves?

Nein, aber Sechzehnjährige, antwortet die Stimme in meinem Kopf.

Ich glaube, mir wird schlecht.

»Dir wird nicht schlecht«, widerspricht Clementine.

Hab ich das etwa laut gesagt?

»Entspann dich«, flüstert sie mir ins Ohr, während Connor weiterhin langsam und geradezu katzenhaft über die Tanzfläche hinweg auf uns zukommt. Es sieht aus wie eine dieser Slow-Motion-Szenen im Film. Jetzt fehlt nur noch eine Windmaschine, die seine Haare verwuschelt. »Ich lotse dich da durch.«

»Hi, Adeline. Hi, Clementine«, sagt Connor und nickt uns beiden zu.

»Hi, Connor«, antworten wir gleichzeitig, was total kitschig rüberkommt. Clementine wirft mir aus dem Augenwinkel einen tödlichen Blick zu. Vermutlich soll das heißen, dass sie ab jetzt das Reden übernimmt. Soll mir recht sein, denn meine Zunge fühlt sich an, als wäre sie auf Melonengröße angeschwollen.

»Wie geht's, wie steht's?«, fragt Clementine und wirft spielerisch ihre Haare nach hinten.

Das sieht so supercool aus, das muss ich unbedingt auch probieren. Ich beuge mich ein wenig nach vorn, damit die Haare mir über die linke Schulter fallen, dann schleudere ich den gesamten Körper nach hinten. Vermutlich ein bisschen zu stark, denn ich verliere das Gleichgewicht in den riesigen Schuhen und stolpere rückwärts.

Glücklicherweise bekommt Connor mich gerade rechtzeitig zu fassen, um einen Sturz zu verhindern.

»Vorsicht«, mahnt er grinsend. »Sonst tust du dir noch weh.«

Mein Gesicht brennt vor Scham. Ich versuche, es mit einem Lachen zu überspielen.

»Der Ball ist ziemlich lahm, oder?«, fragt Connor und verzieht die Oberlippe.

Clementine macht ein genervtes Geräusch und sagt: »Ja, total.«

Und ich wiederhole: »Ja, total«, obwohl es eine glatte Lüge ist. Für mich ist dieser Ball das Allercoolste auf der Welt.

»Aber, wisst ihr«, fährt Connor fort, »wir sollten vermutlich einfach das Beste daraus machen. Meint ihr nicht auch?«

In diesem Moment stelle ich fest, dass er mich direkt

anstarrt, als ob er darauf wartet, dass ich etwas sage. Oder tue. Allerdings hab ich nicht die geringste Ahnung, was das sein könnte. Deshalb murmele ich einfach: »Hm, ja... zu.«

Jazu?

Das ist nicht mal ein Wort.

Schon wieder werde ich schamrot und muss mir in Erinnerung rufen, tief Luft zu holen und mich nicht mehr wie eine komplett Irre zu benehmen.

»Also?«, fragt Connor und sieht mich immer noch erwartungsvoll an.

Clementine gibt mir einen kleinen Schubs mit der Hüfte und bringt mich damit beinahe wieder aus dem Gleichgewicht.

»Also«, wiederhole ich unsicher, weil jeder außer mir zu wissen scheint, worum es bei diesem Gespräch geht.

Connor lacht laut auf. »Möchtest. Du. Mit. Mir. Tanzen?« Er betont jedes einzelne Wort und beendet die Frage mit einem Augenzwinkern.

Ich habe das Gefühl, einen Stromschlag zu bekommen.

»Ich?«, frage ich zweifelnd.

Connor lacht erneut. »Ja. Du.«

Das Herz schlägt mir bis zum Hals. Ich suche nach etwas, woran ich mich festhalten kann. Meine Hand findet den Saum von Clementines Kleid, und ich drücke fest zu.

»Warte mal kurz«, bittet sie Connor. »Wir brauchen nur einen Moment.«

Connor zieht verwundert eine Augenbraue hoch, hebt dann aber abwehrend die Hand. »Klar. Lasst euch Zeit.«

Clementine zieht mich am Arm aus der Turnhalle. Der stille Flur ist eine willkommene Atempause nach der ganzen Aufregung. Obwohl die Schreie in meinem Kopf uns zu folgen scheinen.

»Okay«, sagt Clementine brüsk. »Was ist bloß in dich gefahren?«

»Ich hab Angst«, gebe ich wahrheitsgemäß zu.

»Du hast Angst«, wiederholt sie ungläubig. »Vor Connor?«

»Vor allem! Ich tanze zum ersten Mal …« Ich verstumme.

Ich möchte ihr erzählen, dass ich noch nie zuvor mit einem Jungen getanzt habe, weil es stimmt. Allerdings würde ich wetten, dass die sechzehnjährige Adeline nicht nur die Einladungen von sieben Jungs abgelehnt, sondern auch schon mit vielen getanzt hat.

Rory habe ich mit einigen ihrer Freunde tanzen sehen. Und auch Paare in Filmen. Millionen Male. Einmal haben Grace und ich im Versteck zu einer Ballade von *Summer Crush* getanzt wie Junge und Mädchen, aber dabei konnten wir nie länger als zwanzig Sekunden ernst bleiben und sind schließlich kichernd auf unsere Schlafsäcke gefallen.

»Du tanzt zum ersten Mal …?«, wiederholt Clementine fragend, damit ich meinen Satz beende.

»Ich tanze zum ersten Mal …« Panik überfällt mich. Was soll ich denn jetzt sagen?

Ich starre hinab auf meine Füße.

»In diesen Schuhen!«, füge ich erleichtert hinzu. »Ich hab Angst zu stolpern. Der Absatz ist zu hoch.«

Clementine seufzt und streckt eine Hand aus, mit der Handfläche nach oben. »Gib sie mir. Ich halte sie für dich. Du kannst barfuß tanzen.«

»Ist das erlaubt?« Darauf gibt mir Clementine keine Antwort. Sie schüttelt lediglich den Kopf und deutet auf die Schuhe. Schnell schlüpfe ich heraus und wackle mit den Zehen. Meine Füße scheinen sehr erleichtert über die Befreiung. Bisher hab ich gar nicht gemerkt, wie unbequem diese teuflischen Dinger waren.

»Du schaffst das«, versichert sie mir. »Denk einfach an unsere fünf Flirtregeln und alles wird gut.«

Unsere fünf Flirtregeln?

»Äh«, stottere ich. »Kannst du mir die schnell noch mal in Erinnerung rufen?«

Clementine sieht aus, als würde sie am liebsten laut losschreien, doch dann zählt sie die Regeln an den Fingern ihrer linken Hand ab. »Mach ihn an. Flirte mit den Augen. Sag häufig seinen Namen. Such nach Möglichkeiten, ihn zu berühren. Zeig beim Lächeln keine Zähne.«

All das sagt sie so schnell, dass ich es kaum verstehe. Mein Puls rast. Ich muss mich hinlegen. »Warte, was war schnell noch mal die erste?«, frage ich.

Clementine seufzt ungeduldig und schiebt mich zurück in die Turnhalle. »Geh.«

Nervös laufe ich auf die Tanzfläche zu und versuche, mich an die fünf Dinge zu erinnern, die Clementine gerade aufgezählt hat. In meinem Kopf tobt der reinste Tornado.

Irgendwas mit Flirten mit den Augen? Was soll denn das bedeuten? Wie flirtet man denn mit den Augen?

Ich könnte weglaufen. Einfach barfuß losrennen, bis nach Hause. So weit ist das gar nicht. Nur zehn Minuten, wenn ich mich beeile ... und auf nichts Scharfes trete. Ich könnte mich zur Hintertür der Turnhalle hinausschleichen und ...

»Da bist du ja.«

Ich sehe Connor auf mich zukommen, ein anbetungswürdiges Grinsen im Gesicht. Er verbeugt sich wie in einem alten Film und streckt eine Hand aus. »Darf ich um diesen Tanz bitten, Miss Adeline?«

Meine Knie werden weich.

Ich kann einfach nicht fassen, wie sehr er Berrin Mack ähnelt. Und gleich werde ich mit ihm tanzen!

Okay, tief Luft holen. Ich schaffe das.

Ein langsames Lied beginnt, wieder eins, das ich nicht kenne, und Connor wackelt mit den Fingern der ausgestreckten Hand. »Bist du bereit?«

Am liebsten würde ich antworten, dass ich nicht bereit bin. Dass ich es frühestens in vier Jahren sein werde. Doch dann erinnere ich mich an den gestrigen Abend im Versteck mit Grace. Bevor wir uns gestritten haben und ihre

Mom kam, um sie abzuholen. Bevor ich meinen Wunsch in Mrs Toodles magische Schmuckschatulle gesteckt habe. Bevor ich in diesem Leben aufgewacht bin.

Bist du denn gar nicht neugierig auf die Highschool-Bälle?

Diese Frage hab ich Grace gestellt. Weil *ich* neugierig war. Ich bin es immer noch. Deshalb habe ich mir gewünscht, sechzehn zu sein. Weil ich wissen wollte, wie es sich anfühlt – das schicke Kleid, mit einem süßen Jungen tanzen.

Und jetzt bin ich hier. In einem schicken Kleid. Und einen süßeren Jungen als Connor gibt es nicht.

»Ja«, sage ich und lege meine Hand in seine. »Ich bin bereit.«

Lächeln wie ein Schnabeltier

Ich tanze! Mit einem Jungen! Einem, der genau wie Berrin von *Summer Crush* aussieht.

Das ist alles so aufregend. Und beängstigend. Und nervenaufreibend. Ich glaube, ich muss mich gleich übergeben.

Nein, schimpfe ich schweigend mit mir. Dir wird nicht schlecht. Denk einfach an das, was Clementine dir gesagt hat.

Genau. Die fünf Flirtregeln.

Jetzt muss ich mich nur noch daran erinnern, wie sie lauten.

Connor hat die Arme um mich gelegt, und wir wiegen uns sanft im Takt der Musik. Ab und zu sieht er mich aus seinen wunderschönen blauen Augen an, und ich habe das Gefühl, in seinen Armen dahinzuschmelzen.

Flirte mit den Augen! Daran kann ich mich erinnern. Aber wie genau macht man das? Das muss so ähnlich wie blinzeln sein, das habe ich schon in Filmen gesehen. Gut, das waren überwiegend Zeichentrickfilme, aber trotzdem.

Als Connor mich anlächelt, zucke ich hoch konzentriert mit den Augenlidern. Auf. Zu. Auf. Zu. Schnell. Schnell. Schnell. Um ehrlich zu sein, fühlt es sich nicht wie Flirten an. Eher wie ein Krampf im Augenlid.

»Hast du irgendwas im Auge?«, fragt Connor.

Ich stelle mein Gezwinker ein.

»Nein. Ich meine, ja. Aber jetzt ist es raus.«

»Gut.« Ich spüre, wie er seinen Griff um mich ein wenig verstärkt.

Aha. Vielleicht hat es ja doch funktioniert.

Okay, machen wir mit Regel Nummer zwei weiter. Ich glaube, das war irgendwas mit anmachen und seinen Namen häufig nennen.

Keine Ahnung, wieso mich jemand lieber mögen soll, wenn ich ihn dumm anmache, aber Clementine scheint zu wissen, wovon sie spricht, also werde ich ihrem Rat wohl einfach vertrauen müssen.

»Hey, Connor«, sage ich.

Er grinst. »Ja, Adeline?«

»Connor«, wiederhole ich seinen Namen und komme mir bereits jetzt blöd vor.

»Adeline«, gibt er zurück und zieht eine Braue hoch.

»Du hast eine echt große Nase.«

Er unterbricht das Hin- und Herschwingen und lässt die Arme sinken. Dazu wirft er mir einen merkwürdigen Blick zu, den ich nicht richtig deuten kann. Funktioniert es? Ist er ganz begeistert von meiner Anmacherei?

»Und deine Ohren stehen ziemlich ab, wie bei einem Affen.«

»Was?«, fragt er und neigt den Kopf.

Kichernd zeige ich mit einem Finger auf ihn. »Jetzt siehst du wirklich wie ein Affe aus!«

Er lacht ebenfalls, aber es klingt gezwungen. »Ist das ein Spiel, von dem ich nichts weiß?« Genau genommen klingt er irgendwie genervt. Vermutlich stelle ich mich nicht gerade geschickt an. Hätte ich ihn wegen etwas anderem anmachen sollen?

»Und dein Atem stinkt, als hättest du einen aus dem Mund gelassen«, versuche ich etwas Neues.

Er macht einen Schritt nach hinten. Einen sehr großen Schritt. Mist. Das kann nicht gut sein.

»Mein Atem ... wovon redest du da?«, stammelt er und wirkt extrem verwirrt. Definitiv nicht schwärmerisch. Er atmet mit vorgehaltener Hand und riecht an seinem Atem.

»Das macht doch nichts!«, schiebe ich schnell hinterher. »Ich hab gehört, dass es mehrere Tage dauern kann, bis stinkende Lebensmittel wie Zwiebeln und Knoblauch ausgeschieden werden.«

Einen Moment lang starrt er mich an, als wäre ich eine dieser schwierigen Trigoniatrie-Aufgaben. Dann schüttelt er den Kopf und legt die Arme wieder um meine Taille. Die Veränderung ist deutlich spürbar. Sein Griff ist viel lockerer, und seine Miene zögerlich.

Es läuft alles andere als gut. Ich muss unbedingt herausfinden, wie ich die Situation retten kann.

Wie lauteten noch mal die anderen Flirtregeln? Irgendwas mit lächeln? Hat Clementine gesagt, ich soll beim Lächeln die Zähne zeigen oder nicht?

Vermutlich ja. Warum sollte man beim Lächeln die Zähne verstecken wollen? Da würde man ja aussehen wie ein Schnabeltier. Ich bin ziemlich sicher, dass Schnabeltiere nicht gerade für ihre tollen Flirtfähigkeiten bekannt sind.

Also verziehe ich das Gesicht zu einem breiten Grinsen und achte darauf, so viele Zähne wie möglich zu zeigen. Ziemlich unbequem. Als ob mein Mund viel zu weit aufgedehnt wird und mir gleich die Wangen platzen, aber scheinbar mache ich das richtig, denn Connor lächelt mich an. Wobei ich zugeben muss, dass es nicht sein normales sorgloses, freundliches Lächeln ist. Es wirkt ein wenig angestrengt. Eigentlich sogar eher wie eine Grimasse.

Ich muss so schnell wie möglich die nächste Regel anwenden.

Wie viele habe ich jetzt durch? Die Augenflirterei, das Anmachen, seinen Namen sagen, das zahnige Lächeln. Vier. Eine fehlt. Was war das schnell noch?

Ihn berühren?

Ja! Genau!

Ihn berühren? Aber wo? Wir berühren uns doch bereits!

Meine Hände liegen auf seinen Schultern und seine um meine Taille.

»Weißt du, was ich wirklich mag?«, sage ich und bin erschrocken, wie schrill und panisch meine Stimme klingt. Ich mustere sein Gesicht, bis mir einfällt: »Dein Kinn!« Und dann kneife ich ihn mit Daumen und Zeigefinger ins Kinn.

Mir fällt auf, dass Connor sich ein wenig zurücklehnt. »Äh, danke.« In seiner Stimme schwingt Unbehagen mit.

»Und auch dein Ohrläppchen«, fahre ich fort und greife dorthin, doch er duckt sich weg, als ich zugreifen will, und so pikse ich ihm geradewegs ins Ohr.

»Autsch!«, schreit er, macht sich von mir los und hält sich eine Hand ans Ohr. »Was machst du denn da? Warum steckst du mir deinen Finger ins Ohr?«

Er klingt ziemlich wütend. Das war mit Sicherheit nicht das Ziel der fünf Flirtregeln. Was bedeutet, ich habe etwas falsch gemacht. Ich mache einfach alles falsch.

»Tut mir leid«, versichere ich ihm schnell. »Tut mir wirklich leid.« Und bevor er noch antworten oder ich erneut etwas versauen kann, laufe ich weg. Ich schiebe mich durch die anderen Paare auf der Tanzfläche und suche hektisch nach Clementine.

Stattdessen finde ich jemand anderen.

Wobei *finden* nicht das richtige Wort ist. Ich laufe geradewegs in ihn hinein und knalle mit der Nase gegen seine Brust, weil er ungefähr zwanzig Zentimeter größer ist als ich.

Nachdem ich wieder klar sehen kann und überprüft habe, dass meine Nase nicht blutet, sehe ich auf. Vor mir steht J.T. und blickt mich aus seinen dunklen Augen besorgt an.

»Hoppla!«, sagt er und legt mir die Hände auf die Schultern, damit ich nicht umfalle. »Ist alles okay?«

»Ja«, murmele ich und sehe mich nach Clementine um. Dieser Ball entwickelt sich nicht gerade so, wie ich gehofft hatte, und ich will nur noch weg.

»Suchst du deine Verabredung?«, fragt J.T.

»Ich bin allein hier«, antworte ich automatisch und lasse den Blick immer noch umherschweifen.

»Oh«, sagt J.T. und wird plötzlich ganz still. Erst da nehme ich ihn bewusst wahr. Er hält den Kopf gesenkt und sieht zu Boden.

Toll. Jetzt hab ich schon wieder was Falsches gesagt. Ich hab's erneut vermasselt. Noch einen süßen Jungen sauer gemacht.

»Als du gesagt hast, dass du nicht mit mir zum Ball gehen kannst, hab ich angenommen, dass du bereits verabredet bist«, erklärt J.T. Er klingt traurig. Als hätte ich ihm gerade verkündet, dass sein Hund gestorben sei. »Aber ich verstehe«, sagt er und hält den Blick immer noch auf den Boden gerichtet. »Du wolltest lediglich nicht mit mir herkommen.«

Er will gerade gehen, und ich bin von dem Gespräch so verwirrt, dass es einen Moment dauert, bis ich aus meiner Trance aufwache und reagiere. »Warte, J. T.! Nein. So war das gar nicht.«

»Ist schon gut«, wehrt er niedergeschlagen ab. »Du und Clementine, ihr zieht diese Beliebtes-Duo-Masche ab, und da passe ich nicht rein. Ich versteh das.«

Erneut dauert es eine Sekunde, bis ich antworte, weil ich von seinen Worten so verblüfft bin. »Was? Nein. So ist das nicht.«

Zumindest glaube ich nicht, dass es so ist.

Doch dann fällt mir ein, was Clementine darüber gesagt hat, dass J. T. uncool ist. Habe ich ihm wirklich deshalb einen Korb gegeben? Weil ich zu beliebt bin, um mich mit ihm sehen zu lassen?

Das kann doch nicht sein. So würde ich niemals denken.

»Clementine fand es besser, wenn wir allein zum Ball gehen«, erkläre ich ihm. »Dadurch können wir tanzen, mit wem wir wollen.«

Ich sage zwar den Text auf, aber in meinen Worten steckt keinerlei Gefühl. Ich wiederhole lediglich Clementines Begründung. In Wahrheit fange ich an, mich zu fragen, was für ein Mensch die sechzehnjährige Adeline wirklich ist.

Ich weiß, dass sie viele Freunde hat. Zumindest eine Menge Leute, die ihr Nachrichten schreiben und im Flur mit ihr reden. Sie ist die Art Mensch, die von sieben verschiedenen Jungs zum Ball eingeladen wird und alle Einladungen ablehnt. Außerdem verbringt sie ihre Zeit lieber mit Clementine Dumont statt mit Grace Harrington.

Aber was noch? Was habe ich übersehen?

»Oh?«, fragt J.T. und wirkt durch meine Erklärung ein wenig aufgebaut. »Das heißt also, dass ich dich zum Tanzen auffordern kann?«

Beim Gedanken, wieder die Tanzfläche zu betreten, spüre ich einen Knoten in der Brust. Angst, dass ich schon wieder Clementines blöde Flirtregeln befolgen muss und erneut kläglich versagen werde. Doch dann blicke ich in J.T.s hoffnungsvolle Augen, und ich spüre etwas, das ich nicht genau benennen kann.

Ich kann ihn jetzt nicht wegschicken. Außerdem finde ich ihn ziemlich interessant. Ich möchte mehr über ihn erfahren und herausfinden, warum er mir so bekannt vorkommt.

Ich lächle ihn an. »Ja, das heißt, dass du mich zum Tanzen auffordern kannst.«

Er erwidert mein Lächeln, und mir gefallen die kleinen Fältchen, die dabei um seine Augen entstehen. Als ob sich das Lächeln auf seinem gesamten Gesicht ausbreitet. »Addie, möchtest du gerne mit mir tanzen?«

Ich tue so, als müsste ich angestrengt darüber nachdenken. Um ihn zum Lachen zu bringen. Es funktioniert. Grinsend wartet er auf meine Antwort.

Ich weiß vielleicht nicht genau, zu welcher Art Mädchen

ich geworden bin, aber ich weiß genau, welche Art Mädchen ich war. Und welche Art Mädchen ich sein möchte.

Die Art Mädchen, die ja sagt.

Und für den Moment muss das reichen.

Tanz mit mir

Der Tanz mit J. T. ist ganz anders als der mit Connor. Er tanzt nicht weltmännisch und formvollendet, er ist albern und ungeschickt und bringt mich zum Lachen. Während der ersten Hälfte des nächsten Lieds tut er so, als wäre er bei einem Tanzwettbewerb, streckt den Hals wie ein eingebildeter Vogel Strauß und führt mich über die gesamte Tanzfläche, wobei er unsere Arme als Steuerelement nutzt, um uns zwischen den anderen Tänzern hindurch zu navigieren. Dann dreht er uns Millionen Mal im Kreis, bis mir ganz schwindlig ist, und beugt mich so weit nach hinten, dass meine Haare den Boden berühren.

Einige der anderen Tänzer werfen uns böse Blicke zu, aber das scheint J. T. nichts auszumachen. Unbeirrt setzt er seinen unkoordinierten Tanz fort, bei dem wir ständig gegen andere Schüler rempeln und uns gegenseitig auf die Zehen treten.

Ich kichere, als er mich aus der Tanzhaltung heraus- und wieder hineindreht und mich linkisch auffängt, als mein Kopf in seiner Achselhöhle stecken bleibt. »Bist du bereit für meine weltberühmte todesmutige Hebefigur?«

»Vermutlich nicht.«

Fragend zieht er eine Braue hoch. »Bist du sicher?«

»Ich möchte nur sehr ungern am Montag auf Krücken in die Schule kommen«, witzele ich ebenfalls.

Er zuckt mit den Schultern. »Verständlich.« Dann zieht er mich zu sich heran, und ich rieche erneut einen Hauch dieses köstlichen minzigen Dufts. Ich frage mich, ob er vielleicht Pfefferminzseife benutzt.

Eine Weile lang tanzen wir normal und wiegen uns sanft zur Musik hin und her, während J. T. die Ballade mitsummt, die gerade läuft und die ich auch nicht kenne.

Ich amüsiere mich so gut, dass ich beinahe den katastrophalen Tanz mit Connor vergesse. Wer ist dieser J. T.? Und warum habe ich seine Einladung nicht gleich angenommen? In seiner Gegenwart habe ich so viel Spaß.

»Es tut mir leid, dass ich dir einen Korb gegeben habe«, sage ich leise und senke den Kopf ein wenig, damit ich ihm nicht in die Augen sehen muss. »Mit dir gemeinsam herzukommen wäre lustig gewesen.«

J. T. hört auf zu summen. »Ist schon gut. Vermutlich hab ich es verdient. Als Strafe wegen damals.«

»Als Strafe wegen damals?«, wiederhole ich neugierig.

»Ja, für das, was ich dir in der siebten Klasse angetan hab.« Verwirrt schaue ich ihn an. »Jetzt sag mir nicht, dass du das nicht mehr weißt!«, ruft J. T. »Die explodierende Traubenlimo? Ich hab mich deswegen jahrelang mies gefühlt. Aber wenn du das völlig vergessen hast, dann war das absolute Energieverschwendung.«

Traubenlimo.

Jacob Tucker.

J.T.

Ach du liebe Zeit! Wieso bin ich da nicht eher drauf gekommen? Wieso habe ich ihn nicht erkannt?

Vermutlich, weil er sich während der vergangenen vier Jahre vollkommen verändert hat. Er ist gewachsen, und seine Stimme ist jetzt viel tiefer. Der Babyspeck ist verschwunden. Und er riecht deutlich besser als damals.

Aber jetzt, wo ich ihn genau ansehe, erkenne ich ihn. Die Augen sind dieselben. Vermutlich kam er mir deshalb so vertraut vor.

»Du bist Jacob Tucker!«, rufe ich, bevor ich die Hand vor den Mund schlagen kann. Ich kann nicht fassen, dass ich das gerade laut gesagt habe. Er wird mich für verrückt halten. Und wer weiß? Vielleicht bin ich das ja. Möglicherweise ist dieser ganze Tag eine einzige Wahnvorstellung und ich liege immer noch als Zwölfjährige im Bett und habe mir das alles ausgedacht.

»Ich meine, du bist Jacob Tucker«, bemühe ich mich um Fassung. »Natürlich erinnere ich mich daran. Wie könnte ich das vergessen? Ich musste den ganzen Tag lang mit den lilafarbenen Flecken auf meinen Klamotten herumlaufen.«

Er sieht schuldbewusst drein. »Es tut mir leid. Damals

war ich ein richtiger Blödmann. Ich hab das nur getan, weil ich dich gern hatte.«

WAS?

Jacob Tucker hatte mich gern? Ich habe immer geglaubt, dass er mich nicht leiden kann! Warum sollte denn jemand eine Limodose schütteln und sie dann jemandem geben, den er mag?

»Ist das dein Ernst?«, frage ich.

Er lacht. »O ja. Und zwar sehr. Hast du das denn nicht gemerkt?«

»Nein!« Ich schreie fast. »Woran hätte ich das denn merken sollen? Alle deine Freunde haben mich ausgelacht!«

Jetzt ist seine Miene beschämt. Er sieht zu Boden und schüttelt langsam den Kopf. »Ich weiß. Ich war ein Idiot. Ich hab angenommen, du wüsstest es, weil ich Traubenlimo genommen hab. Ungefähr in der zweiten Klasse hast du mir erzählt, dass das deine Lieblingslimo ist, und ich hab es mir gemerkt. Aber ich hatte Angst, dass meine Freunde sich über mich lustig machen, wenn ich sie dir einfach in die Hand drücke. Also hab ich sie erst geschüttelt.« Er lacht. »Man sollte meinen, dass ich während der letzten vier Jahre ein wenig erwachsener geworden bin, aber ich befürchte, ich kann einem Mädchen meine Gefühle heute genauso wenig zeigen wie damals.«

Ich schlucke. Er hebt den Kopf und sieht mich so intensiv an, dass ich wegschauen muss. Will er mir damit sagen, dass er mich immer noch mag?

Hat Clementine das gewusst? Hat mein sechzehnjähriges Ich es gewusst?

J. T. – ich meine, Jacob – räuspert sich. »So, soll ich dir noch ein paar weitere von meinen Killertanzschritten zeigen?«

Dankbar für den Themenwechsel lächle ich ihn an. Es fing gerade an, in der Turnhalle sehr warm zu werden.

»Nur zu.«

Er umfasst meine Hand fester, und ich wappne mich für den lächerlichen, übertriebenen Schritt, den er als Nächstes machen wird, aber dazu kommt es nicht. Als das Lied endet, dröhnt die Stimme des DJs durch die Lautsprecher.

»Wie ist die Stimmung, Thunder-Creek-High-Spartaner?«

Die Menge lässt einen lauten Jubel hören, und ich spüre, wie die Begeisterung mich mitreißt. Thunder-Creek-High-Spartaner! Ich gehöre dazu! Ich bin eine davon! Ich bin eine Spartanerin!

Moment. Was ist ein Spartaner?

Eine Art Bär?

»Seid ihr bereit für ein paar echte Talente?«, fragt der DJ, und die Menge flippt völlig aus.

»Oh«, sagt Jacob enttäuscht. »So wie es aussieht, beginnen sie schon mit dem Talentwettbewerb.«

Warte, welcher Talentwettbewerb?

»Da bist du ja.« Wie aus dem Nichts taucht Clementine

auf, und ich spüre sofort, wie Jacob mir seine Hand entzieht. »Ich hab dich überall gesucht.«

Ihr Blick wandert misstrauisch von mir zu Jacob. Bilde ich mir das nur ein, oder hat sie gerade abfällig gelächelt?

»Na los«, drängt sie und nimmt meine Hand. »Wir müssen los. Es ist höchste Zeit, dass wir uns fertigmachen.«

Wofür fertigmachen?

Der DJ meldet sich erneut. »Alle Teilnehmer kommen bitte hinter die Bühne.«

»Hast du an dein Kostüm gedacht?«, fragt Clementine.

Ich denke an die vielen Erinnerungen auf meinem Handy, und die Knie werden mir weich.

Vergiss dein Kostüm nicht!

Vergiss dein Kostüm nicht!

Vergiss dein Kostüm nicht!

Adeline sucht nicht den Superstar

O nein. Das darf nicht wahr sein. Ich muss doch hoffentlich nicht wirklich vor all diesen Menschen auf die Bühne?

Clementine umklammert meine Hand und führt mich in den Flur. In meinem Kopf dreht sich alles, und ich ringe nach Luft.

»Ich glaube, ich schaff das nicht. Ich fühle mich nicht gut«, erkläre ich ihr.

Sie winkt ab. »Sei nicht albern. Natürlich schaffst du das. Schließlich haben wir wochenlang geübt.«

Am liebsten würde ich schreien, dass *ich* nicht wochenlang geübt habe. Ich habe überhaupt nicht geübt. Ich weiß nicht mal, was ich dort oben machen soll. Ganz zu schweigen davon, dass ich es dann körperlich umsetzen könnte. Vielleicht hat die sechzehnjährige Adeline ja die letzten vier Jahre lang Banjospielen gelernt oder wie man mit Messern jongliert oder ist zu einem Schlangenmensch geworden.

O mein Gott, ich stehe kurz vor einer Ohnmacht.

Ganz im Ernst.

Ich schiele hinüber zur Eingangstür. Mein Fluchtweg.

Irgendwie muss ich aus der Sache rauskommen. »Ich ...« Mir fällt keine gute Ausrede ein. »Ich hab mein Kostüm nicht dabei!«, platze ich schließlich heraus und hoffe, dass es ausreicht.

Clementine seufzt ungeduldig. »Wie konntest du das denn vergessen? Ich hab doch mindestens zwanzig Erinnerungen in dein Handy gespeichert.«

Ich gehe in Richtung Tür. »Keine Ahnung, ich hab's einfach vergessen. Lass uns nach Hause gehen.«

Clementine packt meine Hand und zieht mich stöhnend zurück. »Auf keinen Fall. Wir haben uns wochenlang auf diesen Abend vorbereitet. Du lässt mich jetzt nicht im Stich.« Sie stützt die Hände in die Hüften und überlegt. »Wir tanzen einfach in unseren Ballkleidern.«

Tanzen?

Wir sollen tanzen?

Ich hatte gehofft, unser Talent wäre irgendwas, das ich einfach improvisieren könnte, so wie ... keine Ahnung, auf einem Bein stehen oder so. Das kann ich nämlich. Einen choreographierten Tanz kann ich nicht improvisieren!

»Das halte ich für keine gute Idee«, widerspreche ich. »Mein Kleid ist hier vorn ziemlich kurz und ...«

»Kein Aber, so machen wir's«, entgegnet Clementine. »Es wird schnuckelig aussehen. Sei einfach vorsichtig beim Spagat.«

Spagat???

Ich spüre, wie sich im Nacken Schweißtropfen sammeln. Ist es hier drin heiß? Das Atmen fällt mir plötzlich schwer. Wo ist denn der ganze Sauerstoff hin?

»Mir ist schlecht!«, behaupte ich und stemme die Fersen in den Boden, um Clementine aufzuhalten. »Ich kann nicht. Ich hab Kopfschmerzen.«

Clementine stöhnt erneut und zieht mich einfach weiter. Sie hat überraschend viel Kraft. »Ist mir egal.«

»Ich hab schreckliches Lampenfieber.«

»Nein, hast du nicht.«

»Ich glaube, ich hab Ebola!«

Clementine bleibt stehen und wirft mir denselben bösen Blick zu, mit dem sie kurz zuvor Jacob Tucker bedacht hat. »Du verhältst dich total irre. Warum führst du dich denn so auf? Von dir stammt doch die Choreographie für unseren Tanz!«

Das nützt mir auch nichts, wenn ich mich daran überhaupt nicht erinnern kann!

»Also hör auf, dich wie ein Baby zu benehmen, und lass uns das durchziehen«, bestimmt Clementine.

Wir haben den Hintereingang zur Bühne erreicht. Ich schließe die Augen und wünsche mir inständig, ich wäre zu Hause und würde mit meinen Eltern Brettspiele spielen.

Ich wünsche mir, ich wäre irgendwo anders, Hauptsache nicht hier.

Ich wünsche mir, ich wäre wieder zwölf.

Doch als ich die Augen aufschlage, stehe ich immer noch

vor dem Bühneneingang, und Clementine funkelt mich immer noch böse mit verschränkten Armen an. Sie zieht die Tür auf und wartet, dass ich vor ihr hindurchgehe. Vermutlich, um sicherzugehen, dass ich nicht fortlaufe. Um ehrlich zu sein, ich habe tatsächlich daran gedacht.

Das hier ist jetzt mein Leben. Und es wird immer deutlicher, dass Clementine nicht zulassen wird, dass ich davor weglaufe. Also seufze ich laut, ergebe mich in mein Schicksal und gehe durch die Tür.

Countdown zur Katastrophe

Als ich sieben Jahre alt war und Rory elf, ist unsere Familie zum Campen in die Rocky Mountains gefahren. Rory und ich wollten gemeinsam ein Abenteuer erleben, obwohl unsere Eltern uns gewarnt hatten, auf jeden Fall in der Nähe der Hütte zu bleiben. Natürlich haben wir nicht auf sie gehört. Wir haben uns viel zu weit davon entfernt, uns verlaufen und konnten den Rückweg nicht mehr finden. Gefühlt mehrere Stunden liefen wir im Kreis, und es wurde immer dunkler. Ich hab Rory dauernd damit in den Ohren gelegen, wie viel Angst ich habe, und sie hat meine Hand genommen und mir gesagt, dass ich aufhören soll, mich wie ein Baby zu benehmen. Alles würde gut werden.

Und dann erblickten wir den Berglöwen.

Er stand direkt vor uns auf dem Weg, die Beine gekrümmt, der Körper angespannt und vorgereckt, als stünde er kurz davor, uns anzuspringen.

Einen Moment lang waren wir beide sehr still. Rory drückte meine Hand so fest, dass ich schon Angst hatte, sie würde sie mir brechen. Der Berglöwe brüllte uns an und enthüllte dabei scharfe, spitze Reißzähne.

Wir schrien. Der Berglöwe antwortete mit einem Fauchen.

Wir schrien noch lauter.

Irgendwann schlug unser Kreischen den Berglöwen in die Flucht, und unsere Eltern, die uns bereits seit einer Stunde suchten, folgten dem Lärm und fanden uns.

Die ganze Sache hatte ungefähr dreißig Sekunden gedauert, doch in diesen dreißig Sekunden war ich sicher gewesen, dass ich gleich sterben würde.

So viel Angst hatte ich in meinem ganzen Leben noch nicht gefühlt.

Bis jetzt.

Der Vorhang hebt sich, und ich stehe auf der Bühne der Turnhalle. Eintausend Augenpaare blicken mich an, und ein Lied, das ich in meinem ganzen Leben noch nie gehört habe, ertönt aus den Lautsprechern.

Clementine zählt leise ein. »Eins, zwei, drei, vier ...«

Das Problem ist nur, dass ich nicht die geringste Ahnung habe, wofür sie einzählt. Ich kenne den Tanz nicht. Ich kann mich nicht daran erinnern, ihn choreographiert zu haben. Oder geprobt. Nicht mal an meine Anmeldung für diese blöde Talentshow. Ich kann mich an gar nichts aus den vergangenen vier Jahren erinnern, und jetzt werde ich an öffentlicher Demütigung sterben. Jeder in der Turnhalle wird mich auslachen und als die Mogelpackung erkennen, die ich bin.

Was habe ich mir nur dabei gedacht? Ich gehöre nicht

hierher. Ich bin noch nicht bereit zum Sechzehnsein. Ich möchte nicht mehr zur Highschool gehen. Am liebsten wäre ich wieder zurück an der Mittelschule, wo ich sicher bin und wo ich weiß, was ich tue. Wo sich Mathe noch um Zahlen dreht und Grace und ich befreundet sind, und Rory immer noch bei uns wohnt, und meine Mom nicht arbeitet.

Es ist mir alles zu viel. Viel zu viele Dinge haben sich verändert, und das gefällt mir gar nicht.

Ich will hier weg!

»Fünf, sechs, sieben, acht ...« Clementine beendet das Zählen und legt mit den ersten Schritten eines Tanzes los, der von der coolen und beliebten sechzehnjährigen Adeline zusammengestellt wurde. Dem Mädchen, das YouTube-Tutorials filmt und einen Hund namens Buttercup hat und eine ganze Schublade voller Make-up. Sie fährt ein niedliches grünes Auto und hängt sich gerahmte Schwarzweiß-Fotografien von Fremden an die Wände.

Ein Mädchen, das ich kaum wiedererkenne.

Clementine wirft mir einen bösen Blick zu, während ich zusehe, wie sie die ersten beiden Takte tanzt. Schritt eins, zwei, drei, vier, raus, Kopfkreisen, Gewicht verlagern, Kick.

Moment mal.

Diese Schritte kenne ich doch. Stimmt, ich habe mir die ausgedacht, aber nicht mit Clementine. Mit Grace. Im Versteck, als wir zwölf waren.

Was für mich also erst gestern war.

Ist es derselbe Tanz wie damals mit Grace? Den wir uns nach einem Fernsehmarathon von drei kompletten Staffeln *Let's Dance* ausgedacht haben?

Als Clementine den dritten Takt beginnt und mit ärgerlicher Miene immer noch darauf wartet, dass ich einsteige, beobachte ich sie genau, um ganz sicherzugehen, dass es sich wirklich um denselben Tanz handelt und nicht einfach nur die ersten Schritte gleich sind.

Die nächsten beiden Takte verlaufen genauso wie in meiner Erinnerung. Grace und ich haben die meisten Schritte unserem Lieblingstanz aus der Show entnommen.

Runter, Haare schleudern, Schulter, Schritt, Pause und Drehung.

Dem Himmel sei Dank! Ich bin gerettet! Ich kenne diesen Tanz! Ich kann ihn vorführen! Grace und ich haben ihn praktisch eine Million Mal im Versteck geübt.

Beim sechsten Takt steige ich ein, zu Clementines deutlich sichtbarer Erleichterung. Auch wenn ich das Lied nicht kenne, der Tanz ist identisch.

Zumindest die Schritte. Clementine verleiht der ganzen Sache ein ziemlich beeindruckendes Flair. So, wie sie im sechsten Takt die Stelle mit *Hüfte, Hüfte, Blick* tanzt, werde ich beinahe rot.

Als wir das große Finale erreichen (Körperwelle, Kick, Drehung, Spagat!), bin ich völlig außer Atem, aber total aufgekratzt. Wir halten unsere Schlussposition, bis die Musik verklingt, und die gesamte Turnhalle bricht in Applaus, Rufe und Pfiffe aus.

Adrenalin schießt durch meinen Körper, und ich habe das Gefühl, zu fliegen.

Es hat ihnen gefallen!

Clementine und ich verbeugen uns fünfmal, und ich strahle ins Publikum, weil ich mir vorkomme wie ein Rockstar.

Bis mein Blick auf das Mädchen in der ersten Reihe fällt.

Mit offenem Mund und Tränen in den Augen starrt es mich an.

Es ist Grace.

Obwohl sie vier Jahre älter ist, die Haare nicht mehr zum Zopf geflochten trägt und ihr Gesicht sich stark verändert hat, erkenne ich diesen Blick. Es ist derselbe wie am besagten Abend im Versteck. Gestern Abend. Als ich ihr vorgeworfen habe, unreif und kindisch zu sein. Derselbe Blick wie damals, als ihr Großvater gestorben ist.

Es ist ihr todunglücklicher Blick.

Und plötzlich wird mir alles klar, ich verstehe, worum es hier geht. Mein Magen meldet sich, aber nicht mit Hunger. Ich fühle mich schuldig und mies.

Das war unser Tanz. Wir haben ihn uns gemeinsam ausgedacht. Ich habe ihn gestohlen.

Unsere Blicke treffen sich, und einen Moment lang

starren wir uns nur an, während das stolze, strahlende Lächeln aus meinem Gesicht verschwindet. Grace dreht sich um und kämpft sich zum Ausgang durch, die Hände über dem Mund, als ob sie versucht, Schluchzer zu unterdrücken.

Entschuldigungen und Bitten

Ich renne von der Bühne.

Irgendwo hinter mir höre ich Clementine meinen Namen rufen, aber ich bleibe nicht stehen. Ich muss Grace finden. Ich muss das wiedergutmachen.

Als ich durch die Bühnentür stürme, sehe ich sie den Flur entlanglaufen, eine Hand immer noch vor dem Mund. Schnell sprinte ich zu ihr hin und greife nach ihrem Arm, damit sie stehenbleibt.

»Grace«, sage ich atemlos. »Warte. Lass mich das bitte erklären.«

Grace wirkt überrascht, mich zu sehen, setzt jedoch rasch eine ausdruckslose Miene auf. »Was erklären?«, fragt sie. Ich kann sehen, dass sie versucht, so zu tun, als wäre es ihr egal. Aber ich kenne sie. Ich kannte Grace schon, da waren wir noch nicht mal geboren. Ich merke, wenn sie etwas vortäuscht.

»Wegen des Tanzes«, gestehe ich atemlos. »Ich wusste nicht, dass wir den aufführen. Ich wusste nicht, dass wir unseren Tanz gestohlen haben. Ich meine, offensichtlich wusste ich es. Irgendwie. Aber das war nicht ich.«

Grace zieht die Brauen zusammen, und ich kann erkennen, dass sie sich bemüht, mir zu folgen, allerdings erfolglos. Da sind wir schon zwei.

Seufzend beginne ich noch mal von vorn. »Gestern Abend ist etwas passiert, Grace. Etwas Verrücktes. Erinnerst du dich an unseren Streit im Versteck? An meinem zwölften Geburtstag?«

Grace verdreht die Augen. »Ich hab dafür jetzt keine Zeit.«

»Bitte«, bettele ich. »Lass es mich doch erklären. Ich muss es dir erklären. Wenn ich es niemandem erzähle, platze ich noch. Du bist die Einzige, der ich es sagen kann. Vielleicht glaubst du mir ja nicht, aber ich will es wenigstens auf einen Versuch ankommen lassen.«

Sie verschränkt die Arme und sieht mich böse an. Ich deute das als Zeichen, dass ich fortfahren soll. Mit geballten Fäusten versuche ich, meine Gedanken zu zusammenhängenden Sätzen zu formen, aber wie ich die Wörter auch anordne, nichts davon hört sich in meinem Kopf richtig an. Nichts an dieser absolut unsinnigen Situation scheint einen Sinn zu ergeben.

Grace stöhnt ungeduldig auf und wirft sich die Haare über die Schulter.

»Deine Haare sind so lang geworden«, sage ich wehmütig und strecke eine Hand danach aus.

Grace lehnt sich zurück, bis sie außerhalb meiner Reichweite ist. »Beeil dich«, faucht sie mich an.

Ach so. Wahrscheinlich fassen wir uns auch nicht mehr gegenseitig an die Haare wie früher.

»Okay«, stimme ich zu und wappne mich. »Es gibt eigentlich keine richtige Methode, das zu erklären, was ich sagen will, also komme ich ohne Umschweife zum Punkt. Gestern Abend war ich noch zwölf.«

Grace kneift die Augen zusammen. Ich kann sehen, dass sie verwirrt ist, aber dass sie nicht davonläuft, werte ich als gutes Zeichen. »Erinnerst du dich an Mrs Toodles?«, frage ich. »Meine verrückte Nachbarin?«

Grace nickt.

»Sie hat mir zum Geburtstag – meinem *zwölften* Geburtstag – diese echt antike Schmuckschatulle geschenkt. Angeblich hat sie Zauberkräfte. Früher hat sie einer alten Hexe gehört. Mrs Toodles hat gesagt, wenn ich einen Wunsch aufschreibe und ihn darin einschließe, würde mein Wunsch wahr werden. Ich hab ihr natürlich nicht geglaubt, denn das klang einfach irre. Eine magische Schmuckschatulle, die Wünsche erfüllt? Aber nach unserem Streit im Versteck hab ich beschlossen, es auszuprobieren. Ich hab mir gewünscht, sechzehn zu sein, weil ich dachte, wenn ich erst sechzehn bin, ist alles gut. Wir würden uns nicht mehr streiten. Wir wären reif und erwachsen.«

Grace verdreht schon wieder die Augen, rührt sich aber trotzdem nicht vom Fleck.

»Ich hab meinen Wunsch in dem Schmuckkästchen eingeschlossen«, fahre ich fort. »Ich hätte niemals geglaubt, dass das funktioniert. Aber das hat es. Ich bin hier aufgewacht. In diesem Leben. Alle sind älter, und es hat sich so viel verändert. Ich komme überhaupt nicht damit zurecht. Ich verstehe nicht, warum du in keinem der Fotos auf meinem Handy auftauchst. Oder warum wir unsere Zeit nicht mehr gemeinsam verbringen. Oder warum ich das Trompetespielen aufgegeben habe! Ich wollte doch einfach nur älter sein, damit ich Make-up tragen und ein Handy besitzen darf und zu Highschoolbällen gehen kann wie Rory, aber ich hab das Gefühl, dass alles ganz anders ist. Viel zu viel hat sich verändert.«

Ich spüre, wie mir Tränen in die Augen steigen, und wische sie mit dem Handrücken fort. Grace starrt mich einfach nur mit verblüffter Miene an. Ich würde wahnsinnig gern wissen, was sie jetzt denkt. Glaubt sie mir? Hat sie Mitleid mit mir? Laufen wir zusammen nach Hause, holen unsere Schlafsäcke und verbringen die ganze Nacht im Versteck damit, über alles zu reden, was während der letzten vier Jahre passiert ist?

Wird alles wieder so wie früher?

»Adeline«, sagt Grace bedächtig. Beim Klang dieser drei Silben breche ich vor Enttäuschung fast zusammen. Aus ihrem Mund klingt mein voller Name einfach so merkwürdig. Ich weiß, dass das kein gutes Zeichen ist.

»Grace«, unterbreche ich, bevor sie weiterreden kann, aber jetzt bahnen sich die Tränen ihren Weg, und ich bekomme kaum noch ein Wort heraus. Mir läuft die Nase, und ich habe keinen trockenen Handrücken mehr, um sie abzuwischen. »Bitte geh nicht wieder weg. Bitte sag, dass du mir glaubst. *Bitte!*« Meine Stimme klingt brüchig. »Komm, wir gehen zurück auf den Ball und bitten den DJ, was von *Summer Crush* zu spielen, und dann tanzen wir dazu wie zwei Verrückte. So wie früher. Es soll einfach wieder alles so sein, wie es war, okay?«

Ich weiß nicht, warum, vielleicht liegt es an den Tränen oder daran, wie oft ich jetzt schon *bitte* gesagt habe, aber Grace' Miene scheint ein wenig weicher zu werden. In mir steigt Hoffnung auf. Einen Moment lang glaube ich tatsächlich, dass sie gleich sagt: »Okay, Addie. Na los.«

Aber so kommt es nicht.

Der Moment ist schnell vorbei, ihr Gesichtsausdruck wird wieder hart, und ich erkenne das Mädchen aus dem Flur vom Vormittag wieder. Die mit der harten äußeren Schale und den kalten, unversöhnlichen Augen.

»Adeline«, wiederholt sie. Dieses Mal bin ich nicht einfach nur enttäuscht, ich bin am Boden zerstört. »Es kann nicht wieder so sein wie früher. So wie jetzt ist es seit fast vier Jahren. Keine Ahnung, was plötzlich in dich gefahren ist. Vielleicht hast du irgendeine Lebenskrise oder so, aber ich weiß ehrlich gesagt überhaupt nicht, warum du damit zu mir kommst. Wir sind doch gar nicht mehr befreundet.«

Sie wendet sich ab. Dieses Mal habe ich nicht mehr die Willenskraft, sie zurückzuhalten, und deshalb stehe ich kurz darauf allein im Flur und lausche auf die entfernten Geräusche eines weiteren unbekannten Liedes aus der Turnhalle.

Eine ganze Weile starre ich auf die Stelle, wo Grace bis eben noch gestanden hat. Als ob ich glaube, dass sie gleich wie von Zauberhand wieder erscheint. Ich bleibe stehen, bis die Musik verklingt und der DJ verkündet: »Die Jury hat ihre Stimmen abgegeben, und wir kennen jetzt die Gewinner des Thunder-Creek-Talentwettbewerbs. Der erste Platz geht an ... Clementine Dumont und Adeline Bell!«

Und in diesem Moment wird mir alles zu viel.

Immer noch barfuß verlasse ich fluchtartig das Gebäude und renne den ganzen Weg bis nach Hause.

Die große Suche

Die Füße sind schmutzig und aufgeschürft vom Gehweg, und ich habe mein wunderschönes Kleid durchgeschwitzt. Trotzdem bin ich froh, zu Hause zu sein. Hier fühle ich mich sicher. Und wohl. Und heimisch.

Im Haus ist es gespenstisch still. Meine Eltern scheinen schon zu schlafen. Ich gehe die Treppe zu meinem Zimmer hinauf. Mit jedem Schritt fühlt sich mein Körper schwerer an. Buttercup liegt auf dem Bett, der Hintern direkt auf dem Kissen. Als ich eintrete, wackelt sie lediglich mit dem Schwanz. Laut klatscht er gegen das Kissen.

Der Anblick bringt mich zum Schmunzeln, aber zu mehr kann ich mich nicht aufraffen.

Ich lege die Clutch auf den Nachttisch, lasse mich neben die Hündin aufs Bett fallen und streichle ihr weiches Fell. Ich bin fix und fertig. Als hätte ich schon zehn Jahre in diesem sechzehnjährigen Körper verbracht statt nur einen Tag.

»Was ist nur mit meinem Leben passiert?«, frage ich Buttercup.

Als Antwort schlägt sie stärker mit dem Schwanz.

»Wann ist bloß alles in die Brüche gegangen?«

Klatsch. Klatsch. Klatsch.

Ich höre, wie das Handy in der Handtasche vibriert. Vermutlich will Clementine wissen, wo ich bin. Aber das ist mir egal. Ich schaue nicht mal nach.

Stattdessen rolle ich mich zusammen und lege das Gesicht an Buttercups Rücken. Dann lasse ich den Tränen freien Lauf, bis meine Augen rot sind und Buttercups Fell nass. Erst dann schlafe ich ein.

Am Morgen wache ich mit einem Gefühl der Entschlossenheit auf.

Es ist Samstag, was bedeutet, dass ich vor Montagmorgen nichts tun und nirgendwo hingehen muss, und ich werde die Zeit nutzen, um meine vierjährige Gedächtnislücke zu füllen. Ich werde herausfinden, was passiert ist.

Ich wühle durch die Schreibtischschubladen und bewaffne mich mit Notizblock und Stift. Anschließend setze ich mich zurück aufs Bett, schlage eine leere Seite auf und notiere mir zwei Fragen.

Warum sind Grace und ich nicht mehr befreundet?

Wie habe ich mich mit Clementine angefreundet?

Ich starre auf das Papier, kaue auf dem Stift herum und lasse die letzten vierundzwanzig Stunden noch einmal Revue passieren. Ich denke an den gestrigen Schultag, an die vielen Nachrichten, die Gespräche mit Connor und

Jacob Tucker, meine YouTube-Tutorials, den Ausdruck in Grace' Gesicht, als Clementine und ich bei der Talentshow unseren Tanz aufgeführt haben. Dann schreibe ich eine dritte Frage dazu.

Was für ein Mensch ist die sechzehnjährige Adeline Bell?

Das unterstreiche ich zweimal und schließe dann den Block.

Ich brauche Antworten. Ich muss mit jemandem sprechen, der während der letzten vier Jahre alles miterlebt hat.

Ich rufe meine Schwester Rory an, doch es klingelt ewig, und schließlich wird mein Anruf auf ihre Mailbox umgeleitet. »Hi! Hier spricht Rory. Ich bin gerade unterwegs und mit Tollsein beschäftigt. Wenn du auch toll sein willst, dann hinterlass mir eine Nachricht.«

Ich lege ohne Nachricht auf. Sie könnte mir sowieso nicht weiterhelfen. Vor zwei Jahren ist sie weggezogen, und selbst als sie hier war, hat sie mir nicht sonderlich viel Beachtung geschenkt. Außerdem, um ihr die richtigen Fragen zu stellen, müsste ich ihr die Wahrheit über das erzählen, was mir passiert ist. Und ich habe ernsthafte Zweifel, ob sie mir glauben würde.

Vermutlich würde mir niemand glauben.

Um so eine Geschichte ernst zu nehmen, müsste man schon verrückt sein.

Man müsste daran ...

Weil du daran glaubst. Du hast Magie im Herzen.

Mrs Toodles!

Eigentlich wollte ich sie gestern schon besuchen, aber irgendwie hat mir dann letztendlich die Zeit dazu gefehlt. Sie wird mir ganz sicher glauben. Schließlich stammt das magische Schmuckkästchen von ihr.

An wie viel aus den letzten vier Jahren sie sich angesichts ihres Power-Smoothie-Mixergehirns erinnern wird, weiß ich nicht, aber sie kann mir bestimmt trotzdem helfen. Vielleicht hat sie einen Rat oder Vorschlag.

Ich rutsche vom Bett, ziehe mich an und hüpfe die Stufen hinunter. Überrascht stelle ich fest, dass die Küche leer ist. An einem Samstag. Dad hat samstags frei, was bedeutet, dass normalerweise meine Mom Frühstück macht und Dad abwäscht und dabei über irgendwas schwadroniert, das er im Podcast gehört hat.

Doch im Haus ist es still. An der Kühlschranktür hängt ein Zettel: »Sind zum Brunch gegangen.«

Meine Eltern sind einfach ohne mich los?

Das ist doch total unhöflich.

Allerdings bleibt mir momentan keine Zeit, um eingeschnappt zu sein. Ich muss rübergehen zu Mrs Toodles, damit ich endlich ein paar Antworten erhalte.

Schnell laufe ich zur Haustür hinaus und achte darauf, dass ich mich nicht aussperre, dann flitze ich den halben Block bis zu dem kleinen, einstöckigen Haus im Cottage-Stil an der Ecke. Ich sause zur Tür und klopfe an. Anschließend trete ich einen Schritt zurück und warte.

Es dauert immer eine Weile, bis Mrs Toodles an die Tür kommt. Manchmal hört sie das Klopfen nicht gleich beim ersten Mal, und ab und zu hält sie sich im Schlafzimmer auf und muss erst bis zur Tür watscheln.

Heute braucht sie jedoch ungewöhnlich lange.

Ich versuche, durch die Fenster ins Haus zu spähen, doch die Jalousien sind geschlossen.

Ich kann mich gar nicht daran erinnern, dass Mrs Toodles Jalousien hatte. Ich bin ziemlich sicher, dass in den Fenstern immer Gardinen hingen. Echt alte, kitschige mit Stachelschweinen drauf. Vielleicht hatte sie die irgendwann satt.

Ich klopfe erneut, bekomme aber wieder keine Antwort. Inzwischen stehe ich schon fast fünf Minuten hier. Das war definitiv genug Zeit, damit sie zur Tür kommen kann. Schläft sie? Ist sie ausgegangen?

In all den Jahren, die ich hier wohne und Mrs Toodles besuche, habe ich sie noch nie das Haus verlassen sehen. Sie lässt sich alles liefern: die Lebensmittel, ihre Wäsche, jeden Sonntagabend chinesisches Essen. Aber vielleicht hat sie sich während der letzten vier Jahre genauso verändert wie alle anderen. Möglicherweise ist sie einem Alte-Damen-Romméklub beigetreten. Oder sie spielt jetzt samstags Bingo.

Ich klopfe zum dritten Mal und warte noch ein paar Minuten, bevor ich es schließlich aufgebe und zurück nach Hause gehe.

Dort suche ich im Kühlschrank nach etwas Essbarem, aber viel finde ich nicht. Die Speisekammer durchstöbere ich nach Frühstücksflocken, doch dann fällt mir ein, dass ich Buttercup gestern mit den letzten gefüttert habe. Obwohl sie sich nicht daran zu erinnern scheint, denn sie steht schon wieder vor ihrem Futternapf und starrt auf das dreieckige Loch.

»Hast du heute Morgen schon etwas gefressen?«, frage ich und tätschele ihr den Kopf.

Sie scheint die Frage zu verstehen, denn sie bellt kurz, wackelt mit dem Schwanz und lässt den Napf keine Sekunde aus den Augen.

Das bringt mich zum Lachen. »Anscheinend nicht.«

Erneut begebe ich mich auf die Suche nach dem Hundefutter; wieder ergebnislos. Vielleicht mag sie kein Hundefutter. Möglicherweise frisst sie nur Essensreste. Ich finde eine Schachtel Pop-Tarts mit Zuckerguss und Erdbeergeschmack und zerbrösele eins in kleine Stückchen, die ich ihr in den Napf lege. Bevor ich realisiere, dass es das letzte war, hat sie schon alles aufgefressen.

Und ich habe einen Riesenhunger.

Toll.

Meine Rettung ist eine Tüte mit Zwiebelbageln, die ich im Gefrierschrank entdecke. Mom kauft diese ekligen Dinger immer noch? Ich toaste mir einen, schmiere fingerdick Frischkäse darauf, um den Zwiebelgeschmack zu überdecken, und gehe nach oben zu meinem Laptop. Als

Erstes will ich mir die Dateien auf dem Computer vornehmen. Irgendwas da drin muss mir doch einen Hinweis auf das Mysterium der letzten vier Jahre liefern.

Zuerst entdecke ich einen Ordner namens »Shimmer and Shine«. Darin befinden sich Videodateien für unseren Vlog. Während ich den Bagel esse, schaue ich mir ein paar Folgen an. Clementine und ich haben dieses Beauty-Vlogging echt drauf! In unseren Videos decken wir alle Themen ab, von Schminktipps über Nail Art bis hin zum Haareflechten, und ich finde sogar ein paar Tutorials, wie man sich richtig das Gesicht wäscht – als ob es Menschen gibt, die das noch nicht wissen.

Obwohl die Videos inhaltlich echt cool sind, fällt mir in allen mein merkwürdiger Gesichtsausdruck auf. Ich lächle zwar in die Kamera, aber es sieht nicht so aus, als ob ich wirklich Spaß hätte. Sobald ein Tutorial vorbei ist, kurz bevor Clementine die Kamera ausschaltet, verschwindet mein Lächeln, als hätte es mir jemand vom Gesicht gerissen.

Als ob ich lediglich für die Kamera gelächelt hätte.

Ich schließe den Schimmer-and-Shine-Ordner und finde einen namens »Große Namensänderungs-Charta«. Neugierig klicke ich ihn an.

Darin befindet sich ein gescanntes Dokument mit folgendem Wortlaut:

> Wir, die Unterzeichnenden (Frank Richard Bell, Marjorie Ellen Bell und Aurora Leigh Bell) schwören feierlich, die Benutzung des kindischen und herabsetzenden Spitznamens »Addie« in Bezug auf unsere Tochter/Schwester, Adeline Rachel Bell, zu beenden. Ab dem heutigen Tag wird Adeline Rachel Bell ausschließlich mit ihrem vollständigen Namen Adeline angesprochen.

Das muss die Charta sein, von der meine Mutter am Tag zuvor gesprochen hat. Ich hab sie tatsächlich von der gesamten Familie unterschreiben lassen. Alle Unterschriften befinden sich neben einem Datum, das mir verrät, dass ich das hier unmittelbar vor Beginn der Highschool geschrieben habe.

Kopfschüttelnd schließe ich das Dokument.

Das erscheint mir ziemlich viel Aufwand für etwas Banales wie einen Namen. Ich meine, was genau ist eigentlich an »Addie« so übel?

Nach ungefähr zwanzig Minuten weiterer Suche habe ich nur noch ein paar zusätzliche Fotos von Clementine und mir und Hausaufgaben aus den vergangenen Jahren gefunden, darunter einen beeindruckend langen Bericht über das Buch »Der kleine Prinz«, den ich komplett auf Französisch verfasst habe. Nichts davon hilft mir jedoch bei der Lösung meines Lebensmysteriums weiter.

Gerade will ich die Suche abblasen, als mir ein Ordner

ins Auge fällt. Er ist zwischen einigen anderen Ordnern versteckt und heißt »Graddie«.

Graddie.

Die Kombination aus den Namen Grace und Addie.

Aufgeregt wische ich mir die Bagelkrümel von den Händen und klicke darauf. Mehr als ein Dutzend Videos befinden sich darin. Mein freudiger Aufschrei verwandelt sich jedoch kurz darauf in ein Stöhnen, als ich feststelle, dass sie alle schon älter als vier Jahre sind.

Sie stammen aus der Zeit vor meinem Wunsch.

Missmutig öffne ich eine der Dateien und schaue zu, wie Grace und ich mit elf einen unserer Tänze für die Kamera aufführen, die wir auf einem Stativ im Versteck aufgebaut hatten. Ständig müssen wir neu beginnen, denn jedes Mal, wenn wir uns ansehen, fangen wir an zu kichern.

Frustriert klappe ich den Laptop zu und bringe den vollgekrümelten Teller in die Küche.

Ich brauche keine Erinnerung daran, wie toll meine Freundschaft mit Grace war. Ich muss herausfinden, warum sie zerbrach! Ich muss ...

Der Gedanke kommt mir genau in dem Moment, als ich den Teller in die Spüle stelle.

Ich muss die Ordner nach Datum durchsuchen!

Den Wunsch habe ich am Abend meines zwölften Geburtstags gemacht, also muss ich nach Dateien suchen, die aus der Zeit danach stammen.

Ich sause zurück an den Laptop und sortiere alle Dateien auf der Festplatte nach Datum, beginnend mit den aktuellsten bis hin zu den ältesten. Ich scrolle zurück bis zu meinem zwölften Geburtstag, und dort entdecke ich eine weitere Videodatei.

Laut Datum stammt sie aus der Woche nach dem Wunsch, und sie heißt »Englisch-Projekt siebte Klasse – eine Nacherzählung von Romeo und Julia.«

Genau! Wir sollten eine Geschichte nacherzählen. Das war ein gemeinsames Projekt von Grace und mir. Es war eins der Themen, über das wir vor unserem großen Streit geredet haben. Wir konnten uns nicht auf die Geschichte für die Nacherzählung einigen. Grace wollte ein Märchen, und ich wollte ...

Neugierig betrachte ich den Dateinamen.

Hm. Ich kann mich noch genau an den angewiderten Blick von Grace erinnern, als ich an dem Abend im Versteck *Romeo und Julia* vorgeschlagen habe. Ich frage mich, wie ich sie letztendlich dazu überreden konnte.

Ich klicke auf »Play« und beuge mich vor.

Der Bildschirm bleibt schwarz, doch es ertönt Musik. Das Lied erkenne ich sofort, es ist eine meiner Lieblingsballaden von *Summer Crush*. Sie heißt *Not for All the Money in the World* und beginnt sehr weich, nur mit einer Akustikgitarre und Berrins rauchiger Stimme, die singt: »He promised you diamonds. I promise to give you the world.«

Ein Bild erscheint: Ein Mädchen läuft durch hohes

Gras. Es dauert einen Augenblick, aber dann erkenne ich das Feld als das hinter unserem Haus. Und das Mädchen ist ... O mein Gott, das ist Rory! Was macht sie denn in unserem Englischprojekt?

Einen Moment später kommt ein Junge auf sie zu, hebt sie hoch und küsst sie. Als er sie wieder absetzt, sehe ich sein Gesicht. Henry! Rorys Freund. Oder zumindest war er das in jener Woche.

Der Song geht weiter, und in der nächsten Szene wird gezeigt, wie sich Rory und Henry SMS schicken. Sie sitzt in einem schönen Zimmer – unserem Wohnzimmer! –, und er arbeitet in einer staubigen Werkstatt, die ich als eine der Baustellen meines Dads erkenne.

Es dauert noch ein paar Szenen, bis ich es schließlich schnalle. Es ist genau die Idee, von der ich Grace an diesem Abend im Versteck erzählt habe: eine moderne Nacherzählung von Romeo und Julia als Musikvideo! In dieser Version ist Rory Julia, ein reiches Mädchen, das sich in Romeo aus einem ärmeren Stadtteil verliebt hat. Doch ihr Vater, gespielt von meinem Dad, möchte nicht, dass sie ein Paar werden. Er versucht, sie auseinanderzubringen.

Ich kaue auf den Nägeln herum und beobachte gespannt, wie sich die Geschichte entwickelt. Ich kenne das Ende von Romeo und Julia in der Shakespeare-Version. Beide sterben. Hoffentlich haben Grace und ich uns für ein anderes Ende entschieden.

Der Song hat gerade seinen Höhepunkt an der Überleitung zum Refrain erreicht, und Berrin singt: »And I'd never hurt you. And I'd never deceive you. And they can take everything that I am, but I would never leave you ... not for all the money in the world.« Ich liebe diese Stelle: Ich würde dir niemals weh tun. Dich nie betrügen. Auch wenn sie mir alles nehmen, ich würde dich nie verlassen ... nicht für alles Geld der Welt.

Und in diesem Moment sieht man Rory (Julia) am College, wo sie ihr neues Leben ohne Henry (Romeo) lebt, genau wie ihr Vater es wollte. Sie unterhält sich und lacht, aber an ihren Augen wird deutlich, wie leer ihr Herz ist.

Als Berrin zum letzten Refrain kommt und der Rest der Band mit einsteigt, sieht man plötzlich Henry (Romeo) hinter einem geparkten Auto auftauchen. Er ist den ganzen Weg zum College gefahren, um sie zu sehen! Erleichtert seufze ich auf, als die beiden sich küssen, das Lied ausklingt und der Bildschirm wieder schwarz wird.

Wow! Das war toll! Ich bin von meinen Emotionen total überwältigt. Als ich dachte, dass sie ihn nie wiedersehen wird, hätte ich beinahe geweint.

Ich freue mich so, dass Grace am Ende meiner Idee zugestimmt hat, denn das Ergebnis ist phänomenal. Dafür haben wir garantiert eine Eins bekommen.

Der Abspann läuft über den Bildschirm. Ich will das Video gerade ausschalten, als mich die letzte Zeile erstarren lässt.

Drehbuch, Regie und Produktion: Adeline Bell
Und dann ist Schluss, das Video ist beendet.

Geschockt starre ich auf das Display. Wo ist denn Grace' Name? Was war denn ihr Anteil an dem Film? Sie hat doch bestimmt eine Aufgabe gehabt!

Plötzlich begreife ich.

Habe ich dieses Projekt etwa allein gemacht? Aber das war eine ganze Woche nach unserem Streit! Bis dahin hatten wir uns doch sicher wieder vertragen. Ich meine, im Lauf der Jahre gab es öfter mal Streitereien, aber die haben wir immer beigelegt. Normalerweise gleich am folgenden Tag.

Was ist also passiert?

Als ich gerade noch einmal nachsehen will, welche Dateien ungefähr zur selben Zeit entstanden sind, klingelt es an der Tür. Ich zucke zusammen, und Buttercup bellt. Durch den Spion an der Haustür erkenne ich Clementine, die mächtig genervt aussieht. Ich seufze. Momentan hab ich eigentlich keine Lust auf sie. Sicherlich ist sie stinksauer, weil ich sie unmittelbar nach unserem Sieg bei der Talentshow im Stich gelassen habe. Sie wird eine Erklärung wollen. Leider habe ich keine. Zumindest keine, die sie mir glauben wird.

Vielleicht verschwindet sie ja wieder, wenn ich nur lang genug warte.

»Ich weiß, dass du da bist!«, ruft sie von draußen. »Ich kann dich seufzen hören. Mach auf!«

Mit einem weiteren Seufzer gehorche ich, bemühe mich um ein Lächeln und reiße die Tür auf. »Hi, Clementine. Was gibt's?«

»Komm mir nicht so!«, schnauzt sie mich an. »Was ist denn gestern Abend in dich gefahren? Du hast mich einfach stehenlassen! Ich musste ganz allein auf die Bühne gehen und unseren Preis abholen. Weißt du überhaupt, wie peinlich das war? Und warum hast du nicht auf meine Nachrichten geantwortet?«

Ich öffne den Mund in der Hoffnung, dass irgendwas Kluges herauskommen wird, doch bevor ich nur eine einzige Silbe sagen kann, fährt Clementine schon fort: »Weißt du was? Erzähl's mir im Auto. Wir kommen sowieso schon viel zu spät.«

Ich zucke zusammen. Wohin kommen wir zu spät? Wo schleppt sie mich denn jetzt schon wieder hin? Welche großen Pläne hat Clementine für uns?

Ich schnappe mir meine Tasche und folge ihr. »Wo gehen wir hin?«

Sie schnaubt so laut, dass es beinahe klingt wie ein Tornado. Ich habe das Gefühl, dass sie allmählich wirklich die Geduld mit mir verliert. Was ich ihr nicht mal übelnehmen kann, ich habe inzwischen selbst auch keine Geduld mehr mit mir.

»Zum Friseur!«, sagt sie laut. »Du hast behauptet, dass deine Haarglättung aufgefrischt werden muss, also hab ich uns Termine besorgt.«

Eigentlich möchte ich nirgendwohin. Ich möchte nichts unternehmen, abgesehen von der Suche nach weiteren Hinweisen, um mein Lebensrätsel zu lösen. Ich muss jedoch zugeben, dass der Gedanke an die Haarglättung mich ein wenig aufmuntert. Und wie lange kann so etwas schon dauern? Eine halbe Stunde? Eine Stunde? In null Komma nichts bin ich wieder zu Hause und kann weitermachen.

Auffrischungen und Zusammenbrüche

In meinem ganzen Leben habe ich mich noch nie so gelangweilt. Obwohl wir bereits seit knapp drei Stunden hier sind, habe ich nicht das Gefühl, dass ich bald fertig sein werde. Wieso dauert eine Haarglättung so lang? Glätten die jede Strähne einzeln?

Clementine redet die ganze Zeit nonstop über unseren Vlog. Sie hat sich für ein Flower-Power-Motto entschieden. Dafür möchte sie unsere Fingernägel mit Gänseblümchen bemalen, rosig angehauchtes Make-up vorstellen und Hippiezöpfe flechten. Ich muss jedoch ständig daran denken, dass ich das alles lieber mit Grace machen würde. Warum haben Grace und ich kein gemeinsames YouTube-Vlog? Warum sind wir nicht zusammen beim Friseur? Warum haben wir nicht gestern Abend bei der Talentshow den Tanz aufgeführt? Das hätte sich richtiger angefühlt.

Was ist bloß schiefgelaufen?

Und warum hab ich das ungute Gefühl, dass ich schuld daran bin?

»Was ist übrigens gestern Abend mit Connor passiert?«,

fragt Clementine und holt mich damit in die Gegenwart zurück. »Ich hab ihn unmittelbar vor der Talentshow gehen sehen.«

Mir zieht sich der Magen zusammen.

Er ist gegangen?

So mies war unser Tanz also. Ich hab dafür gesorgt, dass er nicht mal mehr auf dem Ball bleiben wollte.

»Ja«, antworte ich unangenehm berührt. »Das ist nicht allzu gut gelaufen.«

»Was war denn los?«

Ich seufze. Eigentlich möchte ich nicht darüber reden, erst recht nicht mit Clementine, die mir vermutlich einen Vortrag halten wird, dass ich falsch geflirtet habe. »Sagen wir mal so, Connor kommt als Kandidat für meinen ersten Kuss vermutlich nicht mehr in Frage.«

Clementine wirft den Kopf zurück und bricht in schallendes Gelächter aus, wodurch die Friseurin, die gerade an ihren Haaren arbeitet, einen Schritt nach hinten springen muss. »Deinen ersten Kuss? Na klar.«

Was?

Ist mein erster Kuss etwa schon vorbei? Habe ich den verpasst? Mit wem? War es toll? Wunderschön und romantisch und verträumt? War das unter dem Sternenhimmel bei Halbmond und mit *Midnight Without You* von *Summer Crush* im Hintergrund, so wie ich mir das immer ausgemalt habe?

»Den kannst du nicht wiederholen«, fährt Clementine

immer noch lachend fort. »Das wird für den Rest deines Lebens die Begegnung mit Gavin Palmers schlabbrigen feuchten Lippen im Schrank bleiben.«

Schlabbrige feuchte Lippen im Schrank?

Das klingt alles andere als romantisch!

Und ich kenne überhaupt keinen Gavin Palmer. Ich sinke auf meinem Friseurstuhl zusammen. Das ist echt übel. Ich habe meinen ersten Kuss verpasst. Das lässt sich nicht rückgängig machen.

»Oh, und bevor ich es vergesse«, sagt Clementine, der mein unglücklicher Gemütszustand völlig entgangen ist, »falls Annabelle fragt, ob sie diese Woche was mit uns unternehmen kann, musst du das ablehnen. Wir boykottieren sie.«

»Ach ja?«, frage ich und denke an die gestrige SMS von jemandem namens Annabelle zurück. Ich erinnere mich, dass Clementine sich darüber aufgeregt hat.

»Ja«, bestätigt sie nachdrücklich.

Blinzelnd sehe ich zu ihr hinüber. Ich warte schon wieder darauf, dass ein Produkt in meinem Haar »arbeitet«. Laut Jeff, der offenbar seit zwei Jahren meine Haare regelmäßig glättet, sind wir beinahe fertig. Allerdings behauptet er das bereits seit einer Stunde, und allmählich lässt mein Vertrauen in seine Versprechen nach. Clementine sitzt neben mir und lässt sich die Ansätze nachfärben. Überraschenderweise ist sie gar nicht naturblond.

»Und warum gleich noch mal?«

Clementine blättert eine Seite in ihrer Zeitschrift um. »Weil sie letzte Woche auf unserem Platz geparkt hat.«

»Ich wusste gar nicht, dass es auf dem Schulparkplatz feste Stellplätze gibt.« Clementine wirft mir wieder einen ihrer Bist-du-total-irre-Blicke zu, die ich inzwischen sehr gut kenne. »Gibt es auch nicht. Aber jeder weiß, dass der Parkplatz in der ersten Reihe neben dem Behindertenparkplatz uns gehört.«

Ich bin verwirrt und versuche, das Problem zu verstehen. »Wir schließen also Annabelle von unseren Unternehmungen aus, weil sie auf einem Parkplatz geparkt hat, der uns genau genommen überhaupt nicht gehört?«

»Nein«, widerspricht Clementine, und ich spüre Erleichterung. Das wäre ja vollkommen absurd gewesen. »Wir schließen sie nicht nur von unseren Unternehmungen aus. Wir reden auch nicht mehr mit ihr.«

»Was?«, platze ich heraus. »Aber das ergibt doch überhaupt keinen Sinn.«

Clementine schnaubt, als hätte sie jetzt wirklich keine Zeit für so etwas. Und offensichtlich ist das auch der Fall, denn statt mir zu antworten, blättert sie weiter in ihrer Zeitschrift und bringt das Gespräch wieder auf den Vlog. »Kommst du morgen zu mir, damit wir das filmen können?«

»Äh«, antworte ich zögernd, weil mir der Gedanke, schon wieder so viel Zeit mit Clementine zu verbringen, ein wenig Bauchschmerzen verursacht. Sie ist ziemlich anstrengend. »Ich weiß noch nicht. Eventuell hab ich morgen was vor.«

Clementine schlägt mit einem lauten Klatschen ihre Zeitschrift zu. »Was denn? Du hast nichts vor.«

Mann, ist sie immer so herrisch?

»Vielleicht aber doch«, widerspreche ich.

»Das wüsste ich.«

»Vielleicht hab ich ja was ohne dich vor«, behaupte ich und bereue es sofort, denn Clementine sieht aus, als hätte sie eine Fliege verschluckt.

»Was ist denn bloß los mit dir?«, fragt sie und starrt mich im Spiegel böse an.

Ich senke den Blick in den Schoß und murmele: »Nichts.«

»Doch«, widerspricht sie. »Denn seit gestern benimmst du dich total komisch. Erst dieses entsetzliche Make-up, und dann bist du beim Tanz komplett ausgeflippt. Und wieso hast du nach der Talentshow mit dieser Versagerin Grace geredet? Ich hab dich nämlich gesehen.«

»Grace ist keine Versagerin«, fahre ich sie an.

Clementine kneift die Augen zu Schlitzen. »Sie ist in der Marschkapelle.«

»Na und? Wo liegt denn da das Problem?«

»Da weiß ich nicht mal, wo ich anfangen soll. Und wieso muss ich dir das überhaupt erklären? Du hast das letzte Woche erst selbst gesagt: Die Marschkapelle ist für Loser, die keine Verabredungen abkriegen.«

Geschockt reiße ich die Augen auf. »Das hab ich nie gesagt!« Aber sehr überzeugt klinge ich nicht, denn in Wahrheit habe ich nicht die geringste Ahnung, was ich gesagt habe. Ich habe überhaupt keine Ahnung, was während der letzten vier Jahre passiert ist. Allmählich beschleicht mich außerdem das Gefühl, dass ich es vielleicht gar nicht wissen möchte.

Clementine schlägt ihre Zeitschrift wieder auf. »Das waren deine Worte. Also verstehe ich nicht, warum du überhaupt mit ihr redest.«

»Sie war mal meine Freundin«, sage ich leise und spüre das Gewicht dieser Worte auf mir lasten.

»Genau«, stimmt Clementine mir zu und blättert um. »*War*. Vergangenheit.«

In diesem Moment klingelt die Zeitschaltuhr, und Jeff kommt herüber, um meine Haare abzuspülen. Als ich wieder im Stuhl sitze und er mich zum Spiegel umdreht, zucke ich bei dem ungewohnten Anblick zusammen. An mein Aussehen habe ich mich immer noch nicht so richtig gewöhnt. Während Jeff die seidigen, glatten Strähnen kämmt und föhnt, komme ich mir wie ein völlig fremder Mensch vor.

Ich frage mich, ob ich mich jemals wieder wie ich selbst fühlen werde.

Keine Zeit für Selbstmitleid

Während der gesamten Rückfahrt redet Clementine auf mich ein, dass ich morgen vorbeikommen soll, damit wir die Beiträge für den Vlog filmen können. Schließlich stimme ich zu, damit sie aufhört, mich damit zu nerven. Als sie mich zu Hause absetzt, möchte ich einfach nur noch allein in meinem Zimmer vor mich hin schmollen.

Buttercup springt sofort aufs Bett. Ich schlüpfe aus den Schuhen, setze mich neben sie und streichle ihr übers Fell. »Du weißt, dass du nicht aufs Bett darfst, oder?«

Mit einem dramatischen Seufzer lässt sie sich auf die Seite fallen.

Ich habe das Gefühl, dass keiner von uns beiden diese Regel besonders ernst nimmt.

Ich versuche noch einmal, Rory zu erreichen, aber genau wie beim letzten Mal geht nur die Mailbox ran.

Ein paar Minuten später klopft es an meine Tür, und Buttercup und ich drehen die Köpfe.

»Wer ist da?«, rufe ich.

»Mom.«

Buttercup springt sofort vom Bett und rollt sich auf dem Boden zusammen. Ich unterdrücke ein Kichern und lasse Mom herein.

»Da ist jemand an der Haustür für dich«, sagt sie.

Stöhnend lasse ich mich aufs Bett fallen und ziehe mir ein Kissen über den Kopf. »Ich will sie nicht sehen«, grummele ich, weil ich davon ausgehe, dass Clementine zurückgekommen ist, um mir ihre nächste Idee für den Flower-Power-Vlog zu präsentieren. Wenn ich sie noch ein einziges Mal über pinkfarbene oder grüne Gänseblümchen reden höre, drehe ich durch.

»Es ist keine *sie*«, antwortet Mom und zieht spielerisch eine Braue hoch.

Ich drehe mich um und blicke sie an. Ist es Connor? Aber warum sollte er herkommen, nachdem ich mich gestern Abend so zum Affen gemacht habe?

»Wer ist es denn?«, frage ich und vergesse mein Unglück für einen Moment.

»Jacob Tucker.«

Ruckartig setze ich mich auf. »Jacob Tucker?«

Ich denke zurück an gestern Abend. Wir hatten viel Spaß auf der Tanzfläche. Ich spüre leichte Schuldgefühle, weil ich ihn einfach stehengelassen habe.

Vielleicht ist er hier, um mich auch deswegen anzuschreien.

Möglicherweise hasst er mich jetzt ebenfalls.

Was ich ihm nicht mal übelnehmen könnte.

»Ja«, bestätigt Mom und schüttelt den Kopf. »Ich schwöre, jedes Mal, wenn ich den Jungen sehe, sieht er anders aus. Seit der siebten Klasse wächst er unaufhörlich!«

Ich kichere. »Ja, oder? Er ist riesig!«

Mom lacht ebenfalls, und es fühlt sich gut an, dass ich zumindest diesen Teil meines Lebens mit ihr teilen kann, auch wenn ich ihr vieles verschweigen muss. »Es ist unglaublich, wie schnell ihr alle erwachsen geworden seid. Es kommt mir wie gestern vor, dass du noch auf der Mittelschule warst.«

Ich nicke, starre hinab auf die schicke schwarz-weiße Decke und fahre mit dem Zeigefinger das Blumenmuster nach. »Du weißt ja gar nicht, wie recht du hast«, murmele ich leise.

Mom setzt sich neben mich aufs Bett und legt mir einen Finger unters Kinn. »Hey. Ist alles okay? Du benimmst dich in letzter Zeit ein bisschen ... merkwürdig.«

Ich beiße mir auf die Lippe, um die Tränenflut zurückzuhalten, die sich Bahn zu brechen droht. »Ja. Nein. Keine Ahnung. Manchmal hab ich das Gefühl, alles geht zu schnell, und ich wünsche mir, ich hätte mehr Zeit, um alles auf die Reihe zu bekommen.«

Mom lacht schallend. »Du? Die Königin der Abkürzungen braucht Zeit, um es langsamer angehen zu lassen?«

Ich falle in ihr Lachen ein, denn sie hat recht. Ich liebe Abkürzungen. Das war schon immer so. »Ja, ich weiß«, sage ich. »Vermutlich hab ich einfach nur das Gefühl, dass sich schlagartig viel zu viel verändert hat.«

Ihr Blick wird ernst. »Was denn zum Beispiel?«

Ich zucke mit den Schultern. »Dass du arbeitest und Rory zweitausend Meilen weit weg studiert, und du mit Dad ohne mich zum Brunch gehst.«

»Ach, Schatz. Wenn ich gewusst hätte, dass du mitkommen willst, hätte ich dich geweckt, aber du möchtest doch samstags immer ausschlafen.«

»Ist schon gut«, behaupte ich. Meiner Mom ein schlechtes Gewissen zu machen ist das Letzte, was ich möchte. »Ich finde nur ...« Ich lasse den Satz unfertig. Mir fällt nichts ein, was ich noch sagen könnte. Ich weiß nicht mal, ob es überhaupt noch etwas zu sagen gibt.

Mom nimmt meine Hand. »Ich weiß, wie schwer es für dich war, als Rory auf College gegangen ist.«

Ich zucke mit den Schultern. Vielleicht, vielleicht auch nicht. Woher soll ich das wissen?

»Deshalb haben wir dir ja Buttercup gekauft«, fährt Mom fort. »Damit du mit der Veränderung besser klarkommst.«

Darum hab ich also endlich einen Hund bekommen?

Nicht, weil ich so lange gebettelt habe, bis meine Eltern endlich nachgaben? Sondern um meine Schwester zu ersetzen?

Ich blicke auf die zu meinen Füßen zusammengerollte Buttercup hinab, und eine Welle der Traurigkeit schlägt über mir zusammen. Ich habe sie nie als Welpe gesehen. Auf dem Handy befinden sich zwar ein paar Fotos aus dieser Zeit, aber das ist nicht dasselbe.

Mom scheint mir meinen Kummer am Gesicht abzulesen, denn sie streichelt mir mit dem Daumen über eine Hand. »Es verändert sich nicht alles«, behauptet sie. »Auch wenn es womöglich so aussieht, manche Dinge bleiben gleich.«

»Zum Beispiel?«

»Dass dein Dad und ich dich immer lieb haben werden zum Beispiel.«

Ich verdrehe die Augen. »Das weiß ich doch.«

»Vertrau mir«, bittet sie. »Manche Dinge werden sich nie ändern. Man muss sie einfach nur ein wenig intensiver suchen.«

Ich nicke. Obwohl ich ihr nicht unbedingt glaube, aber zumindest fühle ich mich jetzt besser.

Mom steht auf. »Nun gut. Auf jeden Fall solltest du vermutlich nach unten gehen und Jacob retten, bevor Dad ihm einen Vortrag über die Geschichte des Ohrenschmalzes oder so hält und den armen Jungen zu Tode langweilt. Es war schon ein bisschen komisch, ihn an der Tür zu sehen. Ich glaube, seit der Party zu deinem zwölften Geburtstag war er nicht mehr hier.«

Überrascht hebe ich den Kopf. »Jacob war bei meiner Party?«

»Ja«, bestätigt Mom. »Weißt du nicht mehr? Es war total süß, wie viele Dosen Traubenlimo er dir mitgebracht hat.«

Ich reiße die Augen auf. »Hat er die auch vorher geschüttelt?«

Mom hat offensichtlich nicht die geringste Ahnung, wovon ich spreche. »Was?«

»Schon gut«, murmele ich.

Vermutlich hat er die als Entschuldigung für die explodierte Dose in der Schule gekauft. Gestern beim Ball hat er ja erwähnt, dass er deshalb Schuldgefühle hatte.

Ich hab das nur getan, weil ich dich gern hatte.

Bei der Erinnerung daran werde ich rot. Ich kann immer noch nicht glauben, dass Jacob Tucker für mich geschwärmt haben soll. Schließlich ist er mir ständig auf die Nerven gegangen.

»Es sei denn«, fährt Mom fort, »du möchtest ihn lieber nicht sehen? Ich kann ihn wieder heimschicken. Oder wer weiß, vielleicht möchte er gern etwas über die Geschichte des Ohrenschmalzes erfahren. Möglicherweise ist er nur deshalb hergekommen.«

Sie zwinkert mir zu. Ich lache verhalten. Dass Dad Rorys Freunde gezwungen hat, sich sein umfangreiches Alltagswissen anzuhören, daran kann ich mich noch gut erinnern. Sie war darüber immer total entsetzt.

Wobei Jacob natürlich nicht mein Freund ist oder so.

Natürlich nicht.

Ich stehe kurz davor, Mom zu sagen, dass ich ihn wirklich lieber nicht sehen würde. Um ehrlich zu sein, in diesem Moment möchte ich eigentlich überhaupt niemandem gegenübertreten müssen. Ich möchte einfach nur hier liegen und mich in meinem Selbstmitleid suhlen. Doch der Gedanke, dass Jacob Tucker bei meiner Geburtstagsparty dabei war, am Tag nach dem großen Streit zwischen Grace und mir im Versteck, und dass er vielleicht etwas über das Ende unserer Freundschaft weiß, lässt mich nicht los.

Schließlich habe ich die ganze Zeit nach jemandem gesucht, der mir Antworten liefern kann. Außerdem hat er die letzten vier Jahre miterlebt.

Möglicherweise kann er mir dabei helfen, dieses bisher unlösbare Rätsel zu knacken.

Ich stehe auf und schlüpfe wieder in meine Schuhe.
»Sag ihm, ich komme gleich.«

Pfefferminz-Schokolade-Finger

Jacob schlägt vor, dass wir Eis essen gehen. Das ist mit Abstand die beste Idee seit langem. Also gehen wir die Straße hinunter bis zu *Happy Cones* und bestellen beide zwei Kugeln Pfefferminz-Schokolade. Jacob bezahlt sogar mein Eis, was irgendwie süß ist.

Das Wetter ist perfekt – der Himmel ist blau, die Sonne scheint. Es ist weder zu heiß noch zu kalt. Als ich vorhin mit Clementine unterwegs war, ist mir das gar nicht aufgefallen. Bei ihr hat man immer das Gefühl, sie trüge eine Regenwolke über sich.

Wir essen unser Eis, und ich kann immer noch nicht fassen, wie anders Jacob Tucker – J. T. – jetzt aussieht. Er hat sich unglaublich verändert. Ich auch, das weiß ich, aber er kommt mir wie ein völlig anderer Mensch vor.

»Seit wann nennst du dich J. T.?«, frage ich und hoffe, dass das nicht zu den Dingen gehört, die ich eigentlich wissen sollte und er mir gleich diesen Blick zuwerfen wird, den ich während der letzten beiden Tage von allen anderen kassiert habe.

Doch die Frage scheint ihn nicht zu verwundern.

»Seit der neunten Klasse. Damals bin ich Mitglied in der Schwimmmannschaft geworden. Zuerst hat mich der Coach J. T. genannt, dann auch meine Teamkameraden, und innerhalb von ein paar Wochen haben mich alle so gerufen. Sogar meine Eltern.« Er leckt an seinem Eis. »Und du? Seit wann lässt du dich Adeline nennen?«

Ich denke an die Große Namensänderungs-Charta, die ich heute Morgen entdeckt habe. Das Datum stammt aus dem Sommer vor Beginn meiner Highschoolzeit. »Das war ungefähr zur selben Zeit.«

Er nickt. »Die Highschool ist vermutlich für viele ein Neubeginn.«

Ich beiße mir auf die Lippe und denke über seine Worte nach. Ihm ist gar nicht bewusst, wie recht er hat. »Ja. Vermutlich.«

Jacob lehnt sich in seinem Stuhl zurück. »Schön heute.«

»Finde ich auch«, stimme ich zu. »Das Wetter ist echt klasse.«

Er schüttelt den Kopf. »Nein, ich meinte, dass du und ich gemeinsam Zeit verbringen. Das ist schön.«

Er lächelt mich an, und ich spüre, wie ich rot werde.

»Dass du gestern mit mir getanzt hast, hat mich echt überrascht«, gibt er zu.

»Warum?«

Er zuckt mit den Schultern, leckt an seinem Eis und meidet meinen Blick. »Keine Ahnung. Ich hab nur den Eindruck, dass du und Clementine so eine Art ...« Er verstummt, und ich warte gespannt darauf, dass er den Satz beendet. Stattdessen zuckt er erneut mit den Schultern und fängt mit der Zunge die geschmolzene Eiscreme auf, die seitlich an der Waffel hinabläuft.

Sofort muss ich an das zurückdenken, was er gestern Abend gesagt hat: »Du und Clementine, ihr zieht diese Beliebtes-Duo-Masche ab, und da passe ich nicht rein.«

Ich spüre einen Knoten im Magen, und das Eis kommt mir mit einem Mal nicht mehr so lecker vor wie noch vor fünf Minuten.

Wie viele Menschen habe ich seit Beginn meiner Freundschaft mit Clementine Dumont schon vor den Kopf gestoßen?

»Jacob?«, beginne ich und korrigiere mich schnell. »Sorry, ich meine J. T.«

Er lacht. »Kein Problem. Du kannst mich Jacob nennen. Gefällt mir irgendwie.«

»Okay, Jacob«, wiederhole ich grinsend. »Was weißt du noch von der Feier an meinem zwölften Geburtstag?«

Mein Themenwechsel scheint ihn zu überraschen. Er hat recht, das kam ziemlich plötzlich. »Wow«, sagt er. »Das ist schon ziemlich lange her.« Er denkt nach. »War das nicht die Party mit dem großen Krach zwischen Grace und dir?«

Mit einem Schlag fühle ich mich wie betäubt. Ich spüre noch vage, wie mir das Eis langsam und klebrig an der Hand hinabrinnt. Jacob wischt es mit einer Serviette ab.

»Ist alles okay?«, fragt er. »Du sahst kurz ziemlich weggetreten aus.«

»Wir haben uns gestritten?«

Noch mal?

Nach unserem großen Streit im Versteck?

Er lacht. »Kaum zu glauben, dass du das vergessen hast. Es war ziemlich gewaltig.«

Benommen schüttele ich den Kopf. »Ich ... Ich muss das irgendwie verdrängt haben. Worum ging es denn dabei?«

»Ich hab nicht die geringste Ahnung. Ich weiß nur noch, dass ihr euch angebrüllt habt. Wegen allem Möglichen, und dann hat Grace angefangen zu weinen. Es war ziemlich dramatisch. Sie ist davongestürmt, und danach kam die Party nicht mehr so recht in Schwung.« Neugierig sieht er mich an. »Du erinnerst dich wirklich nicht daran?«

Ich seufze laut. Wirklich nicht. Obwohl ich mir wünsche, ich könnte es. Am liebsten hätte ich alle Antworten, um dieses riesige Puzzle zu lösen, das mit jedem Teilchen nur noch komplizierter und verwirrender zu werden scheint.

Natürlich sage ich das nicht laut. Ich zucke einfach nur mit den Schultern. »Vermutlich hab ich es ausgeblendet.«

Jacob nickt, als ob er das verstünde, und deutet auf mein schmelzendes Eis. »Also, hast du mir vergeben? Hab ich für den Vorfall in der siebten Klasse erfolgreich Wiedergutmachung geleistet?«

Ich lächle verhalten. »Ein bisschen. Obwohl ich mich

immer noch frage, warum ich dich nach der Sache mit der explodierenden Limodose zu meiner Geburtstagsfeier eingeladen habe.«

Jacob beißt ein Stück von seiner Waffel ab. »Ich bin ziemlich sicher, dass deine Mom mich eingeladen hat. Du weißt schon, weil wir Nachbarn sind und so. Du hast mich die ganze Zeit über ignoriert.«

Ich lache. Es fühlt sich gut an. »Das kann ich schon eher glauben.«

Mein Eis, von dem ich kaum etwas gegessen habe, ist mir praktisch in der Hand zerschmolzen. Ich werfe es in den Mülleimer und lecke mir Minzeis-Soße von jedem Finger.

Jacob beobachtet mich und lacht schallend los. »Was?«, frage ich und halte inne, den kleinen Finger immer noch im Mund.

Er schüttelt den Kopf. »Nichts. Du ... hast mich einfach überrascht, Addie.« Er korrigiert sich. »Sorry, ich meine *Adeline*.«

Lächelnd wiederhole ich seine Worte von vorhin: »Kein Problem. Du kannst mich Addie nennen. Gefällt mir irgendwie.«

Süßer Kaffeeschlamm

Am nächsten Morgen beschließe ich, die Sache direkt anzugehen. Mir reicht es jetzt. Ich ziehe mich an und laufe die fünf Häuserblocks bis zu Grace' Haus. Den Weg kenne ich gut, immerhin bin ich ihn schon unzählige Male gegangen.

Dummerweise muss ich an Clementines Haus vorbei (und auch an meinem zurückgelassenen Auto), und ich mache mir große Sorgen, dass sie mich sieht und herausgerannt kommt, um mich anzubrüllen. Ich habe ihr heute Morgen schon eine SMS geschickt, dass ich mich nicht gut fühle und gefragt, ob wir stattdessen am Montag für unser Vlog filmen können.

Ihre Antwort klang nicht besonders erfreut. Genau genommen bestand sie lediglich aus diesem blöden Tintenfisch-Emoji, und ich weiß aus ihrer Nachricht an Annabelle am Freitag, dass das kein gutes Zeichen ist. Allerdings bin ich auch gerade nicht in der Stimmung, um mich mit ihr oder ihren Tintenfischen herumzuschlagen. Dafür gehen mir momentan viel zu viele andere Sachen durch den Kopf.

Geduckt eile ich an der Einfahrt zu Clementines Haus vorbei und halte die ganze Zeit über den Atem an. Glücklicherweise bleibt ihre Haustür geschlossen.

Bis ich bei Grace ankomme, habe ich mich innerlich gewappnet. Jetzt ist es so weit. Keine Ausflüchte mehr. Kein Weglaufen. Sie muss mit mir reden. Sie muss mir glauben. Sie muss mir alles erzählen, was passiert ist.

Vorher gehe ich nicht.

Entschlossen drücke ich die Klingel, immer weiter, bis die Tür endlich geöffnet wird.

Allerdings steht nicht Grace vor mir, sondern überraschenderweise ihre kleine Schwester Lily. Wobei sie gar nicht mehr so klein ist. Als ich sie das letzte Mal gesehen habe, war sie eine winzige Achtjährige mit geflochtenen Zöpfen und Brille. Jetzt ist sie groß und schlank und trägt offensichtlich Kontaktlinsen. Schnell rechne ich nach und schnappe beinahe laut nach Luft, als mir bewusst wird, dass sie inzwischen zwölf ist. Genauso alt wie ich! Beziehungsweise so alt, wie ich noch vor drei Tagen war.

»Addie?«, fragt sie und sieht mich blinzelnd an, als ob sie mich nicht erkennt. »Was machst du denn hier?«

Ihre Frage trifft mich wie ein Schlag in die Magengrube. Es bestätigt all die schrecklichen Dinge, die ich im Lauf der letzten paar Tage festgestellt habe: Grace und ich sind nicht mehr befreundet. Wir reden nicht mehr miteinander. Und offensichtlich komme ich nicht mehr hierher zu Besuch.

»Ich suche nach Grace«, sage ich und richte mich zu meiner vollen Größe auf. Ich muss Selbstbewusstsein ausstrahlen. Ich bin jemand, der kein Nein akzeptiert. Ich bin hergekommen, um Antworten zu erhalten, und ich werde erst gehen, wenn ich sie bekommen habe.

»Sie ist nicht da.«

Enttäuscht sacke ich in mir zusammen. »Oh«, murmele ich und wende mich ab zum Gehen. »Okay.«

Doch kurz bevor sich die Tür hinter mir schließt, kommt mir ein Gedanke und ich wirbele herum. »Lily?«

Sie zieht die Tür wieder auf. »Ja?«

»Was machst du gerade?«

Sie wirkt völlig erstaunt. »Ich?«

Ich nicke. »Ja, du.«

Sie sieht sich um, als stünde die Antwort irgendwo an der Hauswand. »Äh, nichts. Fernsehen.«

Ich beiße mir auf die Lippe. »Hast du Lust, mit mir, äh, was zu unternehmen?«

Sprachlos starrt sie mich einen Moment lang an. »Du willst mit mir gemeinsam etwas unternehmen?«

»Ja«, bestätige ich. »Mit dir. Wir könnten uns Latte im *Human Bean* holen.«

Ihr fallen beinahe die Augen aus dem Kopf, und ich muss lachen. Ich kann genau nachfühlen, wie es ihr jetzt geht. Vor nicht allzu langer Zeit war ich selbst noch zwölf. Ich weiß noch, dass ich Rory immer angebettelt habe, mich ins *Human Bean* mitzunehmen, wo sie mit ihren coolen Freunden hinging. Sie hat das immer abgelehnt. Und jedes Mal, wenn ich an dem Café vorbeiging, hab ich sehnsuchtsvoll ins Schaufenster gestarrt und die Sekunden bis zu dem Tag gezählt, wenn ich auch zu diesen coolen Menschen gehören und in einer Nische meinen leckeren Kaffee schlürfen und über all das reden würde, worüber coole Menschen eben so reden.

»Ins *Human Bean*?«, wiederholt sie immer noch fassungslos. »Du willst mit mir ins *Human Bean* gehen?«

Ich nicke. »Ist schon lange her, dass wir was zusammen gemacht haben. Dort können wir uns unterhalten.«

Sie steht noch ein paar Sekunden lang verblüfft im Eingang, dann saust sie ins Haus und kommt eine Nanosekunde später zurück. Sie trägt jetzt Schuhe und hat eine kleine Handtasche über der Schulter hängen. Dann schließt sie die Tür hinter sich. »Okay«, sagt sie atemlos. »Kann losgehen.«

Kichernd denke ich sehnsüchtig an die Tage zurück, als ein einfacher Ausflug in ein Café mit einer Sechzehnjährigen für mehrere Monate das aufregendste Ereignis in meinem Leben gewesen wäre.

Das *Human Bean* ist rappelvoll. Obwohl ich zum ersten Mal hier bin, konzentriere ich mich mehr auf Lilys Reaktion als auf meine eigene. Sie ist völlig hin und weg und womöglich auch ein kleines bisschen fasziniert von mir.

Besonders, als mich auf dem Weg zur Theke praktisch jeder namentlich begrüßt. Beinahe so wie in der Schule. Daran habe ich mich immer noch nicht gewöhnt.

»Du musst ja der beliebteste Mensch der Welt sein!«, flüstert Lily, während wir anstehen, um zu bestellen.

Ich lache. »Eigentlich nicht.«

Sie nickt vehement. »Doch, bestimmt. In der Schule wissen die meisten nicht mal, wer Grace überhaupt ist. Abgesehen von ihren Freunden aus der Marschkapelle natürlich.«

Als wir dran sind, bestelle ich einen Latte. Nicht, weil ich Latte besonders mag. Ich weiß nicht mal, wie die schmecken, weil ich noch nie einen getrunken habe. Doch das hat Rory immer bestellt, wenn sie mit ihrem Freund der Woche hergekommen ist. Das weiß ich allerdings auch nur, weil ich häufig leere Becher in ihrem Auto gefunden habe, auf denen an der Seite ihr Name und darunter »Latte fettfrei« stand.

»Fettfrei«, setze ich rasch hinzu.

»Ich auch«, sagt Lily und strahlt mich an. »Das ist ja so aufregend!«

Ich lächle sie an. »Ich weiß. Cool, oder?«

Sie wirft mir einen seltsamen Blick zu. »Kommst du denn nicht oft her? Jeden Tag?«

Ich bemühe mich, meine Reaktion herunterzuspielen. »Na ja, nicht unbedingt jeden Tag.«

Die Barista kehrt mit unseren Getränken zurück, und

wir gehen zu einem leeren Tisch am Fenster. Lily beobachtet mich genau und wartet darauf, dass ich den ersten Schluck trinke. Vermutlich, damit sie es mir nachmachen kann. Das Problem ist nur, dass ich selbst nicht die geringste Ahnung habe, was ich hier tue. Ich brauche auch jemanden zum Nachmachen! Keine Ahnung, wie man einen Latte trinkt. Einfach so, wie Limo? Muss man zuerst drauf pusten? Wirbelt man ihn ein wenig im Glas umher?

Ich muss mich jedoch cool benehmen, ein Vorbild sein. Lily darf keinesfalls merken, dass ich genauso ahnungslos bin wie sie.

Ich lächele sie an und hebe den abgedeckten Pappbecher an die Lippen. Hoffentlich schmeckt es nicht zu sehr nach Kaffee. Den Geschmack von Filterkaffee kann ich nicht ausstehen. Einmal hab ich den von Dad gekostet und musste so sehr würgen, dass ich ihn ins Spülbecken gespuckt habe. Der war total bitter.

Vorsichtig nehme ich einen Schluck und pruste sofort einen Sprühregen quer über den Tisch.

O mein Gott, das schmeckt ja widerlich!

Es schmeckt sogar ganz genau wie Kaffee! Vielleicht sogar noch schlimmer.

Lily zuckt zusammen, weicht meiner Salve aus und sieht mich an, als wäre ich eine Hochstaplerin. Was der Wahrheit entspricht.

Im Mund kann ich immer noch die eklige, bittere Brühe

schmecken. Ich schnappe mir eine Serviette aus dem Halter und wische mir unter Würgegeräuschen die Zunge ab. Vermutlich klinge ich wie eine Katze, die versucht, einen Fellball hochzuwürgen.

Ein paar Leute drehen sich nach mir um, und ich versuche, so zu tun, als wäre nichts, und lächele Lily unschuldig an. »Sei vorsichtig«, warne ich sie. »Er ist sehr heiß.«

»Oh«, sagt sie und sieht sofort weniger verwirrt aus. »Natürlich.«

Ich blicke mich in dem kleinen Café um. Die meisten Besucher sind Schüler der Thunder Creek High. Sie reden und trinken Kaffee, als wäre es das leckerste Getränk der Welt. Wie machen die das bloß? Wieso müssen sie sich nicht übergeben?

Und wichtiger noch, wie soll ich diesen großen Becher austrinken, den ich gerade gekauft habe? Ich weiß, dass ich Latte eigentlich mag. Auf dem Handy habe ich Bilder gesehen, wie ich welche trinke. Wo liegt also das Problem? Muss man sich an den Geschmack von Kaffee erst gewöhnen?

Mein Blick fällt auf ein Mädchen, das ich aus der Schule kenne. Ich bin ziemlich sicher, dass es sich dabei um Annabelle handelt, die Clementine boykottiert. Sie steht neben einer kleinen Theke an der Tür. Ich beobachte, wie sie den Deckel von ihrem Becher abnimmt, vier Päckchen Zucker hineinrührt und den Deckel wieder aufsetzt.

Zucker!

Ich habe keinen Zucker reingeschüttet! Kein Wunder, dass es schmeckt, als hätte ich an einer verrosteten Metallstange geleckt.

Lily schnüffelt an ihrem Becher und will gerade einen Schluck davon trinken. Ich schlage ihr auf die Hand. »Zucker!«, rufe ich laut. »Ich hab den Zucker vergessen. Trink das noch nicht.«

Genau in dem Moment, als das Mädchen gehen will, komme ich bei der Theke an. »Hi, Adeline«, begrüßt es mich fröhlich.

Ich starre es einen Moment lang sprachlos an und frage mich, wie ich reagieren soll. Wenn ich recht habe, und das hier Annabelle ist, dann hat Clementine mir verboten, mit ihr zu reden.

Ich schüttele den Kopf. Das ist lächerlich. Ich habe es satt, dauernd Clementines Befehle zu befolgen. Erst recht, wenn die überhaupt keinen Sinn ergeben. Wenn das größte Verbrechen dieses Mädchens darin besteht, auf einem nicht gekennzeichneten Parkplatz geparkt zu haben, dann verdient sie meine Verachtung nicht.

»Hey, Annabelle!«, erwidere ich. »Schön, dich zu sehen.«

Sie linst an mir vorbei zum Tisch, an dem Lily sitzt. »Wo ist Clementine?«, fragt sie.

Ich zucke mit den Schultern. »Keine Ahnung.«

Meine Antwort scheint sie ein wenig zu schockieren. Sollte ich wissen, wo Clementine ist? Muss ich sie ständig im Auge behalten? Brauche ich eine Clementine-Verfolgungs-App auf dem Handy?

Sie lächelt mich hastig und ein wenig künstlich an und verlässt rasch das Café.

Hm. Das war merkwürdig.

Ich schnappe mir so viele Zuckerpäckchen, wie ich mit beiden Händen tragen kann, und dazu zwei hölzerne Stäbchen zum Umrühren und bringe sie mit zurück an den Tisch. Lily schaut mir zu, wie ich eins nach dem anderen in meinen Kaffee schütte. Ich weiß nicht mal mehr, wie viele das schon waren. Nach dem sechsten hab ich nicht mehr mitgezählt.

»Warum hast du denn einen fettfreien Kaffee bestellt, wenn du so viel Zucker reinkippst?«, fragt sie.

Ich halte beim Umrühren inne. »Äh ... So schmeckt er mir besser. Ansonsten finde ich ihn zu ... Du weißt schon, zu ... fettig.«

Sie sieht mich an, als würde sie das gern hinterfragen, entscheidet sich aber dagegen und beginnt ebenfalls Zucker in ihren Kaffee zu schütten.

Ich rühre meinen um, der mit dem ganzen Zucker darin inzwischen fast eine schlammartige Konsistenz angenommen hat, und nehme einen Schluck.

Eindeutig besser. Jetzt schmeckt es ungefähr wie ein heißer Milkshake.

»Also«, beginne ich und bemühe mich um einen beifälligen Ton. »Wie geht's Grace?«

Lily nippt vorsichtig an ihrem Latte. »Gut.« Misstrauisch kneift sie die Augen zusammen. »Warum fragst du?«

»Darf ich mich denn nicht mal nach meiner besten Freundin erkundigen?« Ich schlucke und korrigiere mich. »Ich meine, meine ehemalige beste Freundin.«

Im Hals spüre ich einen Kloß. Schnell nehme ich einen weiteren Schluck von meinem Kaffeemilkshake, um ihn hinunterzuspülen.

»Es geht ihr gut«, wiederholt Lily, diesmal in einem wachsameren Ton. »Willst du mich aushorchen? Für einen Streich? Bist du deshalb so nett zu mir?«

Ich verschlucke mich fast an meinem Kaffee. »Was? Nein! Kein Streich. Das würde ich nie ...« Ich bin völlig von der Rolle. »Traust du mir so was wirklich zu?«

Lily lehnt sich schulterzuckend zurück. »Keine Ahnung. Schließlich habt ihr nicht mehr miteinander gesprochen, seit du sie damals auf der Mittelschule aus eurem Englischprojekt ausgeschlossen hast und sie deshalb eine Sechs bekommen hat.«

»Was?«, kreische ich so laut, dass mehr als nur ein paar neugierige Blicke bei uns landen. Ich senke die Stimme, damit wir nicht belauscht werden können. »Das hab ich getan?«

Lily sieht mich misstrauisch an. »Soll das heißen, dass du dich nicht daran erinnerst?«

Ich öffne den Mund, um ihr zu widersprechen. Ganz sicher hat Lily da was falsch verstanden. So etwas würde ich meiner besten Freundin doch nie antun! Doch da fällt mir das Musikvideo wieder ein, die Nacherzählung von *Romeo und Julia* mit Rory und Henry in den Hauptrollen. Grace' Name ist im Abspann nicht aufgetaucht. Den Film habe ich allein gedreht.

Ich habe das Gefühl, als würde mir das Herz in der Brust zusammengedrückt. Ich bekomme keine Luft mehr. Mir wird übel. Gleich kommt mir der zuckrige Schlammkaffee wieder hoch.

Ich hab meine beste Freundin im Stich gelassen, und sie hat deshalb eine Sechs bekommen.

Spricht sie deshalb nicht mehr mit mir? Könnte ich ihr nicht mal verübeln.

In diesem Moment merke ich, dass Lily mich immer noch ansieht und auf eine Antwort wartet. »Natürlich hab ich das nicht vergessen«, behaupte ich in einem bewusst fröhlichen Ton. »Ich hab mich nur gefragt, wie Grace die Sache aus ihrer Perspektive gesehen hat.«

Lily verschränkt die Arme vor der Brust. »Da gibt es keine unterschiedlichen Interpretationen, Addie. Du hast dich mies verhalten.«

»Ja«, antworte ich leise. »Ich ... Ich fühle mich deswegen auch ziemlich schuldig.« Mit gesenktem Kopf starre ich in meinen Schoß. »Hatte das vielleicht irgendwas mit unserem Streit auf meiner Geburtstagsfeier zu tun? Hat Grace dir eventuell davon erzählt?«

»Du meinst euren Streit wegen des Geschenks?«
Das Geschenk?
Welches Geschenk?

Da fällt mir wieder unsere schicksalhafte Pyjamaparty ein, bei der Grace gesagt hat, dass sie sich das Geschenk für die Party am Folgetag aufspart. Sie wirkte ziemlich begeistert.

Das hat unseren großen Streit ausgelöst?

Mal im Ernst, wie schlecht konnte dieses Geschenk schon gewesen sein?

Hat sie mir Giftefeu geschenkt?

Am liebsten würde ich Lily fragen, was dieses Geschenk war, aber dadurch würde ich nur noch unsensibler wirken. Deshalb murmele ich nur: »Ja, dieser Streit.«

»Warum hast du mich eingeladen?«, will Lily wissen. Ihr Ton ist immer noch wachsam und voller Misstrauen.

Ich beiße mir auf die Lippe. Ehrlich gesagt wollte ich einfach Antworten. Die Wahrheit. Jetzt bin ich mir jedoch nicht mehr sicher, wie viel Wahrheit ich noch verkraften kann. Jedes Mal, wenn ich etwas über die vergangenen vier Jahre herausfinde, gefällt mir weniger, was aus mir geworden ist.

»Ich weiß nicht«, flüstere ich. »Vermutlich hat mir Grace einfach ein bisschen gefehlt. Und du erinnerst mich an sie.«

Lily wirkt von meiner Antwort überrascht, aber ihre Miene wird ein wenig sanfter. Sie lässt die Arme sinken und sieht mich mitfühlend an. Und dann sagt sie leise: »Auch wenn sie es vermutlich nicht zugeben würde, aber ich glaube, sie vermisst dich manchmal auch.«

Ein Schritt vor, ein Schritt zurück

Am Montagmorgen wache ich noch vor Sonnenaufgang auf.

Nachdem ich Lily gestern nach Hause gebracht hatte, bin ich in den Park gegangen, habe mich auf eine der Schaukeln gesetzt und lange über alles nachgedacht. Über alles, was ich während der vergangenen Tage über mich erfahren habe.

Dann habe ich eine Entscheidung getroffen.

Ich muss aufhören, gegen die Realität anzukämpfen. Was auch immer ich während der vergangenen vier Jahre getan habe, es ist nicht mehr zu ändern.

Grace und ich sind nicht mehr befreundet. Wir sind auch nicht mehr zwölf, sondern inzwischen ganz andere Menschen. Was bedeutet, dass ich die Dinge anders anpacken muss.

Ich muss das Problem auf andere Art und Weise beheben. Nur, weil sich alles zum Schlechteren gewendet hat, heißt das nicht automatisch, dass man es nicht reparieren kann.

Ich werde diese Freundschaft kitten und sofort damit beginnen.

Ich weiß, dass Grace und ich uns an meinem zwölften Geburtstag schlimm gestritten haben, und dann noch einmal am darauffolgenden Tag bei meiner Feier. Sie von dem Englischprojekt auszuschließen war gemein, aber das ist Jahre her. Der Grund, warum sich danach ein Keil zwischen uns geschoben hat, liegt vermutlich in unseren unterschiedlichen Interessen. Die einzige Möglichkeit, diesen Keil zu entfernen, sind also gemeinsame Interessen.

Die Hälfte der vergangenen Nacht habe ich damit verbracht, die Highschool-Jahrbücher der letzten beiden Jahre durchzusehen und jeden Klub und jede Verbindung herauszusuchen, bei der Grace Harrington Mitglied ist. Wenn ich auch nur einem dieser Klubs beitreten kann, wird das Grace beweisen, dass wir immer noch viel gemeinsam haben. Dass wir immer noch beste Freundinnen sein können, trotz meiner Fehler in der Vergangenheit.

Ich sehe drei Möglichkeiten:

1. Ich trete der Marschkapelle bei.
2. Ich trete dem Wissenschaftsklub bei.
3. Ich werde in die Mathematikgesellschaft aufgenommen.

Okay, ich gebe zu, die dritte Variante ist relativ unwahrscheinlich, wenn man bedenkt, dass ich nicht mal Trigodings – ihr wisst schon – aussprechen kann, aber gut. Eine der beiden anderen Ideen wird funktionieren, da bin ich mir sicher.

Ich schreibe Clementine eine Nachricht, dass ich heute

früher zur Schule fahre, weil ich an einem besonderen Projekt arbeiten muss, was genau genommen nicht gelogen ist. Die Rettung meiner Freundschaft mit Grace ist ein besonderes Projekt. Ein ganz besonderes Projekt sogar.

Clementine antwortet nicht. Ich nehme an, sie schläft noch. Schließlich ist es noch ziemlich früh. Leider blieb mir keine andere Wahl, als so zeitig aufzustehen. Laut der Website der Thunder Creek Highschool übt die Marschkapelle an diesem Tag vor Unterrichtsbeginn, und ich möchte mindestens zwanzig Minuten vor Beginn der Probe dort sein.

Gestern Abend habe ich mir außerdem noch YouTube-Tutorials angesehen, wie man Auto fährt, und jetzt fühle ich mich schon viel sicherer. Obwohl mir der Gedanke, mich gleich wieder hinters Lenkrad zu setzen, schwitzige Handflächen beschert.

Als ich nach unten gehe, ist es im Haus immer noch still. Meine Eltern schlafen noch. Ich schnappe mir ein wenig Obst, schütte ein paar Käsecracker in Buttercups Napf und verlasse das Haus.

Bis zu meinem Auto ist es ein zehnminütiger Spaziergang, denn es parkt immer noch in der Nähe von Clementines Haus, wo ich es am Freitag zurückgelassen habe. Ich schließe es auf und setze mich auf den Fahrersitz. Dann hole ich tief Luft, drehe den Zündschlüssel und lege den Rückwärtsgang ein. Laut YouTube besteht das Geheimnis bei einem Automatikgetriebe darin, denselben Fuß für das

Gaspedal und die Bremse zu benutzen. Ich hatte versucht, beide Pedale gleichzeitig zu bedienen. Das hat nicht so gut funktioniert.

Vorsichtig lasse ich die Bremse los und trete aufs Gaspedal. Das Auto fährt zentimeterweise nach hinten.

Das ist gut. Sehr gut sogar. Ich mache Fortschritte.

Weil ich rückwärts fahre, drehe ich das Lenkrad entgegengesetzt zu der Richtung, in die ich eigentlich fahren möchte. Auch das habe ich aus den Videos gelernt. Wer kommt schon auf die Idee, nach links einzuschlagen, wenn er nach rechts fahren will?

Langsam fahre ich zurück und wieder vor, immer wieder, bis ich endlich auf der Straße stehe und das sogar in der richtigen Richtung!

Es hat geklappt!

Jetzt muss ich einfach nur die beiden Meilen bis zur Schule überstehen, dann bin ich in Sicherheit. Beziehungsweise in der Schule. Aber sicher.

Egal.

Den Fuß fest auf die Bremse gedrückt, lege ich den ersten Gang ein und trete dann langsam aufs Gaspedal. Das Auto reagiert und schleicht vorwärts. Begeistert kreische ich los.

Es funktioniert! Ich fahre! Und bisher unfallfrei!

Glücklicherweise ist mein Schulweg nicht besonders kompliziert. Insgesamt muss ich nur zweimal abbiegen und drei Ampeln beachten. Für die beiden Meilen brauche ich jedoch zwanzig Minuten, weil ich ungefähr halb so langsam fahre, wie eine alte Schildkröte kriecht, aber am Ende zählt nur, dass ich mit heiler Haut dort ankomme. Und diesmal zittern meine Hände auch nicht wie Espenlaub. Nachdem ich einen Parkplatz in der zweiten Reihe gefunden habe, laufe ich hinüber zum Footballfeld, wo sich die Mitglieder der Marschkapelle bereits mit ihren Instrumenten versammeln.

Beim Näherkommen entdecke ich Grace in der Mitte des Feldes, wo sie zum Aufwärmen ein paar Tonleitern spielt. Ich gehe direkt an ihr vorbei. Sie lässt die Trompete sinken und starrt mich ungläubig an, doch ich marschiere schnurstracks auf den einzigen Erwachsenen auf dem Spielfeld zu – Mr Reynolds, den Leiter der Marschkapelle. Ich habe ihn anhand des Fotos auf der Schulwebsite erkannt. Er steht am Rand des Platzes und blättert in einem Ordner.

Meinen Text habe ich genau vorbereitet und ihn gestern Abend mehrmals vor dem Spiegel geübt.

Ich bleibe vor ihm stehen, und er sieht auf mich herab, wobei er die Augen zukneifen muss, da die Sonne gerade über einem Hügel aufgeht. »Kann ich dir helfen?«, fragt er.

»Ja«, bestätige ich. »Ich spiele Trompete und möchte gerne für die Marschkapelle vorspielen.«

Er zieht die Brauen zusammen. »Das Vorspielen hat vor zwei Monaten stattgefunden, zum Semesterbeginn.«

Ich nicke. Diese Antwort habe ich erwartet und mich

darauf vorbereitet. »Ja, das weiß ich, aber ich habe online die Statuten für die außerunterrichtlichen Aktivitäten in diesem Schulbezirk nachgelesen, und da steht, wenn ein Schüler aufgrund von Krankheit oder einem Schulwechsel für einen Großteil des Semesters abwesend war, kann er oder sie noch vorspielen, solange er oder sie in der Lage ist, den Rest des Teams oder der Gruppe leistungsmäßig einzuholen.«

Es stimmt. Ich habe es wirklich nachgeschlagen.

»Du hast also gefehlt?«, hakt er nach.

»Äh. Ja.«

Okay, genau genommen war ich nicht krank und habe auch nicht die Schule gewechselt, aber mein Gedächtnis war während des Großteils des Semesters abwesend. Ich finde, das reicht.

»Und kannst du denn den Rest der Gruppe leistungsmäßig einholen?«

Zuversichtlich nicke ich. »Auf jeden Fall!«

»Das heißt also, dass du schon mal in einer Marschkapelle gespielt hast, richtig?«, will Mr Reynolds wissen. Besonders überzeugt wirkt er nicht.

Ich schlucke. »Ja. Natürlich.«

Okay, das war jetzt wirklich gelogen. Ich war noch nie in einer Marschkapelle. Aber mein vertrauenswürdiger Freund YouTube hat mich gestern Abend mit mehreren Videos von Marschkapellen versorgt, und so schwer sah das gar nicht aus. Sie laufen einfach beim Spielen der Instrumente herum. Was soll daran so schwierig sein? Und ja, im Prinzip ist es schon vier Jahre her, seit ich zum letzten Mal Trompete gespielt habe, aber für mich waren es eigentlich nur Tage, deshalb sollte ich immer noch gut genug sein, um ein albernes kleines Vorspielen zu überstehen.

Seufzend schlägt Mr Reynolds in seinem Ordner eine neue Seite auf. »Na ja, uns fehlen tatsächlich ein paar Spieler bei den Blechbläsern. Hast du dein Instrument dabei?«

Ich hebe die staubige Schachtel mit meiner Trompete darin hoch. Die habe ich gestern Abend im Keller gefunden, nachdem ich den brillanten Plan zur Wiederbelebung meiner Freundschaft mit Grace entwickelt hatte.

»Na schön. Dann reih dich für ein paar Übungen ein, dann sehen wir ja, ob das klappt. Wir beginnen mit Tonleitern in G-Dur und arbeiten uns von da nach oben.«

Mich durchzuckt ein Schreck.

Bäh. Tonleitern.

Ich hasse Tonleitern.

Und welche ist noch mal G-Dur?

»Okay!«, ruft Mr Reynolds durchs Megaphon. »Alle aufstellen bitte!«

Die herumstehenden Schüler laufen plötzlich kreuz und quer über das Feld auf ihre Positionen. Hilfesuchend blicke ich zu Mr Reynolds. »Martinez ist krank. Stell dich auf ihre Stelle, auf dreißig, vierte von links.«

Das sagt mir gar nichts.

Er seufzt. »Auf den leeren Platz hinter dem Tubaspieler.«

Ich sehe hinüber zum Spielfeld, wo gerade hundert Schüler ein perfektes Rechteck geformt haben. In der dritten Reihe entdecke ich ein Loch. »Alles klar!«, rufe ich und hole meine Trompete heraus. »Wird gemacht!«

Ich laufe zu der leeren Stelle und nehme meine Position ein.

»Achtung!«, ruft Mr Reynolds.

Was? Hektisch sehe ich nach rechts und links. Die Trompetenspieler zu beiden Seiten von mir haben ihre Instrumente mit einer zackigen Bewegung an den Mund gehoben und stehen stramm.

Bin ich hier bei der Marschkapelle oder beim Militär?

Ich versuche, es ihnen nachzumachen.

»Eins, zwei, drei, vier, fünf, sechs, sieben, acht!« Mr Reynolds zählt ein, und bevor ich überhaupt die Finger auf die richtigen Tasten legen kann, laufen alle um mich herum los. Mit kleinen, gleichmäßigen Schritten marschieren sie vorwärts und spielen dabei eine fehlerfreie Tonleiter in G-Dur.

Schnell flitze ich ihnen nach und versuche, mich zu erinnern, auf welche Tasten ich die Finger legen muss. Als ich endlich zu spielen beginne, hinke ich schon zwei Noten hinterher. Um aufzuholen, spiele ich die nächsten Noten ganz schnell, aber es klingt total schief.

Hätte ich die Trompete womöglich stimmen müssen?

Das Mädchen zu meiner Rechten wirft mir aus dem Augenwinkel einen bösen Blick zu.

Ich versuche, sie so gut wie möglich zu ignorieren, und marschiere weiter. Als ich schließlich die letzte Note der Tonleiter erreicht habe, stelle ich erfreut fest, dass sie sich mehr oder weniger richtig anhört, und ich habe es sogar geschafft, meine Bewegungen dem Rest der Gruppe anzupassen.

Es hat geklappt!

Hurra!

Es ist vorbei!

Ich lasse die Trompete sinken, doch da fällt mir auf, dass ich damit die Einzige bin. Alle anderen spielen weiter, mit einer neuen Tonleiter. Leider hab ich nicht die geringste Ahnung, welche das ist. Noch einmal G-Dur ist es definitiv nicht. A-Moll vielleicht? Ich fummele an den Tasten herum, doch wegen der Herumlauferei kann ich die Finger nicht richtig anlegen. Ich bleibe also einen Moment lang stehen, um sie auszurichten. Genau in diesem Moment verändert der gesamte Schwarm seine Laufrichtung.

Ohne Vorwarnung!

Kurz zuvor sind alle geradeaus gelaufen, und jetzt marschiert der komplette Blocks nach links. Das Mädchen neben mir, das mich wegen der falschen Töne vorhin schon so böse angesehen hat, stößt mit mir zusammen, und ich stürze auf den Rasen. Die Trompete fliegt mir aus der Hand.

Ich gehe davon aus, dass die gesamte Gruppe jetzt aus Rücksicht stehen bleiben wird, aber das ist nicht der Fall. Sie marschieren einfach weiter. Ein gesamter Spielmannszug mit Trompeten, Posaunen und Tubas trampelt auf mich zu. Ich halte mir schützend die Hände über den Kopf und rutsche rückwärts, um einem Stampede-Tod zu entgehen. Ein paar der Schüler treten mir auf die Zehen, andere stoßen mit den Knien gegen meine Stirn.

»Stopp!«, rufe ich, doch über die dröhnenden Tonleitern hinweg kann mich niemand hören.

Mir bleibt keine andere Wahl, als zu fliehen. Also nutze ich die kleine Lücke zwischen den Füßen aus und schiebe mich hoch. Ich habe es gerade bis auf alle viere geschafft, als der Schwarm erneut die Richtung ändert. Jetzt marschieren alle rückwärts. Irgendjemand stößt mir seinen Hintern ins Gesicht, und ich stürze erneut zu Boden.

Schnell robbe ich aus dem Weg, um weitere Zusammenstöße von Hintern mit meinem Gesicht zu vermeiden. Es scheint, dass Kriechen meine einzige Chance ist, hier lebend herauszukommen, also kraxele ich auf allen vieren nach rechts, denn da scheinen mir die wenigsten Schüler zu sein. Als ich jedoch der Horde beinahe entkommen bin, ändern sie zum dritten Mal die Richtung und laufen nach rechts.

»Hilfe!«, schreie ich beim Anblick der stampfenden Füße, die auf mich zuschreiten. Ich krabbele schneller. Sie marschieren hinter mir her, wie eine Horde Zombies.

Ich krieche und robbe, bis mir Knie und Hände weh tun und ich kaum noch Luft bekomme. In diesem Moment stoße ich gegen eine Mauer. Genau genommen ist es keine Mauer, sondern es sind ein Paar Beine. Als ich aufsehe, erkenne ich Mr Reynolds mit dem Megaphon über mir.

Er sieht mich missbilligend an. »Halt!«, ruft er, und die Kapelle bleibt stehen. »Rührt euch!«

Ich lasse mich auf den Rücken fallen und ringe nach Atem. Da höre ich das Kichern. Es beginnt leise, doch schnell breitet es sich wie ein Lauffeuer innerhalb der gesamten Gruppe aus.

»Es reicht!«, ruft Mr Reynolds ins Megaphon. Die Kapelle verstummt.

Als ich schließlich genügend Kraft aufbringe, um mich hochzuziehen, erblicke ich Grace. Sie steht an ihrem Platz der Formation und hält eine Hand vor den Mund, um ihrer Nachbarin etwas zuzuflüstern. Diese bricht erneut in Gelächter aus.

Offensichtlich hatte sie von Anfang an recht. Das war *ridikül*.

Getauschte Herzen

Okay, die Marschkapelle kommt also nicht in Frage. Das war sowieso eine dumme Idee. Ich spiele nicht mal gern Trompete, was vermutlich der Grund dafür ist, warum ich damit aufgehört habe. Mache ich also mit dem nächsten Punkt auf meiner Liste weiter: dem Wissenschaftsklub. Dummerweise trifft sich der Klub jedoch erst nach dem Unterricht, also muss ich mich solange gedulden.

Vor der ersten Stunde sehe ich mich nach Clementine um, kann sie jedoch nirgendwo entdecken. Natürlich habe ich nicht die geringste Ahnung, wo sie sich normalerweise aufhält, und sie antwortet auch nicht auf meine SMS. Also gehe ich einfach zu meiner ersten Unterrichtsstunde. Trig. Es dauert ein paar Minuten, bis ich den Klassenraum gefunden habe, doch dann fällt mir siedend heiß ein, wer auch da sein wird: Connor.

Er sitzt in der letzten Reihe, den Kopf über ein Heft gebeugt. Bis zu diesem Moment habe ich es beinahe geschafft, das Fiasko beim Ball zu verdrängen, doch jetzt kehrt die Erinnerung an mein peinliches Verhalten mit aller Wucht zurück. Ich kann nicht fassen, dass ich ihm gesagt habe, er sähe wie ein Affe aus! Was habe ich mir bloß dabei gedacht?

Ich setze mich neben ihn, halte jedoch den Kopf gesenkt. Als ich hochlinse, um zu sehen, ob er meine Gegenwart überhaupt bemerkt hat, treffen sich unsere Blicke für eine Sekunde, bevor wir beide wegsehen.

Nach dem Unterricht spricht er mich im Flur an. »Hey«, sagt er und richtet den Riemen seiner Tasche. »Wegen heute Abend. Ich bin nicht sicher, ob ich dir Nachhilfe geben kann. Ich hab da diese ... Sache, um die ich mich kümmern muss.« Er sieht hinab auf seine Füße. »Die ist superwichtig, das kann ich nicht sausenlassen.«

»Ist schon gut«, antworte ich und weiß genau, dass er lügt. Um diese Art von Körpersprache zu verstehen, muss man nicht erst auf die Highschool gehen.

Als ich im Französischraum ankomme, sitzt Clementine ganz hinten in der Ecke. Eine Gruppe Mädchen steht um sie herum, doch in ihrer Nähe gibt es keinen freien Platz mehr. Beim Hereinkommen versuche ich, ihren Blick aufzufangen, doch sie starrt kichernd etwas auf ihrem Tisch an. Alle Mädchen um sie herum tun es ihr gleich.

Ich gehe näher heran und erkenne Clementines Handy.

»Schaut!«, ruft Clementine und schlägt sich eine Hand vor den Mund. »Jetzt kriecht sie sogar!« Die Mädchen lachen noch lauter, und ich spüre einen Knoten im Magen.

Was sehen die sich da an?

Doch da höre ich Mr Reynolds' Stimme: »Halt! Rührt euch!«

Sie kommt aus dem Handy.

O nein.

Ich gehe näher an Clementines Tisch heran, nah genug, um aufs Display zu spähen. Ich erstarre. Da bin ich, wie ich auf allen vieren versuche, dem Trampeltod durch eine Horde Tubaspieler zu entgehen.

Jemand hat das gefilmt?

Clementine sieht mich kommen und schaltet schnell das Handy aus. »Netter Auftritt«, kommentiert sie, und der Sarkasmus in ihrer Stimme ist fast körperlich spürbar.

Die anderen Mädchen versuchen, das Kichern zu unterdrücken.

»Wenn du nicht schon wegen unseres Vlogs ein YouTube-Star wärst, wärst du es jetzt.«

Jemand hat das Video auf YouTube gestellt?

O nein, bitte sag, dass das nicht wahr ist. Das darf einfach nicht wahr sein!

Bis vor kurzem war YouTube noch mein bester Freund; jetzt ist es mein größter Feind.

Und warum ist Clementine so gemein zu mir? Ist sie sauer, weil ich gestern nicht zum Filmen vorbeigekommen bin? Ich habe sie doch gefragt, ob wir es auf heute verschieben können, und sie war einverstanden. Müssen wir wirklich jede wache Sekunde gemeinsam verbringen?

Darf ich keine anderen Freunde haben? Sie hat doch ganz offensichtlich auch welche.

Egal. Ich setze mich auf die andere Seite des Raumes, lausche dem französischen Gebrabbel der Lehrerin und tue so, als verstünde ich jedes Wort. Langsam habe ich den Dreh raus.

Beim Vortäuschen, meine ich.

Als es Zeit für meine Englischstunde ist, wünsche ich mir nichts weiter, als dass der Tag schon vorüber wäre. Inzwischen haben alle auf YouTube den »Marschkapellen-Fail« gesehen. Der Link hat sich wie ein Lauffeuer verbreitet, und ich bin jetzt die Lachnummer der gesamten Schule. Glücklicherweise ist Englisch die letzte Stunde an diesem Tag, also habe ich nur noch fünfzig Minuten durchzustehen. Dann kann ich mein Glück bei Grace' Wissenschaftsklub versuchen.

Jacob sitzt bereits auf seinem Platz, ziemlich weit hinten. Er winkt mir freundlich zu, und ich erwidere die Geste lächelnd. Zumindest eine Person kann mich noch leiden. Vielleicht hat er aber auch bloß das Video noch nicht gesehen.

Ich setze mich drei Reihen hinter Grace, die nicht mal erkennen lässt, ob sie mein Erscheinen mitbekommen hat. Was ich allerdings auch nicht erwartet habe.

Es klingelt, und Mr Heath steht auf. »Nach unserer Unterrichtsstunde am Freitag habe ich noch ein wenig über ›Rip van Winkle‹ nachgedacht. So etwas tun Englischlehrer am Wochenende, wir sitzen herum und sinnieren über fiktive Buchcharaktere. Traurig, ich weiß.«

Die Klasse lacht.

»Ich finde, wir sollten das Thema Nostalgie noch ein wenig vertiefen, weil es definitiv wichtig ist und in vielen literarischen Werken auftaucht.« Er schnippt mit den Fingern. »Also habe ich mir ein kleines Projekt ausgedacht.«

Alle stöhnen gleichzeitig. Mr Heath runzelt die Stirn. »Aber, aber, wo bleibt euer Vertrauen? Dieses Projekt wird Spaß machen.«

Die Mienen der Schüler drücken allerdings wenig Enthusiasmus aus.

»Nostalgie ist im Wesentlichen die Sehnsucht nach der Vergangenheit. Das Wort stammt vom griechischen *nostos* ab, das ›Heimkehr‹ bedeutet. Washington Irving hat dieses Thema in seiner Kurzgeschichte ›Rip van Winkle‹ verarbeitet, und jetzt sollt ihr das Gleiche tun, allerdings auf eure eigene Art. Ich möchte, dass ihr eine Präsentation zu eurer ganz persönlichen Interpretation von Nostalgie anfertigt. Etwas, das den Lauf der Zeit verdeutlicht und wie ihr persönlich zu den Ereignissen in eurer Vergangenheit steht. Seid dabei so kreativ wie nur möglich. Es gibt keine Richtlinien. Ihr könnt ein Gedicht schreiben oder etwas zeichnen. Was immer ihr möchtet. Benutzt eure Phantasie.« Er geht zurück zu seinem Schreibtisch, als ihm noch etwas einfällt. »Ach ja. Ich werde euch für dieses Projekt in Zweiergruppen einteilen.«

Zweiergruppen?

Sofort setze ich mich auf.

Ein Partnerprojekt?

Das ist ja noch besser, als dem Wissenschaftsklub beizutreten! Ich werde Grace' Partnerin sein! Dann wird sie zwangsläufig Zeit mit mir verbringen müssen. Für eine Eins muss sie mir zuhören, und so wie ich Grace kenne, wird sie für eine Eins alles tun, sogar mit jemandem wie mir zusammenarbeiten.

Das ist perfekt. Jetzt wird alles gut. Wir werden uns treffen, unser Projekt besprechen, und ich kann ihr beweisen, dass wir gemeinsam immer noch sehr viel Spaß haben können und wieder befreundet sein sollten.

Eigentlich ist es geradezu poetisch. Es war ein Schulprojekt, das unsere Freundschaft zerstört hat, und jetzt bringt uns ein Schulprojekt wieder zusammen!

»Ihr zieht eine Spielkarte aus diesem Hut.« Mr Heath hält einen abgetragenen Filzhut hoch und schüttelt ihn ein wenig. »Jede Karte ist zweimal enthalten: zwei Buben, zwei Könige, zwei Vieren, und so weiter. Die Person mit der gleichen Karte ist euer Partner. Keine Beschwerden, kein Tausch. Ihr müsst mit diesem Partner gemeinsam das Projekt bearbeiten.«

Ich stoße den Atem aus. Wie soll ich denn dafür sorgen, dass Grace meine Partnerin wird? Wir sind mehr als zwanzig Schüler in der Klasse!

Denk nach, Addie. Denk nach.

Mr Heath dreht mit dem Hut seine Runde durch den Klassenraum. Bei jedem Schüler bleibt er stehen, um ihn eine Karte ziehen zu lassen. Als Grace dran ist, beuge ich mich weit vor, damit ich auf ihre Karte spähen kann.

Kreuz sechs.

Sechs. Sechs. Sechs.

Ich muss eine Sechs ziehen. Mein gesamter Plan hängt davon ab.

Als Mr Heath mich erreicht, schließe ich die Augen und konzentriere mich. Grace und ich hatten schon immer diese merkwürdige übernatürliche Verbindung. Bewusst konnten wir das nie auslösen, aber sie war immer da, wenn wir sie am dringendsten brauchten.

Und gerade jetzt brauche ich sie mehr als je zuvor.

Ich greife in den Hut und taste herum. Mindestens zehn Karten befinden sich noch darin. Ich versuche zu erspüren, welche die andere Sechs sein könnte. Ich warte darauf, dass mich eine Karte besonders anspricht.

Und tatsächlich passiert es.

Die hier!

Ich umklammere sie fest.

Die hier ist es!

Das ist die Richtige! Ich bin mir einhundertprozentig sicher.

Ich ziehe sie heraus und halte sie mir vor die Brust, während Mr Heath zu dem Jungen neben mir weitergeht, der allerdings an dem Projekt reichlich desinteressiert wirkt.

Er hat die Kapuze seines Sweatshirts aufgesetzt, und ich bin mir relativ sicher, dass er unter dem Tisch ein Handy versteckt.

Mit angehaltenem Atem linse ich auf meine Karte und achte genau darauf, dass sie sonst niemand einsehen kann.

Das Herz rutscht mir in die Hose.

Es ist eine Sieben.

Eine Sieben!

Ich war so dicht dran!

Ich sehe hinüber zum Kapuzenjungen und bekomme große Augen, als ich die Herz Sechs auf seinem Tisch liegen sehe. Er hat ihr kaum einen Blick gegönnt. Seine ganze Aufmerksamkeit gilt dem Handy unter dem Tisch.

»Okay, alle mal herhören!«, ruft Mr Heath, als der Hut leer ist. »Jetzt steht auf und sucht euren Partner!«

Panik erfasst mich. Ich muss unbedingt Grace als Partnerin bekommen. Ich darf diese Gelegenheit einfach nicht verstreichen lassen! Hilfesuchend sehe ich mich um. Alle erheben sich mürrisch von den Plätzen, um den Schüler zu finden, der das Gegenstück zur eigenen Karte in den Händen hält. Mein Blick fällt auf den Rucksack meines Nachbarn auf dem Fußboden, und mir kommt eine Idee.

Zum Teufel mit übersinnlichen Fähigkeiten. Zum Teufel mit Magie. Ich muss meinem Glück ein wenig auf die Sprünge helfen.

Die Karte sicher in der Hand, stehe ich auf und bemühe mich, völlig unschuldig auszusehen, während ich meine

Suche beginne. Leider bleibe ich mit dem Fuß versehentlich am Rucksackriemen des Kapuzenjungen hängen und stürze direkt auf seinen Tisch. Er fängt mich auf und wirkt sehr genervt von der ganzen Sache. Ich glaube, er hat sein Handy fallen gelassen.

»O mein Gott! Das tut mir so leid!«, rufe ich. »Ich bin gestolpert.«

Die gesamte Klasse starrt uns an.

»Adeline, ist alles okay?«, fragt Mr Heath.

»Ja«, behaupte ich und richte mich auf. »Ich bin manchmal etwas tollpatschig. Tut mir leid!«

Ich muss zugeben, mein Sturz war lauter als geplant, und ich muss mir die Seite am Tisch vom Kapuzenjungen gestoßen haben, denn dort spüre ich jetzt einen pochenden Schmerz. Aber das war es wert.

Verstohlen blicke ich auf die neue Karte in meiner Hand.

Herz Sechs.

Mission abgeschlossen.

Ich würde dich so gern besser kennen

Grace sieht alles andere als glücklich aus, als ich ihr meine Karte zeige. Ich versuche, mich von ihrer Reaktion nicht abschrecken zu lassen. Das ist alles nur übergangsweise. Sie glaubt lediglich, dass sie mich nicht mag. Das liegt daran, dass sie mich immer noch für das oberflächliche, versnobte Mädchen hält, das Beauty-Tutorials filmt und mit Clementine Dumont abhängt.

Aber dieses Mädchen bin ich nicht. Vielleicht war ich es in einer anderen Version meines Lebens, aber ich habe mich entschieden. Dieser Mensch will ich nicht sein. Ich will ich sein. Und mit Grace befreundet.

Lächelnd setze ich mich neben sie. »Wollen wir uns heute nach der Schule treffen und mit dem Projekt beginnen?«

»Nach der Schule hab ich den Wissenschaftsklub«, antwortet Grace abweisend.

»Kein Problem!«, flöte ich. »Dann treffen wir uns einfach danach!«

Grace hebt die Hand, und Mr Heath ruft sie auf. »Welche Rolle spielt dieses Projekt für unsere Gesamtnote?«

Die Frage trifft mich. Hasst sie mich wirklich so sehr?

Mr Heath sieht Grace mit einem gezwungenen Lächeln an. »Eine große, okay?«

Missbilligend brummend dreht sich Grace zu mir um. »Wir können uns nach dem Klub treffen. Wo?«

»Bei mir?«

Sie seufzt. »Na schön.«

Nervös tippe ich mit dem Fuß an den Couchtisch, während ich einen weiteren Schluck von dem großen, völlig überzuckerten Latte nehme, den ich mir auf dem Heimweg von der Schule im *Human Bean* geholt habe. Inzwischen ist er längst kalt, doch das ist mir egal. Mit dem Becher kann ich meine Hände beschäftigen. Im Nachhinein betrachtet hätte ich jedoch vermutlich einen kleinen nehmen sollen. Dieses Ding ist riesig. Ich habe schon so viel Koffein intus, dass es sich anfühlt, als ob mir die Haare kerzengerade vom Kopf abstehen.

Während der gesamten letzten Stunde habe ich das Wohnzimmer für Grace' Ankunft vorbereitet. Ich habe ihr Lieblingsalbum von *Summer Crush* aufgelegt. Ich habe ihr Lieblingspopcorn gemacht, eine Mischung aus Käse- und Karamellgeschmack. Grace war schon immer ein großer Fan der Kombination von süß und salzig. Ich habe sogar ein paar Ausgaben von ihrem Lieblingswissenschaftsmagazin gekauft und sie auf dem Beistelltisch ausgebreitet.

Alles ist perfekt.

Jetzt heißt es warten.

Obwohl ich zugeben muss, dass mich die Warterei mit jeder Sekunde nervöser macht. Bisher war mir gar nicht bewusst, wie viele merkwürdige Geräusche unser Haus von sich gibt, wenn es leer ist. Beim geringsten Laut zucke ich zusammen, weil ich denke, dass Grace vielleicht gerade klopft oder klingelt oder über den Gartenzaun klettert. Letzteres ist natürlich lächerlich, denn warum sollte sie das tun?

Ich versuche, mich abzulenken, indem ich an die schönsten Momente unserer Freundschaft denke. Ein paar davon will ich beiläufig in unserem Gespräch erwähnen. Ihr wisst schon, um Grace ganz subtil daran zu erinnern, wie toll alles war, als wir noch befreundet waren.

Als sie schließlich kommt, bin ich so nervös, dass ich die Hände verschränken muss, um nicht dauernd herumzuzappeln.

»Hi«, murmelt sie, als ich die Tür öffne. Ich kann sehen, dass sie sich hier sehr unwohl fühlt. Sie versucht, es zu überspielen, aber Grace zupft sich immer am Ohrläppchen, wenn sie nervös ist, und genau das tut sie jetzt.

Buttercup kommt aus der Küche geschlendert, um nachzusehen, wer da ist, und Grace' überraschter Blick entgeht mir nicht, obwohl sie sich bemüht, ihn zu verstecken. »Du hast einen Hund«, sagt sie ausdruckslos. Als ob sie über das Wetter spricht.

»Ja. Das ist Buttercup. Wir haben sie seit zwei Jahren. Buttercup, das hier ist meine beste Freundin.«

Grace zuckt zusammen, und ich räuspere mich. »Ich meine, das hier ist ... äh ... Grace Harrington.«

Ich komme mir lächerlich vor. Warum stelle ich Grace meiner Hündin vor wie eine Botschafterin?

»Ich hab mir gedacht, wir könnten uns ins Wohnzimmer setzen«, sage ich schnell, um das Thema zu wechseln.

»Okay. Von mir aus.« Grace zuckt mit den Schultern, und Buttercup trottet glücklich vor uns her und zeigt uns den Weg.

Grace stellt ihre Tasche ab und setzt sich auf die Couch. Dabei fällt ihr Blick auf das Popcorn.

Ich hebe die Schüssel hoch und biete ihr welches an. »Ich hab Käse-Karamell-Popcorn gemacht.«

Sie schüttelt den Kopf. »Ich hab keinen Hunger.«

Okay, das scheint schwieriger zu werden, als ich dachte. Ich brauche etwas, um das Eis zu brechen und das Gespräch in Gang zu bringen.

»Wie war's beim Wissenschaftsklub? Das klingt interessant. Was macht ihr denn da so?«

»Konzentrieren wir uns einfach auf das Projekt«, verlangt Grace kurz angebunden, holt einen Block aus der Tasche und klickt mit dem Stift.

»Okay.« Ich versuche, nicht den Mut zu verlieren. Es wird funktionieren, ich muss einfach nur fest daran glauben. Ich frische mein Lächeln auf und halte den Tonfall auch weiterhin fröhlich. »Wir könnten mit einer Liste der Dinge anfangen, denen wir nostalgisch gegenüberstehen. Vielleicht kommt uns dabei eine zündende Idee.«

Das ist kein spontaner Vorschlag, sondern Teil meines Plans. Ich persönlich finde ihn ziemlich brillant. Wenn ich Grace dazu bewegen kann, über ihre Glücksmomente aus der Vergangenheit zu sprechen, dann liefert sie mir damit die perfekte Vorlage für all die lustigen Anekdoten, an die ich sie erinnern will.

Doch Grace verwirft meine Idee rasch. »Am besten schreiben wir einfach eine Kurzgeschichte. Ich übernehme den Anfang, schicke sie dir per E-Mail, und du kannst dann den Schluss schreiben.«

Ich runzele die Stirn. Ich weiß genau, was sie da versucht. Sie möchte so wenig Zeit wie möglich mit mir verbringen. Einen Moment lang sitze ich schweigend da, während Berrin Mack die zweite Strophe von *I Just Wanna Know You* (Grace' Lieblingslied von *Summer Crush*) aus dem Lautsprecher säuselt.

»Wir sollen dieses Projekt aber gemeinsam bearbeiten«, halte ich dagegen und hoffe, dass meine Stimme nicht so mutlos klingt, wie ich mich fühle.

Grace kritzelt etwas auf ihren Block. »Ich weiß. Werden wir ja auch. Halt nur per E-Mail.«

Mir brennen Tränen in den Augen, und ich habe große Mühe, sie zurückzuhalten. »Ich glaube nicht, dass Mr Heath sich das so vorgestellt hat.«

Grace verschränkt die Arme. »Hast du eine bessere Idee?«

Ich denke daran, was Lily mir gestern erzählt hat. Dass ich Grace bei unserem letzten gemeinsamen Englischprojekt einfach im Stich gelassen habe. Wir wollten zusammen ein Video drehen, aber am Ende habe ich es allein gemacht. Der Beginn unserer Feindschaft. Also muss ich da ansetzen.

»Warum machen wir nicht einfach ein Video?«, schlage ich vor und versuche, es so beiläufig klingen zu lassen, als wäre mir diese Idee gerade erst gekommen. Grace zuckt zusammen. »Nein«, antwortet sie automatisch und kritzelt weiter. Wahrscheinlich schreibt sie nicht mal wirklich etwas auf. Vermutlich will sie bloß vermeiden, dass sie mich ansehen muss.

»Warum denn nicht?«

»Weil das eine ganz schlechte Idee ist.« Ich kann ihre Ablehnung deutlich spüren.

Ich schließe die Augen und versuche, mich zu sammeln. »Grace«, beginne ich sanft. »Wenn es darum geht, was damals in der siebten Klasse passiert ist, dann verspreche ich dir, dass ich nicht ...«

Doch Grace unterbricht mich, bevor ich den Satz überhaupt beenden kann. »Ich möchte kein Video drehen, okay?«

Ich beiße mir auf die Lippe, um zu verhindern, dass der Frust aus mir herausbricht. Warum können wir nicht einfach darüber reden? »Okay«, murmele ich zum gefühlt zehnten Mal während der vergangenen fünf Minuten.

Sie tippt sich mit dem Stift an die Zähne. In dem ansonsten stillen Wohnzimmer ist immer noch *I Just Wanna Know You* zu hören. Das Lied ist schon beinahe an der besten Stelle angekommen, dem letzten Refrain, wo alle Jungs miteinstimmen und die Gitarren lauter spielen und das Schlagzeug dieses bum-di-bum-BUM spielt, und dann ...

Grace knallt den Block auf den Couchtisch. »Verdammt! Bei diesem Lärm kann sich ja kein Mensch konzentrieren!« Sie nimmt die Fernbedienung und schaltet den MP3-Player ab.

Die Stille ist erdrückend. Ich habe das Gefühl, als würde ich gleich weinen. Fest presse ich die Lippen aufeinander.

Grace klopft sich wieder mit dem Stift gegen den Mund. Ohne die Hintergrundmusik zerrt das Geräusch an meinen Nerven.

»Ich hab's«, sagt sie plötzlich. »Wir wär's mit einer Präsentation der vergangenen sechzehn Jahre? Wir können Fotos von uns mit Dingen zeigen, die uns damals glücklich gemacht haben. Lieblingsspielzeuge oder Plüschtiere, als wir klein waren, oder unsere Lieblingseissorte.«

»Neue Klamotten!«, rufe ich und bin für die Idee schon Feuer und Flamme.

Sie nickt. »Ja. Oder spielen im Bällebad.«

Buttercup bellt, weil sie sich offensichtlich genauso für die Idee begeistert wie wir.

Ich lache. »Ja, und als ich dich bekommen hab, Buttercup«, bestätige ich.

Grace' Miene leuchtet, und einen Moment lang kann ich fast meine zwölfjährige beste Freundin darin wiedererkennen. Das Mädchen, das sich über Teepartys und einen Schlafsack-Hindernisparcours freuen konnte. »Anhand der Bilder können wir auch zeigen, dass nicht nur wir uns verändert haben, sondern auch die Dinge, die uns glücklich machen.«

Ich springe auf. »Meine Mom hat tonnenweise Fotos von uns beiden zusammen als Kinder!«

Sofort ist Grace' Lächeln verschwunden, und sie blickt wieder hinab auf den Block. »Vielleicht sollten wir lieber nur Fotos mit jeweils einem von uns drauf nehmen. Du weißt schon, um die Sache zu vereinfachen.«

Das Herz wird mir schwer. »Oh. Ja. Okay, klar.«

»Also«, fährt sie fort, ohne aufzusehen. »Warum suchen wir nicht beide erst mal ein paar Fotos raus und treffen uns dann morgen wieder, um sie zusammenzustellen? Einverstanden?« Ihre Stimme klingt komisch, so steif und förmlich. Wie bei einem Roboter.

»Okay«, stimme ich zu. »Das ist eine gute Idee.«

Sie sieht sich im Wohnzimmer um. Ihr Blick fällt auf den Stapel Zeitschriften, den ich bereitgelegt habe, und wandert weiter bis zum Popcorn auf dem Couchtisch, das sie immer noch nicht angerührt hat. Angespannt setzt sie hinzu: »Außerdem halte ich es für das Beste, wenn wir uns ab jetzt in der Bibliothek treffen.«

Betroffen sacke ich zusammen. »Wäre es nicht bequemer für uns, wenn wir uns hier treffen? Oder bei dir?«

»Nein«, widerspricht Grace sofort. »In der Bibliothek ist besser.«

Ich atme tief aus. Sie macht es mir wirklich nicht leicht.

»Gut«, gebe ich resigniert nach. »Dann treffen wir uns morgen dort.«

Grace klappt den Block zu, steckt ihn zurück in den Rucksack und schließt den Reißverschluss.

Das war's?

Sie will schon gehen?

Dabei ist sie doch gerade erst gekommen.

Sie steht auf und geht in Richtung Küche. Schnell laufe ich ihr hinterher und suche hektisch nach etwas, das ich sagen könnte, damit sie ihre Meinung ändert. Doch alles, was mir einfällt – fernsehen, einen Tanz choreographieren, Musik hören – sind Vorschläge für Dinge, die Addie und Grace früher mal gemeinsam gemacht haben. Mir wird klar, dass ich nicht die geringste Ahnung habe, was Grace inzwischen mag. Ganz offensichtlich ist sie kein Fan von *Summer Crush* mehr.

Am Küchenfenster bleibt Grace einen Moment stehen und lässt den Blick nach draußen schweifen. Ich folge ihm, bis ich sehe, was ihre Aufmerksamkeit erregt hat. Das gelb-weiße viktorianische Spielhaus steht hinten im Garten wie ein Relikt. Eine altertümliche Ruine, die vor langer Zeit von einem Eingeborenenstamm verlassen wurde.

»Du hast es immer noch«, sagt sie mit merkwürdig klingender Stimme. Beinahe rau.

»Ja«, bestätige ich, und schlagartig steigt meine Stimmung. Vielleicht möchte sie ja reingehen. Möglicherweise möchte sie um der alten Zeiten willen eine Teeparty abhalten. »Meine Mom überlegt, es zu verkaufen, aber ich halte das für keine gute Idee. Da hängen so viele Erinnerungen daran, verstehst du? Es hat ...«, ich suche nach dem richtigen Wort, »... etwas Nostalgisches.«

Grace blickt sehr lange schweigend auf unser Versteck. Ich sage nichts, weil ich ihre Gedanken nicht unterbrechen will, wie auch immer die sind. Vielleicht ist sie nur ein wenig sentimental, so wie Rip van Winkle. Womöglich erinnert sie sich plötzlich wieder an all die guten Zeiten, die wir in diesem Spielhaus erlebt haben. Dann wird sie auch wieder wissen, wie schön es mit uns war. Eventuell wird sie ...

»Gute Idee«, sagt sie schließlich, tritt vom Fenster zurück und schwingt sich den Rucksack über die Schulter.

Ich ziehe die Brauen zusammen. »Was denn?«

»Es zu verkaufen«, erklärt sie, und ihre Stimme klingt wieder wie die eines gefühllosen Roboters. Und dann, bevor ich überhaupt reagieren kann, verschwindet sie aus der Haustür.

Zwei Nachrichten und ein Vlog

Später an diesem Abend klingelt der Handywecker, der mich daran erinnert, dass ich in zehn Minuten bei Clementine sein soll, damit wir unseren nächsten Vlog-Beitrag filmen können. Eigentlich habe ich keine Lust. Zum einen bin ich wirklich sauer, weil sie über das Video von mir auf YouTube gelacht hat (das leider immer noch online ist und inzwischen mehr als fünfhundertmal angeklickt wurde). Zum anderen habe ich während der letzten paar Stunden an unserem Englischprojekt gearbeitet und bin inzwischen richtig weit gekommen. Ich habe so viele schöne Bilder aus meiner Kinderzeit gefunden.

Allerdings weiß ich auch, dass ich Clementine absichtlich aus dem Weg gegangen bin, und ich will es mir nicht komplett mit ihr verderben. Erst recht nicht, weil ich ihr versprochen habe zu kommen. Ich merke doch, wie wichtig ihr der Vlog ist – und mir auch. Zumindest meinem sechzehnjährigen Ich.

Also gehe ich.

Zögernd.

Als Clementine die Haustür öffnet, wirkt sie überrascht, mich zu sehen. Als hätte sie überhaupt nicht mit mir gerechnet. Sie zieht die linke Augenbraue hoch und mustert mich kühl von oben bis unten. »Sieh da, du hast dich herbewegt«, begrüßt sie mich in einem sehr sarkastischen Ton.

»Hör mal, es tut mir leid, dass ich während der letzten Tage ein wenig geistesabwesend war.«

»Das kannst du laut sagen«, höhnt sie. »Schließlich hab ich das Video gesehen.«

Ich versuche, die Stichelei zu ignorieren. »Kann ich reinkommen?«

»Meinetwegen.« Ich folge ihr hinein und schließe die Tür hinter mir.

Es ist mein erster Besuch im Haus der Dumonts. Ich meine, mein sechzehnjähriges Ich war vermutlich schon häufig hier, aber daran kann ich mich nicht erinnern. Das Haus ist unglaublich toll. Es hat hohe Decken mit kunstvollen Kronleuchtern, und die Küche ist so groß, dass man ein Flugzeug darin landen könnte. Ich versuche, meine Reaktionen ein wenig zu unterdrücken, da ich ja angeblich ständig hier bin, aber als Clementine mich in den Keller führt und ich dort praktisch ein komplettes Filmstudio entdecke, mit professionell aussehenden Scheinwerfern und Kameras und verschiedenen Kulissen, kann ich nicht anders. Das Wort platzt einfach aus mir heraus.

»Wow!«, rufe ich beeindruckt.

»Was?«, fragt sie und sieht sich um, was mich so begeistert haben könnte.

Ich reiße mich zusammen. »Es ... sieht toll aus. Das ist alles.«

Sie kneift die Augen zusammen. »Seit unserer letzten Folge hat sich nichts verändert.«

Ich zucke mit den Schultern und gebe mich lässig. »Ich weiß. Ich finde nur, dass es toll aussieht.«

Clementine schüttelt den Kopf. »Meinetwegen«, murmelt sie erneut. »Bringen wir es einfach hinter uns.«

Sie ist echt sauer, das kann ich spüren. Vermutlich kann ich es ihr nicht mal verübeln. Seit Samstag hab ich sie mehr oder weniger ignoriert.

»Clementine«, beginne ich vorsichtig. »Es tut mir leid wegen ...«

»Wo warst du denn das ganze Wochenende über?«, unterbricht sie mich. Die plötzliche Feindseligkeit in ihrer Stimme lässt mich zusammenzucken.

»Ich ... Ich hab's dir doch gesagt. Mir ging's nicht gut. Ich hab die meiste Zeit im Bett verbracht.« Ich fühle mich mies dabei, das Mädchen anzulügen, das angeblich meine beste Freundin ist. Aber wenn ich ihr die Wahrheit sage, dass ich mich mit Jacob Tucker und Lily Harrington getroffen habe, dann trifft sie vermutlich der Schlag.

Sie macht einen Schritt auf mich zu. Einen Moment lang habe ich richtig Angst vor ihr. Ihr Körper ist ganz starr, und die Augen hat sie zu kleinen Schlitzen zusammengekniffen. Sie wirkt ziemlich furchteinflößend. »Ach ja?«, fordert sie mich heraus. »Du warst krank?«

»Ja«, behaupte ich und mache einen winzigen Schritt nach hinten.

»Bist du dir da sicher?«

Ich lache und hoffe, dass es sich für sie nicht genauso künstlich anhört wie für mich. »Ja. Ich bin sicher. Ich kann mich genau erinnern. Mir ging es ganz mies.«

Sie presst die Lippen zusammen, als müsste sie ganz konzentriert nachdenken. Und eine Sekunde später ist das gruselige Monstergesicht plötzlich verschwunden. Zack. Weg. Einfach so. Als hätte man einen Schalter umgelegt.

»Okay«, sagt sie betont fröhlich. »Wenn du das sagst.« Dann dreht sie sich um und beginnt, die Kamera aufzubauen. »Wir fangen mit den Fingernägeln an. Hast du dein Set dabei?«

Äh, nein. Ich wusste nicht mal, dass ich ein Set besitze.

»Äh ...« Ich zögere. »Ich hab's vergessen. Können wir vielleicht deins benutzen?«

Falls Clementine darüber sauer ist, zeigt sie es jedenfalls nicht. Sie lächelt nur und sagt: »Klar, kein Problem.«

Auf halbem Weg durch das Tutorial werde ich misstrauisch. Clementine gibt sich die ganze Zeit über munter und gut gelaunt. Vielleicht ein bisschen zu gutgelaunt. Selbst, als ich das Gänseblümchen-Design auf meinen Nägeln total versaue, weil ich mir ja zuvor überhaupt noch nie die Nägel lackiert habe und meine Hände mit dem kleinen Pinsel zittern wie Espenlaub. Ich gehe davon aus, dass sie gleich die Nasenflügel aufblähen wird und Flammen aus ihrem Mund geschossen kommen, doch sie nimmt mir nur ruhig den Nagellack aus der Hand und sagt: »Ist schon gut. Ich mache es. Du filmst.«

In diesem Moment weiß ich genau, dass irgendwas los ist. Sie ist viel zu freundlich. So freundlich war sie nicht mal zu mir, bevor ich sie das ganze Wochenende über ignoriert habe.

Irgendwas läuft hier.

Leider bleibt mir keine Zeit, darüber nachzudenken oder Clementines merkwürdiges Verhalten zu analysieren, denn bis wir mit dem Nagel-Tutorial und dem Make-up-Tutorial und dem Haar-Tutorial fertig sind, ist es schon beinahe elf, und ich bin völlig erschöpft.

Als ich endlich zu Hause im Bett liege, entdecke ich Nachrichten von zwei unbekannten Nummern auf dem Handy. Sie sind nicht namentlich in meinem Kontaktverzeichnis eingespeichert.

In der ersten steht:

> Unbekannt: Es war schön am Samstag.
> Wollen wir das Freitagabend wiederholen?
> Vielleicht zusammen ins Kino gehen?

Das Herz springt mir beinahe aus der Brust.

Jacob Tucker?

Er ist der Einzige, mit dem ich am Samstag zusammen war, abgesehen von Clementine natürlich. Und von Jeff, dem Friseur, aber der würde mir vermutlich keine Nachricht wegen eines Kinobesuchs schicken.

Die muss von Jacob sein!

O mein Gott. Jacob Tucker bittet mich um eine Verabredung. Ein Junge lädt mich auf ein Date ein. Ein ganz offizielles Date. Ins Kino! Offizieller geht es nicht.

Rory hatte immer total viele Kino-Dates. An einem Wochenende hat sie sogar dreimal denselben Film mit drei verschiedenen Jungs gesehen! Das war echt irre.

Ich brauche keine drei verschiedenen Jungs. Schon beim Gedanken daran, mit einem ins Kino zu gehen, bekomme ich Bauchschmerzen. Und es ist Jacob! Das kann ich immer noch nicht so recht fassen. Vor vier Jahren hätte ich beim Gedanken daran, mit Jacob Tucker in einem dunklen Kino zu sitzen, auch Bauchschmerzen bekommen. Aber vor Abscheu. Nicht vor aufgeregter Freude, so wie jetzt.

Er ist so süß. Und so witzig.

UND ER MAG MICH!

Das stimmt doch, oder? Jungs verabreden sich nicht mit Mädchen, die sie nicht mögen.

Oder?

Ich weiß es nicht. Nach dem Crashkurs im Flirten, den mir Clementine unmittelbar vor dem katastrophalen Tanz mit Connor verpasst hat, habe ich erst recht keine Ahnung mehr, wie diese ganze Junge-Mädchen-Sache funktioniert. Sollte ich ihm sofort antworten? Oder wartet man da lieber ab?

Ach, wen kümmert das schon!

Rasch tippe ich eine Nachricht ein.

> Ich: Ja! Sehr gern.
> Ich freue mich drauf.

Oh mein Gott, was soll ich bloß anziehen?

In Gedanken gehe ich bereits meinen Kleiderschrank durch, als mir einfällt, dass ich noch eine zweite Nachricht von einer unbekannten Nummer bekommen habe.

Ich nehme das Handy noch mal zur Hand.

> Unbekannt: Ich suche immer noch Bilder für unser Projekt heraus. Ich glaube, das wird toll. Bis morgen!!! 😊

Beinahe schluchze ich auf vor Freude. Die ist von Grace. Sie hat mir eine SMS geschickt! Mit drei Ausrufezeichen und einem Smiley. Heute früh hat sie mich kaum angeschaut, und jetzt schickt sie mir Emojis!

Ich speichere beide Nummern im Handy ab und ignoriere den kurz aufflackernden Ärger, dass mein sechzehnjähriges Ich Grace nicht mal in der Kontaktliste hatte. Aber das ist jetzt egal. Diese materialistische, unhöfliche, oberflächliche Version von mir existiert nicht mehr und wird ab jetzt durch eine neue und verbesserte Version ersetzt.

Ich lasse mich auf den Boden neben dem Bett sinken, presse das Handy an die Brust und fühle Erleichterung und Glück durch mich strömen.

Endlich wendet sich das Blatt zum Guten.

Ein Lachen verändert sich nicht

Als ich am nächsten Morgen die Schule betrete, merke ich sofort, dass etwas nicht stimmt. Es ist dasselbe Gefühl wie bei einem Horrorfilm, wenn man genau weiß, dass gleich etwas Schreckliches aus dem Schrank springen wird. Sogar die Härchen auf meinem Arm stellen sich auf.

Letzte Woche, als ich zum ersten Mal in meinem sechzehnjährigen Körper denselben Flur entlanggegangen bin, haben mir etwa zwanzig Schüler zugewunken und mich begrüßt, und mein Handy ist vor lauter Nachrichten fast explodiert.

Jetzt herrscht nichts als Stille.

Okay, im Flur selbst ist es natürlich nicht still. Eine ganze Menge Schüler laufen umher, öffnen und schließen ihre Spinde, rufen sich etwas zu, telefonieren, aber nicht eine einzige Person scheint meine Anwesenheit zu bemerken.

Hat das etwas mit dem YouTube-Video zu tun?

Nein, das kann nicht sein. Dann würde man doch eher über mich lachen, statt mich zu ignorieren.

Heute Morgen habe ich eine SMS von Clementine bekommen, dass sie sich nicht wohl fühlt und ich ohne sie zur Schule fahren soll. Ehrlich gesagt war ich darüber sehr erleichtert. Nicht, weil ich mich freue, dass es ihr nicht gutgeht, aber ihre Gegenwart kann echt anstrengend sein. Sie gibt mir das Gefühl, ständig das Richtige sagen und korrekt aussehen und vorgeben zu müssen, jemand zu sein, der ich nicht bin.

Ich war regelrecht dankbar, dass ich allein zur Schule fahren konnte. Außerdem habe ich den Bogen mit der Fahrerei allmählich echt raus. Heute war ich sogar schon mit fünfundfünfzig Kilometern pro Stunde unterwegs! Das war aufregend. Allerdings wünsche ich mir in diesem Moment beinahe Clementine an meine Seite. Zur moralischen Unterstützung oder so. Oder einfach nur, damit ich sie fragen kann, was los ist, da sie immer über alles Bescheid zu wissen scheint.

Ich versuche, mir einzureden, dass ich paranoid reagiere. Nichts ist los. Ich habe einfach nur die Schule in genau dem Moment betreten, als keine meiner Freunde da waren. Keine große Sache. Bis zum Ende der ersten Stunde hat sich das sicher längst geklärt.

Aber das hat es nicht.

Nach Trig gehe ich an mindestens fünf Schülern vorbei, die ich von unserem Tisch in der Mittagspause kenne, und keiner von denen grüßt mich. Genau genommen tun sie so, als wäre ich Luft. Und als ich Annabelle im Flur zuwinke, winkt sie nicht zurück. Stattdessen sieht sie mich ausdruckslos an, als ob sie mich überhaupt nicht kennt und sich wundert, was ich da für eine komische spastische Handbewegung mache.

Als ich zur zweiten Stunde den Französischraum betrete, weiß ich ohne jeden Zweifel, dass etwas schiefläuft, denn Clementine sitzt auf ihrem üblichen Platz und wirkt sehr gesund. Frisur und Make-up sitzen bei ihr heute besonders perfekt, als hätte sie sich extra Mühe damit gegeben.

»Hi«, sage ich wie betäubt und rutsche auf den Platz neben ihr. »Ich dachte, du bist krank.«

Sie schenkt mir ein strahlendes Lächeln, das jedoch ihre Augen nicht erreicht. Dass es nicht echt ist, erkenne ich sofort, denn ich habe sie schon Dutzende Leute auf dieselbe Art und Weise anlächeln sehen. Diese Leute hat sie dann jedes Mal anschließend als »Loser« bezeichnet.

Mir dreht sich der Magen um. »Wahrscheinlich geht's mir besser«, flötet Clementine in einem besonders künstlichen, zuckersüßen Ton. »Ist das nicht verrückt? Man behauptet, krank zu sein und dann ...« Sie zuckt mit den Schultern und wirft die Haare zurück. »Ist man es gar nicht?«

Verwirrt starre ich sie an. »Bist du irgendwie sauer auf mich oder so?«

Sie neigt den Kopf, als spräche sie mit einem ahnungslosen Kind. »Aber nein. Warum sollte ich denn sauer auf dich sein?«

Okay, ich hab genügend Highschool-Filme gesehen, um zu wissen, wenn ein Mädchen wie Clementine so etwas sagt, dann stecken darin mindestens zwanzig verborgene Botschaften.

Gerade will ich ihr eine weitere Frage stellen, doch da klingelt es, und die Lehrerin brabbelt wieder in unverständlichem Französisch vor sich hin. Nach Unterrichtsende springt Clementine so schnell auf, dass mir kaum Zeit für Blickkontakt bleibt, geschweige denn ein Gespräch mit ihr.

Ich überlege, ob ich ihr nachlaufen soll, aber ich kenne ihren Stundenplan nicht. Genauso wenig wie ihre Spindnummer. Als ich sie beim Mittagessen an unserem üblichen Tisch entdecke und mich gerade setzen will, dreht sich Annabelle zu mir um und sagt: »Tut mir leid. Hier sind heute schon alle Plätze besetzt.« Dann beteiligt sie sich wieder am Gespräch, und Clementine sieht nicht mal auf.

Ich bin so verwirrt, dass mir regelrecht der Kopf schwirrt.

Was macht Annabelle denn hier? Ich dachte, Clementine boykottiert sie wegen des gestohlenen Parkplatzes. Stattdessen plaudern und kichern sie wie BFFs.

Und warum ist Clementine so sauer auf mich?

Weil ich gestern das Nagellack-Tutorial versaut habe?

Oder weil ich mich so merkwürdig benommen habe? Hat sie mich schlussendlich aufgegeben?

Mit dem Tablett in der Hand laufe ich in der Cafeteria umher und suche nach einem Platz. Ich entdecke Grace mit einigen von ihren Freunden aus der Marschkapelle, aber der Tisch ist sehr voll, und ich will mein Glück bei ihr nicht überstrapazieren.

Schließlich finde ich einen vollkommen leeren Tisch im hinteren Bereich und lasse mich dort auf einen Stuhl fallen. Wie es aussieht, esse ich heute allein.

Ich nehme mir ein paar Pommes vom Tablett und stecke sie in den Mund. Fürs Protokoll, das Essen an der Highschool ist um Längen besser als das an der Mittelschule.

Clementine ist also sauer auf mich. Interessiert mich der Grund tatsächlich? Was auch immer es ist, ganz sicher wird sie bald darüber hinweg sein, und dann sind wir wieder Freunde.

Freunde.

Das Wort erzeugt in meinem Kopf ein Echo wie ein Ball, der einen langen, leeren Flur entlanghüpft.

Warum sind wir überhaupt befreundet? Dieses Rätsel habe ich bisher noch nicht lösen können. Klar, wir betreiben gemeinsam einen erfolgreichen Vlog und scheinen unsere gesamte Freizeit miteinander zu verbringen, aber besonders nett ist sie eigentlich nicht. Erst recht nicht zu Leuten, von denen sie glaubt, dass sie unter ihrem Niveau sind.

Warum gebe ich mich überhaupt mit ihr ab?

Was sieht denn mein sechzehnjähriges Ich in ihr?

Vor mir wird ein Tablett abgestellt; das reißt mich ruckartig aus meinen Gedanken. Als ich aufsehe, erkenne ich Jacob Tucker, der sich auf die leere Bank mir gegenüber niederlässt. Sofort hellt sich meine Miene auf.

»Hi!«

»Hi«, antwortet er, aber sein Ton ist verhaltener als meiner. »Was machst du denn ganz allein hier? Isst du nicht normalerweise zusammen mit Clementine und ihren Lakaien?«

Ich lache laut auf. *Lakaien.* Das ist die perfekte Bezeichnung für diese Mädchen. Sie folgen ihr überallhin und tun alles, was sie sagt, nur um ihre Aufmerksamkeit zu erlangen.

Und in diesem Moment wird mir alles klar. Deshalb hat heute niemand mit mir gesprochen! Clementine hat es ganz offensichtlich verboten.

»Ich glaube, man hat mir eine Auszeit verpasst«, sage ich, verdrehe die Augen und trinke einen Schluck Saft.

Jacob zieht seine Dose auf. »Das klingt nach Mittelschule.«

Ich lache. »Ja, oder?«

»Also, welche schreckliche, unverzeihliche Sünde hast du begangen? Dasselbe Outfit wie sie getragen? Oder hast du ihr gesagt, dass ihr Armband ihr Handgelenk fett aussehen lässt? Nein, warte, ich hab's!« Er hält einen Finger hoch. »Du hast ihre Schuhe beleidigt. Also echt jetzt. Du müsstest es doch eigentlich besser wissen.«

Ich muss so sehr lachen, dass ich jeden Moment damit rechne, dass mir der Saft aus der Nase geschossen kommt.

»Also, was davon war es?«, will Jacob wissen.

»Das ist es ja! Ich weiß nicht mal, was ich angeblich getan hab.«

Er sieht hinüber zu Clementines Tisch, und ich folge seinem Blick. Clementine sieht uns an, wendet sich aber schnell wieder ihrem Gespräch zu und kichert laut und aufdringlich über etwas, das Annabelle gerade gesagt hat.

»Na ja, egal«, meint Jacob. »Vergiss sie. Du hast was Besseres verdient.«

Automatisch schweift mein Blick weiter bis zum Tisch von Grace. Auch sie lacht, aber ihr Lachen wirkt deutlich echter. Mir fällt auf, dass es sogar immer noch dasselbe Lachen wie früher ist. Ich habe es immer ihre Chipmunk-Imitation genannt, weil es sich für mich so anhört, als ob ein Zeichentrick-Streifenhörnchen lacht. Es ist unglaublich ansteckend. Ich kann mich an kein einziges Mal erinnern, wo ich nicht in ihr Lachen eingefallen bin.

Sogar jetzt spüre ich meine Wangenmuskeln zucken, obwohl ich am anderen Ende der Cafeteria sitze.

Gehört das zu den Dingen, von denen Mom gesprochen hat? Die gleich bleiben, egal wie sich alles ringsherum verändert?

Während ich Grace beim Plaudern mit ihren Freunden

beobachte, frage ich mich plötzlich, ob mein Lachen nach vier Jahren auch gleich geblieben ist.

Ich bezweifle es. Und das macht mich trauriger als alles andere.

Eine Tür knallt zu

Grace und ich treffen uns jeden Tag nach der Schule in der Bibliothek, wo wir an unserem Nostalgieprojekt arbeiten. Am Donnerstag sind wir beinahe fertig. Unsere Präsentation ist toll geworden. Neben den Dingen, die wir als Kinder geliebt haben, wie Spielzeuge und Märchen und Teepartys, hat Grace auch Bilder aus jüngerer Zeit eingefügt. Sie hat eine tolle Aufnahme von ihrem ersten Konzertbesuch. Von der Band hab ich zwar noch nie gehört, aber Grace wirkt auf dem Foto ziemlich glücklich. Es gibt auch ein Bild von ihr bei einem Wettbewerb mit der Marschkapelle, auf dem sie ihre schicke blau-weiße Uniform trägt. Am besten gefällt mir jedoch das Foto von ihr bei ihrem ersten Homecoming-Ball, auf dem sie neben einem wirklich süßen Jungen mit wuscheligen Haaren posiert. Sie hat zugegeben, dass er ihr ein paar Monate später das Herz gebrochen hat, aber sie wollte das Bild trotzdem in unsere Präsentation mitaufnehmen, weil sie zum Zeitpunkt der Aufnahme sehr glücklich war. Und wenn sie an ihn denkt, wird sie nostalgisch.

Natürlich kenne ich den Jungen nicht. Laut Grace besucht er eine benachbarte Highschool. Als sie mir von der Trennung erzählt hat, wurde mir klar, dass mir nicht nur die Ereignisse der letzten vier Jahre aus meinem eigenen Leben entgangen sind. Auch einen großen Teil von Grace' Leben hab ich verpasst.

Ich versuche jedoch, nicht ständig daran zu denken und mich stattdessen darauf zu konzentrieren, wie viel Grace und ich diese Woche geschafft haben. Nicht nur für die Präsentation; auch bei unserer Freundschaft sind wir einen Schritt weitergekommen. Jedes Mal, wenn wir uns treffen, ist es wieder wie in alten Zeiten.

Na ja, beinahe. Ich spüre Grace' Zurückhaltung. Sie redet immer noch nicht darüber, was in der siebten Klasse vorgefallen ist. Außerdem beharrt sie weiterhin darauf, dass wir uns gegenseitig aus allen Fotos herausretuschieren, auf denen wir gemeinsam zu sehen sind, was mich eine Zeitlang unheimlich deprimiert hat. Inzwischen habe ich mich damit abgefunden. Seit dem Ballabend haben wir mächtige Fortschritte gemacht.

Nachdem wir Donnerstagnachmittag die letzten Bilder eingefügt haben und den Text noch mal durchgegangen sind, klickt Grace auf *Speichern* und schließt den Laptop. »Das war's. Ich denke, wir sind fertig.«

Ich lächele sie an. »Mir gefällt es jedenfalls gut.«

»Mir auch. Ich bin sicher, dafür bekommen wir von Mr Heath eine gute Note.«

Ich spüre mein Lächeln bröckeln. »Von der guten Note

mal abgesehen, hat dir das Projekt doch Spaß gemacht, oder?«

Grace weicht meinem Blick aus und beginnt, ihre Sachen zusammenzupacken. »Ja, sicher«, sagt sie leichthin.

»Grace ...«, setze ich gerade an, doch da höre ich Schritte auf unseren Tisch zukommen.

Als ich aufsehe, steht da Clementine mit in die Hüften gestützten Händen und einer wirklich genervten Miene. »Das hier ist also mein Ersatz, ja? Für die hast du mich die ganze Woche lang abserviert? Für eine Versagerin aus der Marschkapelle?«

Ich bemerke den Schmerz in Grace' Gesicht, während sie hastig die letzten Sachen zusammenpackt. »Ich gehe wohl besser«, murmelt sie.

Ich dagegen bin vollkommen sprachlos. Ich kann nicht fassen, dass Clementine so was sagt. Noch dazu direkt vor Grace! Das bringt das Fass zum Überlaufen.

»Sie ist keine Versagerin aus der Marschkapelle!«, halte ich wütend dagegen und bin mir vollkommen bewusst, dass meine Stimmlage die angemessene Lautstärke für die Bibliothek übersteigt. Was mir völlig schnuppe ist. »Sie ist meine Freundin!«

Clementine schnaubt. »Ja, du suchst dir echte Siegertypen aus, Adeline. Annabelle hat mir erzählt, dass sie dich am Wochenende mit einem Mädchen aus der Mittelschule im *Human Bean* gesehen hat. Als du angeblich krank warst.«

Ich zucke zusammen. Sie hat recht. Was das angeht, habe ich sie angelogen.

Deshalb war sie also sauer auf mich. Annabelle hat mich verpfiffen. Hat Clementine darum den Boykott gegen sie aufgehoben? Weil sie mich verraten hat? Um Himmels willen, ich kann mit diesem Highschool-Drama kaum noch Schritt halten. Schlimmer als eine Realityshow.

»Du hast ja wohl kein Recht, wütend auf mich zu sein«, pariere ich. »Schließlich hast du mich die ganze Woche über ignoriert. Und du hast alle deine Lakaien angewiesen, mich ebenfalls zu ignorieren!«

Clementine rümpft die Nase. »Wie bitte? Hast du eben *Lakaien* gesagt?«

»Ja! Sie folgen dir überallhin und tun genau das, was du ihnen sagst. Wie Marionetten. Aber weißt du was? Ich hab es satt, dein Lakai zu sein. Das ist vorbei. Ich brauche niemanden, der mir sagt, wo ich hingehen soll oder was ich sagen muss oder wie ich mich schminke. Ich bin selbst Jemand und ...«

»Du bist Niemand«, schneidet mir Clementine barsch das Wort ab. »Ich hab dich geschaffen. Vor mir warst du Luft. Eine Versagerin genau wie *sie*.«

Grace zieht den Reißverschluss ihres Rucksacks zu und steht auf. Ich kann sehen, dass sie schnellstmöglich verschwinden will. Verständlicherweise. Ich möchte selbst so schnell wie möglich hier weg.

»Grace, warte«, bitte ich, doch sie schüttelt den Kopf und verlässt eilig die Bibliothek.

Rasch stopfe ich alle meine Sachen in die Tasche und will ihr folgen. Clementine packt mich am Arm. »Verrätst du mir mal, was um alles in der Welt dein Problem ist? Die ganze Woche schon benimmst du dich total verrückt.«

»Nein«, fahre ich sie an und blicke demonstrativ auf ihre Hand an meinem Arm hinab. »Ich benehme mich endlich vernünftig.« Mit diesen Worten mache ich mich aus ihrem Griff los und gehe zur Tür. Clementine bleibt wütend und allein in der Science-Fiction-Abteilung zurück.

Draußen angekommen suche ich den Parkplatz nach Grace ab. Ich sehe sie auf ihr Auto zulaufen. Schnell renne ich hinter ihr her. »Grace! Warte!«

Doch sie hält erst an, als sie das Auto erreicht hat, und drückt eine Taste auf dem Schlüssel, um es zu entriegeln. »Addie, lass mich einfach in Ruhe!«, ruft sie mir über die Schulter hinweg zu.

»Nein!«, widerspreche ich entschlossen. »Das werde ich nicht. Was sie da gesagt hat, tut mir sehr leid. Sie ist ... ein schrecklicher Mensch.«

»Mit dem du deine Zeit verbringst«, erinnert mich Grace, öffnet die Tür und wirft den Rucksack auf den Beifahrersitz.

Ich drehe sie an den Schultern zu mir herum. »Mit dem ich meine Zeit verbracht habe«, korrigiere ich und sehe sie flehend an, damit sie mir zuhört. Ich möchte, dass sie mir glaubt. Mir vergibt.

»Aber das ist vorbei«, flüstere ich mit brüchiger Stimme. »Clementine ist für mich erledigt. Ich weiß nicht mal, warum wir überhaupt befreundet waren. Oder wie wir uns eigentlich angefreundet haben.«

Grace sieht mich aus zusammengekniffenen Augen an, als ob sie versucht zu erkennen, ob ich sie veralbern will oder nicht. »War das nicht nach deinem blöden Video zu *Romeo und Julia*?«

Mit lautem Platschen landet ein Stein in meiner Magengrube.

Plötzlich ergibt das alles Sinn.

Eine Menge Sinn sogar.

Ich habe Grace beim Englischprojekt in der siebten Klasse abserviert. Dann habe ich ein Video mit meiner coolen und beliebten älteren Schwester und ihrem unglaublich attraktiven Freund gedreht. Scheinbar hat es Clementine gefallen, und wir sind uns danach nähergekommen.

Eine Freundin verloren und eine gewonnen, am selben Tag. Mit demselben Projekt.

Mir wird ganz übel, und ich befürchte, dass ich mich gleich auf die Motorhaube von Grace' Auto übergeben muss.

Ich war so davon besessen, cool und reif zu sein und möglichst schnell erwachsen zu werden, dass es mich das

Beste in meinem Leben gekostet hat: die Freundschaft mit Grace.

Tränen steigen mir in die Augen. »Grace, es tut mir sehr leid, was ich getan hab. Ich war eine Idiotin. Eine ganz schreckliche Freundin.«

Grace antwortet nicht. Sie blickt nach unten und spielt mit dem Schlüssel in ihrer Hand.

»Ich möchte gern wieder deine Freundin sein«, fahre ich fort. »Deshalb hab ich die Herz Sechs gestohlen, damit wir ...«

Sie hebt ruckartig den Kopf und funkelt mich böse an. »Du hast was?«

»Die Karte von meinem Nachbarn gestohlen.«

»Soll das heißen, dass du die Herz Sechs überhaupt nicht gezogen hast?«

Ich schüttele den Kopf. Warum versteift sie sich jetzt so auf dieses Detail? »Nein. Ich hatte die Pik Sieben. Dann hab ich so getan, als ob ich stolpere, damit ich meine Karte mit der meines Nachbarn vertauschen kann.«

»Du hast geschummelt«, stellt sie kühl fest.

»Ein bisschen vielleicht«, gebe ich zu, »aber nur, weil du nicht mit mir reden wolltest und ich so verzweifelt versucht hab, zwischen uns alles wieder in Ordnung zu bringen. Grace, ich möchte wieder deine beste Freundin sein.«

Grace' Miene ist undurchschaubar. Wie versteinert starrt sie mich an, und ich hab nicht die geringste Ahnung, was sie gerade denkt. Sie ist doch nicht etwa sauer wegen dieser kleinen Formalität? Ich hab das doch für sie getan. Für uns.

»Grace«, bitte ich sanft. »Du darfst nicht immer so besessen von den Regeln sein.«

»Und du darfst nicht ständig die Regeln brechen!«, schnauzt sie mich an. Ihr Gesicht ist feuerrot, so wie früher. »So machst du das immer. Nie bist du bereit, für etwas zu arbeiten. Ständig suchst du nach dem einfachsten Weg.«

»Du hältst das hier für den einfachsten Weg?« Jetzt kann ich die Tränen nicht länger zurückhalten. »Du hast ja keine Ahnung, wie schwierig das alles für mich war. Du weißt nicht, wie es ist, beim Aufwachen festzustellen, dass man die beste Freundin verloren hat, das Wichtigste im Leben, und dass es sich nicht rückgängig machen lässt. Glaub mir, das hier ist nicht der leichteste Weg. Auf keinen Fall. Im Gegenteil, es ist der schwierigste Weg, den ich je gegangen bin. Und ich wünschte, du würdest mich die Sache einfach in Ordnung bringen lassen.«

Grace starrt mich lange mit hartem und unerbittlichem Blick an. Schließlich schüttelt sie den Kopf. »Tut mir leid, Addie. Es ist zu spät. Du hast längst alles weggeworfen.«

Sie steigt ein, und ich greife verzweifelt nach dem Türgriff, damit sie die Tür nicht schließen kann. »Bitte«, flehe ich mit tränenerstickter Stimme. »Fahr nicht weg.«

Grace beißt sich auf die Lippe, als müsste sie ebenfalls die Tränen zurückhalten. Sobald sie jedoch wieder die

Kontrolle über ihre Stimme gewonnen hat, sagt sie: »Du brauchst nicht länger an eine Tür zu klopfen, die längst geschlossen ist.«

Mit diesen Worten zieht sie mir die Autotür aus der Hand und knallt sie zu.

Der berühmt-berüchtigte Haarschwung

Eine ganze Weile bleibe ich auf dem Parkplatz stehen und starre auf die leere Parklücke, in der Grace' Auto gestanden hat, bis mich das vibrierende Handy in der Tasche aus meiner Trance reißt. Ich hole es heraus.

> Jacob: Hey! Ich bin im Human Bean! Kommst du her? 😌 ☕ 🍪

Seufzend schließe ich die Augen. Eigentlich ist mir momentan nicht wirklich nach Gesellschaft. Ich möchte einfach nur nach Hause. Doch dann muss ich daran denken, was mich dort erwartet. Ein leeres Haus, ein Schrank voller toller Klamotten, für die ich die Begeisterung verloren habe, ein altes Spielhaus, das meine Mom verkaufen möchte, und eine Hündin, die vielleicht süß, aber nicht die beste Wahl für kluge Ratschläge ist. Und kluge Ratschläge könnte ich momentan wahrlich gebrauchen. Außerdem finde ich den Gedanken an ein freundliches Gesicht sehr verlockend.

Schließlich habe ich innerhalb der letzten Stunde zwei beste Freundinnen verloren.

Ich öffne die Augen und tippe eine Antwort.

> Ich: Okay.

Der Parkplatz vom *Human Bean* ist so voll, dass ich zwei Straßen entfernt parken und den Rest laufen muss. Das Café ist bis auf den letzten Platz besetzt und wirkt wie eine zweite Version unseres Schulkorridors. Alle reden laut, spielen mit ihren Handys herum und trinken Lattes, als befänden sie sich in einer Werbung für Kaffee.

Witzig, dass ich früher nichts lieber wollte, als hier abzuhängen und zu den coolen Schülern zu gehören. Inzwischen verursacht mir dieser Ort Magenschmerzen. Ich komme mir vor wie eine Hochstaplerin, die hier nicht hingehört.

Egal, wie erwachsen ich äußerlich wirken mag, innerlich bin ich immer noch eine Zwölfjährige.

Jacob entdecke ich sofort. Er sitzt auf einem der Sofas in der Ecke. Als ich gerade zu ihm hinübergehen will, sehe ich, dass er nicht allein ist. Neben ihm sitzt ein Mädchen mit langen, welligen Haaren. Sie hat mir den Rücken zugedreht, aber merkwürdigerweise ähnelt sie sehr Clementine.

Natürlich weiß ich, dass es keinesfalls Clementine sein kann. Sie hat ziemlich deutlich gemacht, dass sie mit Jacob

Tucker nichts zu tun haben will, und von Jacob weiß ich, dass er ebenfalls nicht allzu viel von ihr hält.

Doch als ich mich dem Tisch nähere, höre ich eine vertraute Stimme von der Couch. Sie klingt genau wie die von Clementine. »Du bist total witzig! Warum hab ich bis heute nicht gewusst, wie witzig du bist?« Das Mädchen quiekt vor Lachen und wirft sich dann eine lange Haarsträhne über die Schulter.

Ich bleibe wie angewurzelt stehen.

Diese Stimme kenne ich.

Dieses Lachen kenne ich.

Diese Haarbewegung kenne ich.

Sie ist es. Das muss sie sein. Niemand außer Clementine Dumont kann sich so die Haare zurückwerfen.

Aber warum?

Warum ist sie hier bei Jacob? Sie hält ihn doch für einen großen Loser, das hat sie mir selbst erzählt!

In fassungslosem Schweigen beobachte ich, wie sie sich an ihn herankuschelt, als ob sie ihm auf den Schoß kriechen will, und ihm einen Kuss auf die Wange gibt.

Dann dreht sie sich um und blickt mir geradewegs in die Augen, mit dem bösartigsten Lächeln, das ich je gesehen habe. Jacob dreht sich ebenfalls um, um zu sehen, wen sie da ansieht. Er wird kreidebleich. Schnell steht er auf und wirft Clementine dabei fast von der Couch.

Er kommt auf mich zu, doch es ist zu spät. Ich laufe bereits zur Tür hinaus. Das Herz klopft mir wie wild in der

Brust, mein Atem kommt in schweren Stößen, doch ich traue mich nicht, stehen zu bleiben.

Wie konnte sie nur?

Wie konnte *er* nur?

Ich habe geglaubt, er mag mich. Dass er auf mich steht! Jedenfalls hat er das beim Ball angedeutet. Deshalb hat er mich doch um ein Date gebeten, oder etwa nicht? Wir wollten morgen Abend zusammen ins Kino gehen. Warum kuschelt er also jetzt mit Clementine im *Human Bean*? Und warum bittet er mich per SMS herzukommen, wenn sie schon bei ihm ist? Was für ein schrecklicher Mensch muss man sein, um so was zu tun?

Vielleicht ging es ihm ja nie um mich. Vermutlich hat er mich einfach benutzt, um an Clementine ranzukommen.

Auf halbem Weg zu meinem Auto höre ich ihn hinter mir rufen. »Addie! Bleib stehen! Warte!«

Aber ich bleibe nicht stehen, und ich warte auch nicht. Ich laufe noch schneller.

Schleimiger Sumpfball

Als ich mich hinters Steuer meines Wagens setze, laufen mir bereits die Tränen über die Wangen. So schnell ich kann (mit rücksichtslosen siebzig Kilometern pro Stunde), fahre ich zurück nach Hause. Ich parke in der Einfahrt, renne ins Haus und knalle die Tür hinter mir zu. Dann lasse ich mich an der Wand zu Boden rutschen. Vor lauter Tränen kann ich nichts mehr sehen und auch nicht mehr richtig atmen.

Warum sollte Clementine mir das antun? Ich dachte, sie ist meine Freundin. Grace würde niemals so etwas tun. Niemals. Grace war nämlich eine echte Freundin. Clementine ist ... Ich weiß nicht mal genau, was sie ist.

Ich weiß überhaupt nichts mehr!

Was ist das nur für ein Leben? Was ist aus mir geworden?

Sechzehn zu sein habe ich mir immer so toll vorgestellt. Eigentlich müsste doch alles perfekt sein! Ohne schlabbrige erste Küsse und peinliche YouTube-Videos und verräterische neue beste Freundinnen und alte beste Freundinnen, die mir keine Chance mehr geben.

Dabei war ich mir sicher, dass mein größtes Dilemma mit sechzehn darin bestehen würde, welches tolle Kleid ich zu welchem tollen Paar Schuhe trage und welcher tolle Lidschatten das Ganze abrundet.

So schwierig sollte das alles nicht sein.

So sollte das alles nicht sein.

Buttercup kommt zu mir und leckt mir übers Gesicht, als ob sie versucht, meine Tränen abzuwaschen. Doch es sind einfach zu viele.

Ich schlinge ihr die Arme um den Hals und drücke sie fest an mich. Falls ihr das zu fest ist, lässt sie es sich jedenfalls nicht anmerken. Sie bleibt einfach sitzen und lässt mich in ihr weiches Fell weinen.

Sie ist das einzig Gute an diesem Leben, alles andere ist völlig verkorkst. Nichts ist so, wie ich es mir vorgestellt habe. Als ich mir gewünscht habe, sechzehn zu sein, bin ich davon ausgegangen, das mit Grace gemeinsam erleben zu dürfen. Dass wir uns spätabends noch SMS schreiben und gegenseitig Klamotten aussuchen und uns morgens zur Schule fahren.

Sie will jedoch nichts mit mir zu tun haben. Weil ich es versaut habe. Aber genau da liegt das Problem. Ich habe es nicht versaut. Das war mein anderes Ich. Diese oberflächliche, egoistische, eitle und arrogante Adeline Bell. Das Mädchen, das ihre beste Freundin aus Schulprojekten ausschließt und sich dafür mit falschen und künstlichen Menschen wie Clementine abgibt, das Tanzchoreographien stiehlt und von dummen Dingen wie Make-up und Jungs besessen ist.

Keine einzige ihrer Entscheidungen hätte ich genauso getroffen.

Je länger ich jedoch hier sitze, das Gesicht in Buttercups Fell vergraben, desto mehr frage ich mich, ob das wirklich stimmt.

Wollte ich nicht eigentlich genau diese Dinge? War ich nicht sauer auf Grace, weil ich sie bei unserer Pyjamaparty so unreif fand? War ich nicht davon besessen, endlich auf die Highschool zu gehen und ein Handy zu besitzen und so schnell wie möglich erwachsen zu werden?

Vielleicht ist diese Zukunft genau das, wozu all meine Wünsche geführt haben.

Vielleicht bin ich ja stärker für das Leben meines sechzehnjährigen Ichs verantwortlich, als mir lieb ist.

Als ich schließlich das Gefühl habe, dass jetzt alle Tränen vergossen sind, schiebe ich mich langsam vom Boden hoch und führe Buttercup in die Küche. Sofort rennt sie hinüber zu ihrem Napf und starrt ihn an wie ein Jäger seine Beute. Erneut versuche ich, ihr Hundefutter zu finden.

Doch auch dabei versage ich kläglich.

Warum muss bloß alles so schwierig sein?

Aus meiner Schultasche kommt ein leises Vibrationsgeräusch. Als ich das Handy heraushole, entdecke ich darauf zehn Nachrichten und vier verpasste Anrufe von Jacob.

Ich will sie nicht lesen. Sicherlich ruft er an, um sich dafür zu entschuldigen, dass ich ihn beim Knutschen mit Clementine erwischt habe, aber für seine Fehler habe ich momentan keine Zeit. Ich versuche immer noch, meine eigenen auszubügeln.

Buttercup läuft hinüber zur Hundeklappe und dreht sich dann zu mir um.

»Was?«, frage ich. »Nur zu. Geh raus. Du brauchst meine Erlaubnis nicht.«

Doch sie bewegt sich nicht, sondern sieht mich lediglich bittend aus ihren großen braunen Augen an.

»Okay. Ich komme mit«, gebe ich seufzend nach.

Ich öffne die Tür, und sie saust hinaus, aber nicht, ohne sich dreimal umzusehen, ob ich ihr auch wirklich folge. Ich versuche, das gelb-weiße Spielhaus im hinteren Teil des Gartens zu ignorieren, aber weil es so groß ist, könnte man genauso gut versuchen, einen Elefanten im Auto zu ignorieren. Das Spielhaus dominiert den Garten. Es steckt voller Erinnerungen. Zu wissen, dass ich so etwas nie wieder erleben werde, tut weh.

Buttercup findet einen ramponierten Tennisball im Gras, der früher vermutlich mal gelb war, aber jetzt eher nach Sumpf aussieht, nimmt ihn ins Maul und lässt ihn mir vor die Füße fallen.

»Du hast recht«, sage ich. »Ablenkung wird mir guttun.« Mit spitzen Fingern hebe ich den schleimigen vollgesabberten Ball auf. Dann werfe ich ihn so weit ich kann über den Rasen. Buttercup schießt los und ist eine Sekunde später zurück, wo sie mir den Ball erneut vor die Füße fallen lässt. Ich werfe noch einmal, und wieder flitzt sie los, aber diesmal kommt sie nicht sofort zurück. Als ich ihr folge, um nachzusehen, warum es so lange dauert, sehe ich sie winselnd mit den Vorderpfoten auf dem Fensterbrett des Verstecks stehen. Das Fenster zum Spielhaus steht offen. Der Ball muss ins Innere geflogen sein.

Ich werde es definitiv nicht betreten.

Stattdessen laufe ich hinüber zu Buttercup, schnappe sie am Halsband und ziehe sie vom Fensterbrett herab. »Na los«, dränge ich. »Lass uns zurück ins Haus gehen.«

Sie windet sich aus meinem Griff und springt mit einem mitleidserregenden kleinen Jaulen aufs Fenster.

»Ich geh da nicht rein«, erkläre ich ihr.

Sie dreht mir den Kopf zu, japst und sieht mich flehend an.

»Vergiss es. Hör auf damit! Der Ball ist weg, Buttercup. Es ist ...« Meine Stimme bricht, und ich beginne zu schluchzen. »Es ist vorbei«, wispere ich durch die Tränen.

Wieder gehe ich zum Fenster und ziehe sie herunter. Dabei erhasche ich einen Blick ins Innere des Verstecks. An der Wand hängt ein Poster von *Summer Crush*. Es ist staubig und schief. Vermutlich ist eine der Reißzwecken herausgefallen. Das macht mich nur noch trauriger.

Buttercup scheint meinen Kummer zu spüren, denn sie

gibt den Ball auf, springt herab und trottet bereitwillig ins Haus.

»Ich weiß, was wir brauchen«, sage ich und folge ihr. »Einen *Summer Crush*-Marathon. Danach fühlen wir uns bestimmt besser.«

Mit dem Handy in der Hand stapfe ich die Treppe hoch in mein Zimmer. Buttercup springt aufs Bett und legt sich neben mich. Die Party kann beginnen! Ich durchsuche die Playlists auf dem Handy und stelle enttäuscht fest, dass ich nichts davon kenne. Kein einziges Lied von *Summer Crush* ist dabei.

»Kein Wunder, dass ich mit sechzehn so unleidlich bin«, erkläre ich Buttercup. »Ich hab ja gar keine guten Songs, um mich aufzumuntern!« Ich rufe die Musikstore-App auf und gebe »Summer Crush« in die Suchleiste ein. Die einzigen Alben, die angezeigt werden, sind die vier, die ich bereits besitze.

Hm. Wie merkwürdig.

Warum hat *Summer Crush* während der vergangenen vier Jahre kein einziges neues Album herausgebracht?

Ich öffne den Webbrowser und tippe den Namen bei Google ein.

Und in diesem Moment zerfallen die letzten Stücke meiner bereits zerbrochenen Welt endgültig zu Staub. Ich habe das Gefühl, als wäre mein Leben jetzt endgültig vorbei.

Summer Crush hat sich vor zwei Jahren getrennt.

Die Rückkehr des Seesternkleids

Ich liege im Bett und weine gefühlt stundenlang. Dabei sehe ich mir immer wieder das YouTube-Video an, wie ich versuche, den Füßen von einhundert Musikern auszuweichen. Inzwischen hat es siebenhundert Klicks erreicht. Zugegeben, eine ganze Menge davon stammen von mir.

Vermutlich könnte ich YouTube anschreiben und sie bitten, es zu löschen. Allerdings kommt es mir merkwürdig passend vor. Hier bin ich, beim Überlebensversuch in einem Dschungel, in den ich nicht gehöre. Um zu vermeiden, von einer Welt zertrampelt zu werden, die ich nicht verstehe.

Grace will nichts mit mir zu tun haben. Clementine hat mich verraten. Die gesamte Schule ignoriert mich. Mein Leben ist in seine Einzelteile zerfallen. Und laut dem Artikel, den ich gelesen habe, hat Berrin nach der Trennung von *Summer Crush* ein Soloalbum aufgenommen, das niemandem gefallen hat, Maddox hat eine Eau-de-Cologne-Reihe herausgebracht, und Donovan und Cole sind in richtig schlechten Realityshows gelandet.

Schlimmer kann mein Leben eigentlich nicht werden.

Im Haus ist es so still. Meine Eltern sind noch bei der Arbeit.

Nur Buttercup und ich sind hier. Meine loyale Freundin. Inzwischen ist sie meine einzige Freundin.

Als die Tränen getrocknet sind, sehe ich mich im Zimmer um. Dem neuen, trendigen Zimmer einer Sechzehnjährigen, in Schwarzweiß mit fuchsiafarbenen Akzenten und gerahmten Fotos an der Wand. Ich frage mich, wann ich es wohl umgestaltet habe. Hat Clementine mir beim Dekorieren geholfen? Wie würde dieses Zimmer wohl aussehen, wenn ich es mit Grace eingerichtet hätte?

Auf den ersten Blick wirkt es wie das Zimmer meiner Träume. Ich habe einen Schrank voller cooler Klamotten und eine Schublade voller Make-up. Mein Spiegelbild zeigt alles, was ich mir je gewünscht habe.

Trotzdem kommt mir das Zimmer so schrecklich leer vor. Es wurde von einer Fremden eingerichtet, und ich fühle mich darin auch wie eine Fremde. Wie ein Eindringling.

Ich stehe auf, öffne den Schrank und seufze beim Anblick der tollen Klamotten darin. Da liegen süße Oberteile und kurze Röcke und Kleider ohne glitzernde Meerestiere darauf. Und plötzlich möchte ich nichts weiter, als in meinen alten Schrank blicken und die alten Klamotten anziehen. Ich will nichts weiter als das blöde blau-weiß gestreifte Seesternkleid.

Als ich gerade die Tür schließe, fällt mir etwas Glitzerndes im obersten Regal ins Auge. Sofort verspüre ich Hoffnung.

La Boîte aux Rêves Cachés.

Das hatte ich ja beinahe vergessen! Warum habe ich nicht früher daran gedacht! Die Antwort liegt doch auf der Hand!

Wenn das Einschließen des Wunsches mich in diesen Schlamassel gebracht hat, dann müsste ich doch lediglich den Zettel herausholen, um alles rückgängig zu machen.

Vorsichtig nehme ich das Kästchen und trage es hinüber zum Bett. Mit angehaltenem Atem hebe ich den Deckel an, doch er gibt nicht nach. Ich ziehe fester. Nichts.

Da fällt mir ein, was Mrs Toodles gesagt hat, bevor ich an diesem Abend wieder nach Hause gegangen bin:

»Egal, was du dir wünschst, versteck den Schlüssel am sichersten Ort, den du kennst. Wenn du ihn verlierst, wird dein Wunsch auf ewig in dem Kästchen eingeschlossen sein.«

Der Schlüssel! Ich muss den Schlüssel finden! Verzweifelt versuche ich mich zu erinnern, wo ich ihn zuletzt gesehen habe. Ich weiß noch genau, dass ich ihn am Abend meines zwölften Geburtstags im Schloss steckengelassen habe, mit der festen Absicht, mir am nächsten Tag ein besseres Versteck zu suchen.

Aber am nächsten Morgen bin ich hier aufgewacht. In diesem Körper. Mit diesem Leben. Und einer Riesenlücke in meinen Erinnerungen.

Was bedeutet, dass ich den Schlüssel irgendwann während der vergangenen vier Jahre versteckt haben muss.

Doch genau wie bei allem anderen, das während dieser Zeit passiert ist, habe ich nicht die geringste Hoffnung, mich daran zu erinnern.

Entschlossen marschiere ich in den begehbaren Kleiderschrank und werfe alles aus den Fächern. Ich durchsuche jede Hosentasche und jedes Sweatshirt. Ich stöbere in Kisten und Taschen und alten Rucksäcken. Ich leere alle Schubladen aus Nachttisch, Schreibtisch und Kommode. Sogar in die Lidschattenpaletten sehe ich hinein, für den Fall, dass ich in einer davon den Schlüssel versteckt habe.

Um achtzehn Uhr sieht mein Zimmer aus, als wäre es in einem Spionagefilm von den Bösewichten durchsucht worden. Den Schlüssel habe ich allerdings immer noch nicht gefunden. Ich setze mich aufs Bett, von dem ich die komplette Bettwäsche abgezogen und die Matratze umgedreht habe, und hole tief Luft. Buttercup ist bereits vor längerer Zeit gegangen. Offensichtlich wollte sie mit dem Chaos nichts zu tun haben. Kluge Hündin.

Ich starre auf die Klamottenstapel auf dem Teppich und überlege, ob ich noch einmal alle Taschen durchgehen soll. Plötzlich fällt mir etwas ein, und ich schlage mir vor den Kopf.

Natürlich befindet sich der Schlüssel nicht in diesen Klamotten! Die hatte ich mit zwölf ja noch gar nicht.

Ich springe auf, schnappe mir die Schmuckschatulle und renne die Treppe in den Keller hinab, wo Mom unsere alten Sachen aufhebt. Nachdem ich alle Kisten durchgesehen habe, finde ich tatsächlich eine mit der Aufschrift »Addies Kleidung« und hole sie herunter. Sie ist schwer, und ihr Gewicht lässt mich beinahe stolpern. Als sie auf dem Boden steht, reiße ich sie auf und ziehe eilig die alten Klamotten heraus. Jeans, die ich wegen der pinkfarbenen Stickerei auf der Gesäßtasche zu kindisch fand, einen Pullover, den ich wegen der Spitzenrüschen nie getragen habe, und ...

O mein Gott!

Beinahe fange ich wieder an zu heulen, als ich das blauweiße Seesternkleid herausziehe. Ich vergrabe das Gesicht in dem Stoff. Er riecht alt und modrig, aber das ist mir egal. Mit einem Mal ist dieses Kleid für mich das Wertvollste auf der Welt.

Ich durchsuche alle Kleidungsstücke mit Taschen, aber den Schlüssel finde ich trotzdem nicht. Dafür habe ich jetzt noch ein weiteres Chaos verursacht.

Wo könnte ich ihn nur versteckt haben?

Ich zermartere mir den Kopf und versuche, mir den sichersten Ort vorzustellen, an den ich mit zwölf gedacht haben könnte. Was eigentlich nicht besonders schwierig sein sollte. Strenggenommen bin ich ja noch zwölf.

Was ist der sicherste Ort?

Eine Bank? Ein Verlies? Ein gesichertes Regierungsgrundstück?

Himmel! Es ist hoffnungslos. Ich springe auf, nehme die Schmuckschatulle wieder in die Hand und starre sie an, als wäre sie mein Gegner in einem Duell. Ein letztes Mal versuche ich, den Deckel aufzustemmen, aber er sitzt so fest, als hätte man ihn mit Superkleber festgeleimt. Hm. Das Ding ist mehrere hundert Jahre alt. Es aufzubrechen dürfte nicht allzu schwer sein.

Aufbrechen ...

Doch der Gedanke bedrückt mich.

Das darf ich nicht. Dieses Kästchen ist eine Antiquität. Es ist Mrs Toodles' Familienerbstück. Davon abgesehen hat es magische Fähigkeiten! Ich kann es nicht einfach zerstören.

Aber welche Wahl bleibt mir denn? Langsam gehen mir die Möglichkeiten aus. Ich habe nicht die geringste Ahnung, wo ich den Schlüssel sonst noch versteckt haben könnte. Genauso wenig, wie ich Trigostronomie richtig aussprechen kann. Oder Französisch verstehen. Oder Nachrichten in topgeheimem Emoji-Code schreiben. All dieses Wissen ist in dem riesigen schwarzen Loch in meinem Kopf verloren gegangen.

Wer weiß, vielleicht habe ich den Schlüssel schon vor Jahren weggeworfen!

Nein. Er ist meine einzige Chance.

Ich hole tief Luft, drücke mir die Schmuckschatulle an

die Brust und gehe damit hinüber zur Werkbank meines Vaters. Vorsichtig stelle ich sie ab und nehme einen Hammer aus der Halterung an der Wand.

»Es tut mir leid, Mrs Toodles«, sage ich leise. »Tut mir leid, Sternendame.«

Dann schließe ich die Augen, hebe den Hammer an und schlage zu.

Geister

Aus Angst davor, was für ein Massaker ich wohl angerichtet habe, halte ich die Augen geschlossen. Als ich endlich genügend Mut fasse, sie zu öffnen, schnappe ich nach Luft.

Das Kästchen ist immer noch ganz.

Genau genommen hat es nicht mal eine Delle.

Habe ich es nicht richtig getroffen? Ich schaue mich um, ob ich vielleicht etwas anderes zerschlagen habe, aber alles sieht noch ganz genauso aus wie zuvor.

Komisch.

Ich hole tief Luft und versuche es erneut. Diesmal lasse ich die Augen offen. Mit beiden Händen hebe ich den Hammer über den Kopf und lasse ihn nach unten sausen, mitten auf das Kästchen. Ich sehe sogar, wie er auf der Schatulle auftrifft.

Und trotzdem ist es, als hätte ich sie nur mit einer Feder gestreift. *La Boîte aux Rêves Cachés* hat nicht mal einen Kratzer abbekommen. Frust steigt in mir auf. Wütend schnappe ich mir das Kästchen und schleudere es gegen die Wand. Wie ein Gummiball prallt es ab und landet völlig unversehrt auf dem Boden.

An der Wand entdecke ich jedoch Kratzspuren.

Wie ist das möglich? Liegt auf der Schatulle ein alter Zauber? Besteht sie aus einem unzerstörbaren Material aus dem achtzehnten Jahrhundert, von dem ich bisher noch nie gehört habe? Antike Schmuckschatullen sind normalerweise nicht so strapazierfähig. Es muss doch einen Weg geben, sie aufzubrechen.

Mit dem Kästchen der versteckten Träume und dem Seesternkleid als Glücksbringer in den Händen renne ich hinauf in mein Zimmer. Dort setze ich mich vor den Laptop und suche nach »Kästchen der versteckten Träume« und »Sternendame«.

Keine Ergebnisse.

Ich versuche es auf Französisch.

Nichts.

Was eigentlich einleuchtend ist. Laut Mrs Toodles handelt es sich dabei um ein Geheimnis, das von Generation zu Generation weitergegeben wurde. Sie sagte, niemand wüsste von der Schmuckschatulle oder ihren magischen Fähigkeiten. Aber sollte nicht wenigstens etwas über die Sternendame zu finden sein? Wenn sie verhaftet und hingerichtet wurde, müssten da nicht irgendwelche historischen Aufzeichnungen existieren?

Irgendjemand muss doch etwas darüber wissen!

Da kommt mir plötzlich eine Idee, und ich schließe den Laptop, sprinte die Treppe hinunter und knalle geradewegs gegen Mom, die aus der Garage hereinkommt. Sie wirkt müde und mürrisch. »Vorsicht!«, ruft sie und greift nach meiner Schulter. »Wo brennt's denn?« Sie mustert mein Gesicht. »Hast du geweint?«

Hastig wische ich mir über die Wangen. »Ich bin auf dem Weg zu Mrs Toodles. Ich muss mit ihr reden.«

Mom starrt mich an. Aus der Verwirrung in ihrer Miene wird Besorgnis.

»Adeline«, sagt sie, und mir entgeht nicht, dass sie den Griff an meiner Schulter verstärkt. »Geht es dir gut? Hast du Fieber?« Sie legt mir eine Hand an die Stirn.

Ich schiebe sie weg. »Klar, alles in Ordnung. Ich lauf nur schnell mal rüber zu ihr. Ich bin gleich wieder da.«

Mom lässt meine Schulter los und drückt sich die Fingerspitzen gegen die Lider. Als sie mich schließlich wieder anblickt, ist sie aschfahl. Als hätte sie gerade einen Geist gesehen.

»Ich mach mir Sorgen um dich, Schatz. In letzter Zeit benimmst du dich so merkwürdig. Schläfst du genügend? Ist der Unterricht in diesem Semester zu anstrengend? Vielleicht sollten wir ...«

»Mom«, unterbreche ich sie ungeduldig und versuche, mich an ihr vorbeizudrängeln. »Ich hab gesagt, es geht mir gut.«

Besonders weit komme ich jedoch nicht. Mom lässt die Hand vorschnellen wie ein Ninja und schnappt mich am Ellbogen. »Ganz offensichtlich geht es dir nicht gut!«, schnauzt sie mich an, und ich erschrecke über ihren Ton.

»Adeline.« Mom hat ihre Fassung zurückgewonnen. Sanft führt sie mich in die Küche. Eine ganze Weile lang starrt sie mich noch mit diesem prüfenden Blick an, und ich mache mir schon Sorgen, dass sie nichts mehr sagen wird.

Dass ich den Rest meines Lebens darauf warten muss, dass sie diesen Satz beendet.

»Mrs Toodles ist letztes Jahr gestorben.«

Ausgeschummelt

Am Freitagmorgen liege ich im Bett und schaffe es nicht aufzustehen. Ich kann meine Beine nicht mehr spüren. Mir ist so kalt. Mein ganzer Körper fühlt sich eiskalt an.

Ich habe mich nicht von ihr verabschieden können.

Ich werde sie nie mehr wiedersehen.

Deshalb hat also niemand die Tür geöffnet. Deshalb hingen statt der Vorhänge Jalousien in den Fenstern.

Ich konnte mich nicht von ihr verabschieden.

Na ja, vielleicht hat es mein sechzehnjähriges Ich getan. Vielleicht bin ich mit sechzehn auch jede Woche zu Mrs Toodles gegangen so wie früher. Doch auch dieser Gedanke tröstet mich nicht. Außerdem kann ich es mir nicht so recht vorstellen.

Mein sechzehnjähriges Ich war vermutlich viel zu sehr mit Cool- und Beliebtsein beschäftigt und mit dem Filmen von Make-up-Tutorials mit ihrer oberflächlichen besten Freundin, um sich die Mühe zu machen, eine senile alte Dame zu besuchen.

Mrs Toodles war höchstwahrscheinlich bloß eine weitere »unwichtige« Sache, für die keine Zeit blieb.

»Du musst nicht hingehen«, sagt Mom zum dritten Mal an diesem Morgen. Sie sitzt auf der Bettkante, hat mir die Haare aus dem Gesicht geschoben und prüft noch einmal meine Temperatur. Ihr Stirnrunzeln verrät mir, dass ich immer noch kein Fieber habe, und das verwirrt sie. Sie denkt, ich bin krank. Also richtig krank. Ihrer Meinung nach benehme ich mich deshalb so merkwürdig.

Und wer weiß? Womöglich hat sie ja recht. Vielleicht bin ich tatsächlich sehr, sehr krank.

Möglicherweise war die ganze Sache nichts weiter als ein Fiebertraum, und ich liege in einem Krankenhausbett und sterbe gerade an Malaria oder Pocken oder der Pest.

Eventuell ist das alles gar nicht passiert.

Das wäre schön.

»Deine Lehrer hätten bestimmt Verständnis dafür«, sagt Mom. »Ich rufe im Sekretariat an. Mich melde ich auch krank, dann kann ich bei dir bleiben.«

»Nein«, erwidere ich und finde endlich die Kraft, die Decke wegzuschieben. Im Zimmer ist es sogar noch kälter als im Bett. »Ich muss zum Unterricht. Wir zeigen heute unsere Präsentation in Englisch.«

Dieser Tag ist der große Tag, an dem Grace und ich der Klasse unser Nostalgieprojekt vorstellen wollen, und ich werde sie ganz bestimmt nicht noch mal im Stich lassen.

Ich rolle mich aus dem Bett und schleppe mich ins Bad.

»Bist du dir sicher?«, ruft Mom mir hinterher.

»Absolut sicher!«, antworte ich. Dann schließe ich die

Tür und starre mein Spiegelbild an. Eine fremde Sechzehnjährige blickt mir entgegen. Komischerweise gewöhne ich mich jedoch allmählich an ihren Anblick. Inzwischen kommt er mir fast normal vor.

Ob ich irgendwann vollständig akzeptieren kann, dass ich diese Person bin, weiß ich nicht. Doch momentan stecken wir beide in der Sache drin und müssen das Beste daraus machen.

»Ihr schafft das«, versichere ich mir und dem Mädchen im Spiegel. »*Wir* schaffen das. Du siehst vielleicht nicht aus wie ich, und ich ticke nicht so wie du, aber wir haben momentan nur uns. Also machen wir einfach das Beste daraus, okay?«

Sie antwortet mit einem schwachen Lächeln. Da das vermutlich alles ist, was ich von ihr erwarten kann, bin ich damit zufrieden.

Mit einem zögerlichen Seufzer wende ich mich von meinem Spiegelbild ab und drehe das Wasser in der Dusche auf.

Ich muss zugeben, dass der Gedanke daran, dass ich gleich Clementine gegenüberstehen werde, und Jacob Tucker, und all den anderen Schülern, mir weiche Knie verursacht, aber ich stehe das durch. Ich muss das tun, was ich vor vier Jahren hätte tun sollen.

Für Grace.

Ich wähle ein einfaches Outfit: Jeans und ein babyrosa T-Shirt. Ganz bestimmt wäre Clementine nicht begeistert davon. Mit Sicherheit reicht es lange nicht an ihren Standard heran, aber das ist mir egal. Es kümmert mich nicht. Clementine ist nicht mehr meine Freundin. Sie hat kein Recht mehr, sich zu meiner Kleidung zu äußern.

Ich kämme mir die feuchten Haare und flechte sie zu einem einfachen Zopf über die linke Schulter hinweg. An meiner Make-up-Schublade gehe ich vorbei; hauptsächlich, weil ich keine Lust auf die ganze Mühe habe. Allerdings auch, weil ich immer noch nicht so recht weiß, wie ich mit dem ganzen Zeug umgehen muss.

In der Küche mixt Mom gerade ihren Power-Smoothie. Sie trägt wieder ein Kostüm. Offensichtlich hat sie beschlossen, dass sie genauso gut zur Arbeit gehen kann, wenn ich nicht zu Hause bleibe.

Als sie mich sieht, schaltet sie den lauten Mixer aus. »Hi, Schatz. Wie geht's dir denn?«

Ich zucke mit den Schultern. »Gut.«

Das ist gelogen. Mir geht's nicht gut. Ich fühle mich leer und kalt und traurig. Als hätte mir jemand einen Riesenteppich unter den Füßen weggezogen. Statt um einen Teppich handelt es sich jedoch um mein ganzes Leben.

Ich lasse mich auf einen Stuhl am Küchentisch fallen. »Eigentlich stimmt das gar nicht«, gebe ich zu. Ich stehe schon wieder kurz vor einem Tränenausbruch. »Mir geht's ganz furchtbar.«

Mom schüttet die grüne Brühe in ein Glas und kommt zum Tisch herüber. Sie setzt sich neben mich. »Möchtest du darüber reden?«

Ich sehe durchs Fenster in den Garten hinaus. Von hier aus kann ich nur das Dach unseres Verstecks sehen. Früher war das einmal mein absoluter Lieblingsplatz. Jetzt steht es einsam und verlassen da draußen, voller Staub und Erinnerungen.

»Ich hab geschummelt«, flüstere ich in Richtung des Hauses.

Aber Mom hört es. Tröstend legt sie ihre Hand auf meine. »Bei einer Arbeit in der Schule?«

»Bei allem.«

Mom runzelt die Stirn. »Ich kann dir nicht so richtig folgen.«

Ich muss daran denken, was Grace gestern zu mir gesagt hat, nachdem sie herausgefunden hatte, dass ich die Spielkarten ausgetauscht hatte, damit ich für das Projekt ihre Partnerin sein kann.

Sie hat recht. Ich suche immer nach dem einfachsten Weg.

Genau deshalb bin ich jetzt hier und stecke in diesem Chaos. Weil ich geschummelt habe. Ich wollte das Älterwerden abkürzen. Weil ich unbedingt sechzehn sein wollte, war es mir völlig egal, wie ich das bewerkstellige oder was ich dadurch verpassen würde. Rorys Schulabschluss und mein erster Tag auf der Highschool und mein erster Kuss und der Tag, an dem ich das Handy bekommen habe, und mein sechzehnter Geburtstag und Buttercup als Welpe.

All das will ich nicht einfach überspringen, ich will es erleben.

Ich will keine Abkürzung. Ich will nicht den leichtesten Weg gehen. Ich will zurückkehren und es diesmal richtig machen.

Aber das geht nicht. Die unzerstörbare Schmuckschatulle ist verschlossen, und die einzige andere Person, die darüber Bescheid wusste, ist nicht mehr da.

»Ich bin viel zu schnell erwachsen geworden«, gebe ich schließlich zu.

Meine Mom wirkt besorgt. »Was meinst du denn damit? Steckst du in Schwierigkeiten?«

»Nein«, murmele ich. »Ist schon gut.«

Sie zieht mich in die Arme, und ich lasse es zu. Genau wie früher, als ich noch klein war, lege ich die Wange an ihre Brust, und sie streicht mir über die feuchten Haare. Auch wenn das keins meiner Probleme löst, fühlt es sich doch gut an.

»Ich weiß, was du brauchst«, behauptet Mom und drückt mir einen Kuss auf den Kopf.

»Das bezweifle ich.«

Doch eine Sekunde später klingt ihre Stimme tiefer, sie versteift sich und lässt ein Knurren hören. »Der Yeti Forgetti weiß immer ganz genau, was dir fehlt.«

Als sich ihre Hände in meine Seite krallen, kreische ich auf. Sie kitzelt mich. Mich windend und lachend versuche ich, mich loszumachen. Mom ist jedoch noch genauso kräftig wie früher und hält mich fest. Gnadenlos kitzelt sie mich durch.

»Mom! Hör auf!«

»Wer ist Mom?«, dröhnt sie.

»Yeti Forgetti!«, flehe ich. »Hör auf!«

»Der Yeti Forgetti kann nicht aufhören. Der Yeti Forgetti muss weiterkitzeln.«

Als ich es schließlich schaffe, mich aus ihrem Griff zu befreien, bin ich völlig außer Atem, feuerrot im Gesicht, und Buttercup bellt wie eine Wilde, weil sie mitspielen will.

Vielleicht habe ich nicht alles vergessen, was mich bedrückt, aber sie hatte recht. Es war genau das, was ich gebraucht habe.

Mom steht lachend auf und streicht sich über ihre Haare, die völlig verwuschelt sind. »Hier«, sagt sie und schiebt mir den grünen Schlamm-Smoothie hin. »Nimm du den. Ich mach mir noch einen.«

Vorsichtig rieche ich daran und trinke verhalten einen kleinen Schluck.

So schlecht schmeckt er gar nicht. Mit zwei großen Schlucken hab ich ihn hinuntergestürzt.

»Du musst los«, erinnert mich Mom und steckt neue Zutaten in den Mixer. »Sonst kommst du zu spät.«

Ich stehe auf und werfe mir die Schultasche über die Schulter. »Danke, Mom.«

Und damit meine ich nicht den Smoothie, aber ich glaube, das weiß sie.

Sie lächelt mich an. »Jederzeit.«

Die Zwinkersmiley-Verschwörung

Jacob wartet an der Eingangstreppe der Schule auf mich. Als ich ihn da so allein und irgendwie verloren stehen sehe, erlebe ich ein Déjà vu. Zum ersten Mal, seit ich in diesem Leben aufgewacht bin, sieht er wie der Jacob Tucker aus, an den ich mich von der Sky View Mittelschule erinnere. Nicht, weil er plötzlich wie von Zauberhand geschrumpft oder sein Babyspeck zurückgekehrt ist. Es liegt an seinem Blick, wobei ich nicht sicher sagen kann, was genau es ist. Aber es ist etwas, das sich nicht verändert hat.

Da fällt mir die Dose Traubenlimo in seiner Hand auf.

Ein winziges Lächeln schleicht sich auf mein Gesicht, doch dann erinnere ich mich wieder daran, wie er mitten im *Human Bean* mit Clementine gekuschelt hat, und ich unterdrücke es schnell.

Als er mich sieht, läuft er auf mich zu. »Addie«, sagt er atemlos. »Wir müssen reden.«

Ich schiebe mich an ihm vorbei und gehe die Treppe hoch. »Es gibt nichts, worüber ich mit dir reden möchte. Du hast mich nur benutzt, um an Clementine heranzukommen. Ist schon gut.«

»Was?«, würgt er heraus. »Nein! So war das definitiv nicht!« Er baut sich vor mir auf, so dass ich stehen bleiben muss. »Bitte, hör mir zu.«

Ich verschränke die Arme vor der Brust und zwinge mich, nicht zu weinen. Doch jedes Mal, wenn ich daran denke, wie Clementine sich vorgebeugt hat, um ihn auf die Wange zu küssen, brennen mir die Augen.

Er holt tief Luft und redet dann in einem Mordstempo drauf los. »Das war alles ihre Idee. Ich schwöre! Ich hab einfach dagesessen und gelesen. Sie kam rüber und hat mich angesprochen. Ich hab versucht, sie loszuwerden, aber sie wollte den Wink mit dem Zaunpfahl nicht verstehen. Und dann hat sie mit mir geflirtet und versucht, mich zu küssen. Es war total schräg!«

»Aha«, entgegne ich, bin aber immer noch misstrauisch. »Du hast mir also keine SMS geschrieben und mich auf einen Kaffee eingeladen, nur um mich eifersüchtig zu machen?«

»Eine SMS geschrieben?« Jacob wirkt verwirrt. »Ich hab dir keine Nachricht geschickt.«

Seufzend hole ich das Handy aus der Tasche und zeige ihm die SMS, die ich gestern von ihm bekommen habe. Mit zusammengezogenen Brauen starrt er aufs Display, und plötzlich schießt sein Kopf hoch, so als wäre ihm ein Licht aufgegangen.

»Ich fasse es nicht«, murmelt er. »Sie ist total berechnend.«

»Was?«

»Sie hat das geplant!«, ruft er. »Sie hat sich mein Handy geborgt, weil sie was im Internet suchen wollte. Angeblich war bei ihr der Akku leer. Sie muss dir diese Nachricht geschickt und sie dann gelöscht haben, damit ich sie nicht sehe. Verstehst du denn nicht? Sie wollte, dass du mich mit ihr zusammen siehst.«

Was?

Es dauert einen Moment, bis ich begreife, was er da sagt. Würde Clementine so etwas wirklich tun? Würde sie mich wirklich absichtlich so verletzen? Ich beiße mir auf die Lippe und starre ihn an. Soll ich ihm glauben oder nicht?

»Ich bitte dich«, zieht mich Jacob auf. »Glaubst du wirklich, ich würde SMS mit Zwinkersmileys verschicken?«

Ich drehe das Handy zu mir herum und sehe mir die Nachricht noch einmal an.

> Jacob: Hey! Ich bin im Human Bean. Kommst du her? 😊 ☕ 🍪

Und da geht auch mir ein Licht auf. Keine Ahnung, warum mir das nicht früher aufgefallen ist. Die SMS ist voller Emojis, Clementine Dumonts bevorzugter Ausdrucksweise.

Ich scrolle zurück zu den Nachrichten, die er mir ein paar Tage zuvor geschickt hat, als er mich gefragt hat, ob ich mit ihm ins Kino gehen will. Kein einziges Emoji.

»Du hast das also nicht geschrieben?«, vergewissere ich mich noch mal und spüre Freude und Erleichterung in mir aufsteigen.

Jacob lacht schallend. »Nein. Ich meine, doch, ich hätte gern mit dir einen Kaffee getrunken. Aber ich hab dich nicht dorthin gelockt, damit zu zusiehst, wie mir Clementine Dumont auf den Schoß krabbelt.«

Das bringt mich ebenfalls zum Lachen. Es ist zwar immer noch ein wenig kläglich, aber es zählt. »Also stehst du gar nicht auf sie?«

»Um Himmels willen, nein.« Entschlossen schüttelt er den Kopf und macht dann einen Schritt auf mich zu. Erst als er mir über die Wange streicht, bemerke ich, dass er mir eine Träne abwischt. Wie es aussieht, weine ich. Schon wieder einmal.

Er reicht mir die Dose mit der Traubenlimo. »Ich mag *dich*.«

Ein kleiner Schauer läuft mir den Rücken hinab.

Er mag mich!

Ein süßer Junge mag mich!

»Moment mal«, entgegne ich und tue so, als ob ich skeptisch wäre. »Kann ich die auch wirklich unbedenklich öffnen?«

Lachend nimmt er mir die Dose aus der Hand und zieht selbst die Lasche ab. Es gurgelt und zischt, aber es gibt keine lilafarbene Explosion. Er reicht mir die Limo, und ich trinke einen Schluck.

Sie schmeckt unheimlich lecker.

»Du magst mich also?«, ziehe ich ihn auf.

Er schenkt mir ein hinreißendes kleines Lächeln. »Ist das nicht offensichtlich?«

Ich schüttele den Kopf. »Für mich nicht.«

Er räuspert sich. »Dann muss entweder ich noch eine Menge über Mädchen lernen oder du über Jungs.«

Ich beiße mir auf die Lippe, damit ich nicht laut loslache. »Vielleicht trifft ja beides ein wenig zu.«

Das kleine Lächeln wächst, und er strahlt mich an. »Vielleicht.«

Klick

Clementine und ihre Lakaien ignorieren mich den gesamten Tag über. Was mich nicht überrascht. Im Französischunterricht und beim Mittagessen setze ich mich so weit wie möglich von ihnen weg. Es ist mir egal, was sie davon halten. Momentan denke ich nur daran, dass ich das Englischprojekt gut über die Bühne bringen muss, um Grace zu beweisen, dass ich immer noch eine gute, zuverlässige Freundin sein kann.

»Bist du so weit?«, fragt Grace mich kurz angebunden, als wir uns vor dem Englischklassenraum treffen. Ich merke, dass sie wegen der gestrigen Sache immer noch sauer ist.

»Ja«, versichere ich ihr und bemühe mich um einen fröhlichen Ton.

Sie lächelt nicht, sondern reicht mir lediglich das Skript, das sie für unseren Vortrag ausgedruckt hat. »Gut. Bringen wir es hinter uns.«

Nervös lausche ich den anderen Präsentationen, während ich darauf warte, dass wir an die Reihe kommen. Ein Paar führt einen kleinen Sketch auf. Jacob und sein Partner tragen einen Rap vor, der so witzig ist, dass ich die ganze Zeit grinsen muss. Eine andere Gruppe hat ein wirklich tolles Video zusammengestellt.

Als wir endlich dran sind, steckt Grace den USB-Stick in Mr Heaths Computer, und auf der großen Leinwand vor der Klasse erscheint unsere Präsentation. Sie beginnt mit ihrem Teil und klickt sich durch ihre Fotos, auf denen sie mit den Lieblingsspielzeugen aus ihrer Kindheit zu sehen ist, mit ihrer ersten Trompete und bei ihrem ersten Auftritt mit der Marschkapelle.

Dazu sagt sie ihren Text fehlerlos auf, genauso, wie wir es geprobt haben. Als sie ihr letztes Foto erreicht hat, das Bild von ihr bei ihrem ersten Konzert, reicht sie mir die kleine Fernbedienung und geht zur Seite.

Ich schlucke und starre auf die Leinwand. Dann drücke ich auf das kleine Gerät, um das nächste Foto aufzurufen.

Mein Teil beginnt mit einem Foto von mir, als ich fünf war. Zusammen mit Rory sitze ich auf dem Rücksitz eines Cabrios, und der Wind weht uns die Haare ins Gesicht. Ich erinnere mich noch genau daran, als mein Dad mit diesem Auto nach Hause kam. Wir sind vor Freude total ausgeflippt, weil wir dachten, er hätte es gekauft. Wie sich jedoch herausstellte, hatte er es sich nur von einem Arbeitskollegen geborgt, damit wir eine Spritztour damit machen konnten. Mein Dad saß am Steuer, meine Mom auf dem Beifahrersitz, und Rory und ich hockten kichernd auf dem Rücksitz. Wir sind in der ganzen Stadt herumgefahren und haben nur angehalten, um uns etwas zu essen zu kaufen. Dieser Tag war so besonders, dass ich ihn nie vergessen habe. Wir alle hatten damals unglaublich viel Spaß. Vielleicht, weil wir genau wussten, dass wir das Auto nicht behalten konnten.

Also mussten wir das Beste aus der Zeit machen. »Nostalgie«, beginne ich und blicke hinab auf das Skript, das Grace und ich geschrieben haben, »ist laut Definition im Wörterbuch ›Vergnügen oder Traurigkeit beim Gedanken an ein Ereignis aus der Vergangenheit, von dem man sich wünscht, man könnte es noch einmal erleben‹.«

Ich drücke auf den Knopf, und das Foto wird ausgetauscht. Auf dem nächsten Bild bin ich sieben. Die Aufnahme ist entstanden, als mich meine Eltern mit der Umgestaltung meines Zimmers in ein Prinzessinnenzimmer überrascht haben, inklusive Schloss mit Wolken an der Decke. Breit grinsend stehe ich neben der weißen Kommode und den pinkfarbenen Chiffonvorhängen. Die beiden oberen Schneidezähne fehlen.

»Es gibt Momente im Leben, an die wir uns immer erinnern werden«, fahre ich fort und blicke auf den Text. »Sie sind in unserem Gedächtnis gespeichert wie ein Foto auf einer Festplatte.«

Ich klicke weiter zum nächsten Bild. Das bin ich mit vierzehn. An diesem Tag haben mich meine Eltern mit Buttercup überrascht. Lachend sitze ich auf dem Teppich im Wohnzimmer und versuche (erfolglos), das goldfarbene Fellbündel zu bändigen, das mir über den Schoß krabbelt.

Während ich das Foto betrachte, muss ich daran denken, was Mom mir neulich erzählt hat – dass sie Buttercup gekauft haben, damit ich besser mit Rorys Wegzug zum College klarkomme. Obwohl ich also auf diesem Foto absolut glücklich aussehe, war tief in mir drin eine Leere. Ein Loch, weil meine Schwester mehr als zweitausend Meilen weit fortgezogen ist. Und ich konnte mich nicht mal verabschieden. Zumindest kann ich mich nicht daran erinnern.

»Das sind die Momente, an die wir uns sehnsüchtig erinnern, von denen wir uns wünschen, wir könnten sie speichern, und zwar nicht nur als Fotos«, trage ich der Klasse vor. »Wir wünschen uns, wir könnten sie als Orte in einem Navi speichern. Dann könnten wir einfach ins Auto springen und dorthin fahren, wann immer uns danach ist.«

Ich spüre, dass meine Stimme kurz vorm Versagen steht, aber ich zwinge mich zum Weiterreden. Nur noch wenige Fotos, dann ist es geschafft.

Ich klicke weiter zum nächsten Bild. Darauf bin ich als Sechsjährige zu sehen. Ich stehe vor dem gelb-weißen Spielhaus, das bald darauf zu unserem Versteck werden würde. Mein Vater hatte es erst kurz zuvor fertiggestellt. Die Aufnahme ist unmittelbar vor dem Einzug von Grace und mir entstanden.

Ich starre das Foto meines sechsjährigen Ichs an, und plötzlich kann ich weder atmen noch sprechen. Das Mädchen auf dem Bild sieht so glücklich aus. Sie wirkt völlig zufrieden, in diesem Moment genau da zu sein, wo sie ist. Sie denkt weder an die Zukunft noch die Vergangenheit. Alles, woran sie denkt, ist das tolle Spielhaus. Und wie großartig ihr Vater ist, weil er ihr so was Schönes gebaut hat. Sie findet, dass sie ziemliches Glück mit ihrem Leben hat.

Mir ist gar nicht bewusst, wie lange ich wortlos dastehe, bis sich Grace räuspert. Ich blinzle und blicke zu ihr hinüber. Sie macht eine Geste, dass ich weitermachen soll. Ich zwinge mich zu einem Lächeln und sehe Mr Heath und die Klasse an, die alle still dasitzen und darauf warten, dass ich fortfahre.

Mein Blick fällt auf das Blatt Papier in meinen Händen. Das Skript über Nostalgie, das ich ablesen soll. Darauf steht, dass Nostalgie wie eine warme Decke ist. Dass sie uns tröstet, wenn wir traurig oder einsam sind. Dass Nostalgie etwas Gutes ist. Vielleicht stimmt das ja sogar. Doch ich bringe es nicht über mich, all das zu sagen.

Stattdessen entscheide ich mich für die Wahrheit.

Meine Wahrheit.

Eine Wahrheit, die mir erst in diesem Moment so richtig bewusst wird. »Aber vielleicht …«, beginne ich mit wackliger Stimme und zittrigen Händen. Ich lasse das Papier sinken und blicke meine Klassenkameraden an. Meine Mitschüler. »Vielleicht empfinden wir Nostalgie lediglich, weil wir so bestrebt danach sind, vorwärtszukommen, dass wir die Gegenwart völlig an uns vorbeiziehen lassen. Und wenn wir dann schließlich blinzeln und uns daran erinnern, mal das zu betrachten, was in diesem Moment gerade passiert, dann ist der Moment schon vorüber, und alles, was uns glücklich gemacht hat, all das, was wir geliebt haben, gehört der Vergangenheit an.« Ich schaue hinüber zu Grace und erwarte, denselben Gesichtsausdruck zu sehen wie beim Ball. Verrat. Stattdessen starrt sie mich mit offenem Mund an.

Ich klicke weiter zum nächsten Bild. Es wurde an meinem sechzehnten Geburtstag aufgenommen. Ich trage ein unglaublich schönes, trägerloses schwarzes Kleid mit Pailletten, und die geglätteten Haare fallen mir weich über die Schultern. Natürlich kann ich mich an die Aufnahme nicht erinnern. Ich habe nicht die geringste Ahnung, ob ich damals wirklich glücklich war, doch ich weiß mit Bestimmtheit, dass ich Grace nicht eingeladen habe. Also war ich wohl auch nicht glücklich.

Ich hole tief Luft und rede weiter. »Früher habe ich immer geglaubt, alles würde besser werden, sobald ich älter wäre. Mein Leben würde perfekt sein.« Ich beiße mir auf die Lippe. »Doch dann bin ich älter geworden. Und erwachsener. Mir wurde klar, dass nichts besser wurde. Alles wurde lediglich komplizierter.«

Ich drücke auf den Knopf und rufe das nächste Foto auf. Dieses Bild habe ich auf dem Handy gefunden – ich und mein niedliches grünes Auto. Es war der Tag, an dem ich es bekommen habe. Das Lächeln auf meinem sechzehnjährigen Gesicht spiegelt Begeisterung wider, aber mein Kummer in genau diesem Moment erinnert mich daran, dass ich diesen Augenblick unwiederbringlich verpasst habe.

»Ich hab immer geglaubt, erwachsen zu werden wäre eine Art Ziellinie, die ich überqueren muss.«

Klick. Das nächste Bild. Ein Selfie aus dem *Human Bean*.

»Aber ich habe mich geirrt«, fahre ich fort. »Erwachsenwerden ist eine Reise. Es geht nicht darum, schnellstmöglich irgendwo anzukommen. Stattdessen geht es darum, was wir unterwegs sehen und erleben.«

Ich lasse das nächste Bild erscheinen. Es ist ein Foto von mir mit zwölf. Grace und ich liegen mit unseren Schlafsäcken im Versteck und sehen zu meiner Mom auf, die das Foto schießt. Auf Grace' Bitte hin habe ich sie aus dem Bild herausretuschiert, und jetzt sieht es so aus, als ob ich ganz allein eine Pyjamaparty veranstalte.

»Wenn wir nicht so besessen davon wären, älter zu werden und den nächsten Meilenstein zu erreichen, wenn wir mehr zu schätzen wüssten, was wir jetzt, in diesem Moment haben, dann wäre es vielleicht gar nicht nötig, nostalgisch zu sein.« Ich greife nach der Maus an Mr Heaths Computer und klicke darauf. Um das Foto herum erscheint ein kleines Kästchen. Die linke Seite ziehe ich so weit nach außen, bis das gesamte Originalbild sichtbar wird. Mit Grace, die direkt neben mir lächelnd aus ihrem Schlafsack aufsieht. »Dann würden wir erkennen, dass alles, das wir uns wünschen, alles und jeder, der uns glücklich macht, bereits hier ist. Genau in diesem Moment.«

Ich sehe hinüber zu Grace, und sie erwidert meinen Blick. Für einen kurzen Moment sehe ich etwas in ihren Augen aufflackern – einen Funken Vergebung. Und den Anflug eines winzigen Lächelns.

Es ist nicht viel, aber mir reicht es.

Neubeginn

Als ich nachmittags nach Hause komme, bin ich nicht mehr ganz so bedrückt. In mir regt sich ein wenig Hoffnung. Buttercup begrüßt mich an der Tür, als wollte sie mich fragen, wie es gelaufen ist. Ich streichle ihr über den Kopf. »Ich glaube, es lief ziemlich gut.«

Sie rennt in die Küche und starrt den Napf an. Seufzend folge ich ihr. »Wow. Du hast echt nur eins im Kopf.« Also mache ich mich in der Speisekammer auf die Suche. »Okay, dann wollen wir mal sehen, was wir heute für dich finden.«

Ich durchstöbere die Regale. »Schnellkochreis? Nein. Waffelmischung? Vermutlich nicht. Hühnernudelsuppe? Na ja, warum nicht.«

Ich stelle die Dose mit der Suppe auf die Arbeitsplatte. Als ich gerade die Lasche abziehen will, höre ich ein merkwürdiges Summen. Es klingt, als wäre eine elektrische Lüftung eingeschaltet worden. Ich blicke hinüber zu Buttercups Napf. Sie starrt ihn immer noch eindringlich an. In diesem Moment fällt mir an dem futuristischen Hundenapf etwas auf – er bewegt sich.

Nicht die gesamte Vorrichtung, nur die obere Scheibe. Die merkwürdige V-Öffnung dreht sich nach links. Neugierig mache ich einen Schritt darauf zu und mustere die Futterschüssel jetzt genauso aufmerksam wie Buttercup schon die gesamte letzte Woche über.

Nach ein paar Sekunden verstummt das Summgeräusch, und der Napf dreht sich nicht mehr. Darunter ist eine unberührte, perfekt portionierte Ration Hundefutter zum Vorschein gekommen. Sofort stürzt sich Buttercup darauf und schlingt sie hinunter, als hätte sie schon jahrelang nichts mehr gefressen.

»Ich werd verrückt!«, rufe ich. »Du kleiner Ganove.«

Als Antwort wackelt sie mit dem Schwanz, sieht aber nicht auf.

»Das Ding füttert dich jeden Tag automatisch, und du hast dich aufgeführt, als ob du verhungern müsstest!«

Ihr Schwanz wackelt erneut. Ich deute das als ein Ja.

Das erklärt zumindest, warum ich kein Hundefutter finden konnte. Es war die ganze Zeit über *im* Napf!

Was nur wieder beweist, dass man einem Hund nicht trauen kann, wenn er behauptet, hungrig zu sein.

Gerade will ich die Suppe zurück in die Speisekammer stellen, als ein Piepton eine SMS anzeigt. Schnell wühle ich das Handy aus der Schultasche. Vielleicht ist sie ja von Grace.

Aber das ist sie nicht.

> Mom: Ich habe eine E-Mail von der Frau bekommen, die das Spielhaus kaufen möchte. Hast du es schon ausgeräumt?

Enttäuscht lasse ich die Schultern sinken. Dass sie das Spielhaus verkaufen wollte, hatte ich verdrängt. Seit Beginn dieses ganzen Fiaskos habe ich es noch kein einziges Mal betreten.

Vermutlich ist jetzt der Zeitpunkt gekommen.

Ich krame ein paar große Mülltüten unter der Spüle hervor und hole leere Kartons aus dem Keller. Damit mache ich mich auf den Weg in den Garten. Buttercup folgt mir begeistert, weil sie glaubt, wir spielen mit dem Ball.

»Tut mir leid«, erkläre ich ihr und schüttele traurig den Kopf. »Da gibt es etwas, das ich endlich erledigen muss.«

Buttercup legt sich auf eine sonnige Stelle im Gras, während ich zögerlich die weiße Veranda des Verstecks betrete. Das Haus seufzt leise. Als ob es sich ärgert, dass ich es nach einem so schönen vierjährigen Schlaf aufwecke.

Beim Öffnen der Tür werde ich von einer Staubwolke regelrecht zurückgeworfen. Mit einer Hand wedele ich hustend in der Luft herum, mit der anderen taste ich nach dem Lichtschalter. Glücklicherweise funktioniert die Elektrik noch.

Die kleinen antik anmutenden Lampen an den Wänden beleuchten den Raum und tauchen das Haus in ein weiches Licht.

Es herrscht das totale Chaos. Überall Spinnweben und Dreck.

War ich nach dem Streit mit Grace überhaupt noch einmal hier?

Es sieht nicht danach aus.

Ich blicke mich in dem kleinen Raum um. Es stürzen so viele Erinnerungen gleichzeitig auf mich ein, dass ich kaum noch Luft bekomme.

Alles erinnert mich an mein früheres Leben, als Grace noch meine beste Freundin war.

In der Ecke steht der Tisch mit den Überresten unseres Teegeschirrs und der kleinen Teekanne, in der Grace und ich immer die geheimen Nachrichten versteckt haben. Die Wände schmücken die Poster von *Summer Crush*, aber sie kräuseln sich an den Ecken, und bei einigen sind wohl die Reißzwecken herausgefallen, so dass sie jetzt schlaff herunterhängen. Unter den Füßen spüre ich den rosafarbenen Teppich, auf dem Grace und ich in unseren Schlafsäcken gelegen haben. Ich entdecke sogar den grünen Farbfleck vom gescheiterten Dschungelgemälde an der Wand. Auch die kleine schwarze Tafel ist noch da. Auf die haben Grace und ich immer die wechselnden Namen unserer Unternehmen geschrieben: *Graddies Tanzstudio* und *Graddies Cupcake-Bäckerei*.

Jetzt liegt sie vergessen auf dem Boden am Fenster.

Wie kann ein so kleiner Raum nur so viele Erinnerungen beherbergen?

Es ist, als wären sie alle hier eingeschlossen gewesen und hätten nur darauf gewartet, dass jemand sie freilässt.

Vermutlich bin ich deswegen hier.

Mit einem tiefen Seufzer hebe ich einen Müllsack auf und mache mich an die Arbeit. Vielleicht hat Mom ja recht. Möglicherweise ist es wirklich an der Zeit, das Haus an ein anderes kleines Mädchen weiterzugeben, das dann tolle Erinnerungen schaffen kann.

Ich beginne mit den Postern von *Summer Crush* und entferne vorsichtig die übriggebliebenen Reißzwecken. Vier Poster zeigen die gesamte Band. Eins davon, mein Lieblingsbild, wurde von oben aufgenommen. Die Kamera ist nach unten auf die Jungs gerichtet, und sie sehen lächelnd auf. Daneben hängt das Poster, auf dem nur Berrin, mein Liebling, zu sehen ist. Er hat die Hände in die Taschen gesteckt und lehnt an einer Wand. Auf dem Bild wirkt er gedankenversunken und ein bisschen verloren. Außerdem hängt da noch das Bild von Cole, Grace' liebstem Bandmitglied. Ich kann mich noch gut an unsere Diskussionen erinnern, wer von beiden wohl niedlicher ist. Oder begabter. Oder der bessere Tänzer. Auf ein Ergebnis einigen konnten wir uns nie. Mit unerschütterlicher Loyalität haben wir beide immer zu unseren Lieblingsstars gehalten.

Mit einem traurigen Lächeln ziehe ich die Reißzwecken aus dem Poster von Cole. Doch als ich es gerade in den

Müllbeutel stopfen will, ertönt hinter mir eine Stimme, und ich halte inne.

»Cole war immer der Tollste.«

Ich wirbele herum. Im Eingang zum Spielhaus steht Grace, die Hände in die hinteren Hosentaschen gesteckt.

»Kannst du vergessen«, kontere ich sofort. »Berrin hat die schönsten Augen. Da kann nichts mithalten.«

»Aber Cole hat ein super Lächeln. Und schöne Zähne.«

»Na gut«, gebe ich zu und spähe auf das Poster, das ich immer noch in der Hand halte. »Wenn man auf Hasenzähne steht.«

Lachend betritt sie das Haus und sieht sich neugierig um. »Deine Mom will es also wirklich verkaufen?«

Ich nicke und folge ihrem Blick zu dem Kleiderständer mit den Kostümen.

»Ist vermutlich besser so«, murmelt sie.

»Ja«, stimme ich zu und versuche, mich selbst davon zu überzeugen. Und es klappt. Beinahe.

Ich beobachte, wie Grace schweigend die Erinnerungen verarbeitet, genauso wie ich vorhin beim Betreten des Hauses.

»Moment mal«, fällt mir plötzlich etwas auf. »Woher wusstest du denn, dass ich hier bin?«

Sie zuckt mit den Schultern. »Nur so eine Ahnung.«

»Eine Ahnung?«

Lächelnd sieht sie mich an. »Ja. Auf dem Weg hierher habe ich eine starke Versteck-Schwingung gespürt.«

Ich muss grinsen. Wir konnten uns immer darauf verlassen, dass unsere geistige Verbindung dann am stärksten war, wenn wir sie am dringendsten brauchten. Diese Art von Magie erfordert kein antikes Schmuckkästchen von einer Mystikerin aus dem achtzehnten Jahrhundert. Es ist die Art Magie, die zwischen zwei besten Freundinnen passiert.

Dass diese Verbindung zwischen uns beiden immer noch besteht, ist sehr tröstlich.

Noch tröstlicher ist der Gedanke, dass es vielleicht immer so sein wird.

»Grace«, beginne ich mit zitternder Stimme. »Es tut mir leid, dass ich die Karten vertauscht habe. Ich möchte mich fürs Schummeln entschuldigen. Das hab ich wirklich nur getan, weil ...«

»Weil du unsere Freundschaft wiederbeleben wolltest«, beendet sie meinen Satz. »Ich weiß.«

»Ja! Genau! Und es tut mir wahnsinnig leid, was an meinem zwölften Geburtstag passiert ist. Und alles andere seither auch. Ich war ein gemeiner, unsensibler Kackhaufen.«

Grace blickt schnell zur Seite, doch ich sehe sie lächeln. Und dann, einen Moment später, fragt sie: »Hast du das, was du beim Ball zu mir gesagt hast, ernst gemeint? Dass du eines Morgens aufgewacht bist und plötzlich wie durch Zauberei sechzehn warst?«

Ich senke den Blick und kratze mit einem Schuh auf

dem Teppich herum. »Manchmal fühlt es sich jedenfalls so an. Als hätte ich mein gesamtes Leben übersprungen und würde erst jetzt merken, was mir eigentlich wichtig war.« Ich hole tief Luft und blicke ihr geradewegs in die Augen. »Du«, sage ich mit all der Überzeugungskraft, die ich aufbieten kann. »*Du* warst mir wichtig. Das bist du immer noch. Ich hätte gern meine Freundin zurück. Wir können zu Musik von *Summer Crush* tanzen und in unseren Schlafsäcken herumhopsen und Junk Food essen, bis uns der Bauch weh tut. Wir können sogar eine Teeparty veranstalten!« Wild fuchtelnd deute ich auf die Teekanne und die Untertassen auf dem kleinen Tisch. »Was immer du willst. Ich möchte einfach nur, dass alles wieder so wird wie früher.«

Grace presst stumm die Lippen zusammen. Je länger sie so dasteht, desto größer wird meine Angst, dass mir ihre Antwort nicht gefallen wird. Und dass ich meine beste Freundin nicht zurückbekomme.

Schließlich, nach gefühlt stundenlangem quälenden Schweigen, schüttelt Grace traurig den Kopf, und ich spüre, wie mir die Brust eng wird.

»Aber das geht nicht«, sagt sie leise. Es ist beinahe so, als spräche sie mit sich selbst. »Du hattest recht. Es stimmt, was du heute während unserer Präsentation gesagt hast. Wir können nicht ständig nostalgisch auf die Vergangenheit blicken und uns Momente herbeisehnen, die längst vergangen sind, oder Dinge, die nicht mehr existieren. Wir müssen damit aufhören, uns die Vergangenheit zurückzuwünschen, und im Hier und Jetzt leben.«

Ich spüre ein Schluchzen in meiner Kehle aufsteigen. Ich versuche, es zu unterdrücken, aber das bringt mir nur einen Schluckauf ein.

»Es kann nicht mehr so sein wie früher«, fährt Grace fort, »weil wir nicht mehr dieselben Menschen sind. Zu viel Zeit ist inzwischen vergangen. Wir sind erwachsen geworden, haben uns weiterentwickelt. Wir haben neue Freunde gefunden und neue Interessen und neue Tanzmusik.« Sie deutet auf das Poster in meiner Hand. »Wir sind nicht mehr zwölf, Addie. Wir können nicht einfach die Zeit zurückdrehen und so tun, als wären die letzten vier Jahre nie passiert.«

»Aber ...«, setze ich an, um ihr zu widersprechen.

Grace hebt eine Hand, um mich zu unterbrechen. Schniefend hickse ich.

»Aber«, wiederholt sie meinen Satzbeginn nachdenklich. »Es wäre sicher schön, wenn wir noch mal von vorn beginnen könnten. Uns kennenlernen, so wie wir jetzt sind.«

Der Knoten in meiner Brust platzt, und ich wische mir über die Nase.

»Hättest du darauf Lust?«, fragt sie beinahe flüsternd.

Ich nicke mehrmals. »Ja«, bringe ich krächzend heraus. »Ja. Definitiv. Das wäre schön.«

»Cool. Wie wär's also, wenn wir uns morgen treffen?«

Ich beiße mir auf die Unterlippe. »Okay.« Grace wirft einen letzten Blick auf das Versteck und lächelt mich an. »Aber nicht hier. Für diesen Ort sind wir wirklich schon viel zu alt.«

Der sicherste Ort

Nachdem ich das letzte Kostüm vom Kleiderständer in den Müllsack gestopft habe, mache ich mit der Küche weiter. Zuerst leere ich alle Schränke – staubige Teller, Plüschtiere, einige Puppen aus der Puppentagesstättenzeit, all das wandert ebenfalls in den Müll.

Grace hat recht. Inzwischen sind wir zu alt für das Spielhaus. Wir sind erwachsen geworden, haben neue Freundschaften geschlossen, oder wie in meinem Fall, neue Freunde verloren. Alles hat sich geändert. Ich bin jetzt sechzehn. Das hier ist nun mein Leben. Das muss ich akzeptieren. Ich muss lernen, wie man sich schminkt und Französisch spricht und Trigonostrophie korrekt ausspricht und wie man zu aktueller Musik tanzt.

Doch dass Grace und ich wieder Freundinnen sein werden, macht mich glücklich.

Vielleicht wird es nie wieder so sein wie früher. Vermutlich werden wir nicht mehr in unseren Schlafsäcken herumhüpfen oder Tänze zur Musik von *Summer Crush* einstudieren oder Teepartys veranstalten, aber wir finden sicher neue Dinge, die wir miteinander erleben können.

Wir können ins Kino gehen und ins *Human Bean* und über andere, reifere Dinge sprechen, wie zum Beispiel Bücher und Politik und die Nachrichten. Vielleicht fange ich sogar wieder mit dem Trompetespielen an und trete der Marschkapelle bei.

Na ja, vermutlich nicht.

Wichtig ist nur, dass jetzt alles gut wird. Denn zum ersten Mal, seit ich in diesem Körper aufgewacht bin, fühle ich mich wieder wie ich selbst. Oder zumindest wie eine Variante meiner Selbst. Ich bin nicht mehr die Zwölfjährige, die ihren Wunsch in ein magisches Kästchen gesteckt hat. Aber ich bin auch nicht die Sechzehnjährige, die ich beim Aufwachen im Spiegel entdeckt habe.

Ich bin eine völlig neue Person. Und hoffentlich auch eine verbesserte Version von Adeline.

Ich gehe zu dem Tischchen in der Ecke hinüber, nehme die beiden Tassen und Untertassen unseres alten Sets und werfe sie schwungvoll in den Müllsack. Alles muss raus. Das Haus wird leer verkauft. Die nächste Besitzerin kann es dann so einrichten, wie sie möchte, und neu beginnen.

Seufzend nehme ich die blumengeschmückte weiße Teekanne in die Hand, in der Grace und ich immer Nachrichten versteckt haben, und will sie gerade auf dieselbe Reise schicken wie den Rest des Geschirrs. Doch da höre ich aus dem Inneren ein leises Klappern.

Komisch.

Vorsichtig schüttele ich die Kanne. Da ist es wieder; das

klingt definitiv nicht nach Papier. Es ist eher ein Klimpern. Fast so, als …

Ich hebe den Deckel an, spähe hinein und keuche laut auf.

Ich fasse es nicht!

Die ganze Zeit über war er hier und hat auf mich gewartet. Am sichersten Ort, den ich kenne.

Im Zuhause, das Grace und ich gemeinsam erschaffen haben. Im Herzen unserer Freundschaft.

Ich drehe die Kanne herum und schütte den Messingschlüssel heraus. Eine Weile starre ich ihn nur an, als ob ich herausfinden will, ob er wirklich echt ist.

Dabei weiß ich das längst.

In meinem ganzen Leben hat sich nichts je realer angefühlt als dieser Schlüssel. Und keine Entscheidung kam mir je größer vor.

Ich lasse den Müllsack auf den Boden fallen und renne hinüber ins Haus. Als ich die Treppe hochjage, flitzt Buttercup begeistert hinter mir her und versucht, mit mir Schritt zu halten. Ich sause geradewegs in mein Zimmer und bleibe dann abrupt stehen.

Es ist immer noch hier. Es steht auf meinem Schreibtisch.

La Boîte aux Rêves Cachés.

Das Kästchen der versteckten Träume.

Das Gefängnis, in dem mein Wunsch gefangen ist.

Versteck den Schlüssel am sichersten Ort, den du kennst.

Wenn du ihn verlierst, wird dein Wunsch auf ewig in dem Kästchen eingeschlossen sein.

Meine Atemstöße kommen laut und heftig. Entweder, weil ich die Treppe heraufgerannt bin, oder wegen dem, was ich jetzt tun werde. Vielleicht beides.

Mit zitternden Händen stecke ich den Schlüssel ins Schloss. Er passt perfekt.

Ich hole tief Luft und drehe ihn, bis ich ein leises Klicken höre. Als ich den Deckel anhebe, nehme ich erneut den weit entfernten, leisen Gesang einer Frau wahr. Und da liegt er: mein Wunsch.

Ich wünsche mir, sechzehn zu sein.

Die Tinte ist kein bisschen verblasst. Das Papier ist im Lauf der Jahre nicht vergilbt oder verknickt. Das Kästchen hat es die ganze Zeit über sicher verwahrt.

Mit den Fingerspitzen fahre ich über die krakelige Handschrift meines zwölfjährigen Ichs.

Genau das habe ich gewollt. Ich wollte sechzehn sein. Ich wollte zur Highschool gehen. Ich wollte mich schminken und ein Handy besitzen und mich für Schulbälle und Verabredungen herausputzen und im *Human Bean* Kaffee trinken.

All das habe ich jetzt: ein Handy mit den neuesten Apps. Eine ganze Schublade voller Schminkutensilien. Einen Schrank voller wunderschöner Klamotten. Sogar eine Verabredung mit einem süßen Jungen. Heute Abend!

Und zur Krönung des Ganzen ist Grace endlich in mein

Leben zurückgekehrt. Alles ist perfekt und genauso, wie ich es mir vorgestellt hatte.

Doch dann denke ich an die heutige Präsentation und an all die Ereignisse, an die ich mich nicht erinnern kann. Die Aufnahmen, bei denen ich nicht dabei war. Die Erlebnisse, die ich nicht hatte. An das Leben, das ich nicht geführt habe.

Ganz fest umfasse ich den Zettel mit dem Wunsch. Er ist so leicht, fast wie Luft. Unglaublich, wie etwas so Bedeutsames sich in meiner Hand so schwerelos anfühlen kann.

Und genauso unglaublich ist, dass sich vier Jahre anfühlen können wie ein ganzes Leben.

Ich schließe die Augen und konzentriere mich auf einen einzigen Gedanken.

Einen neuen Wunsch.

Einen Neuanfang.

Eine neue Entscheidung.

Und dann reiße ich den Zettel in der Mitte durch, immer und immer wieder, bis nur noch winzige Schnipsel übrig bleiben.

Ich will keine Abkürzung nehmen. Ich will nicht alles verpassen. Ich will es erleben.

Wolkenschlösser

Ich träume, dass ich durch Wolken fliege. Dabei steige ich immer höher, bis ich schließlich ein wunderschönes Schloss erreiche. Ich schwebe zur Zugbrücke und klopfe ans Tor. Es öffnet sich, und ich gehe hindurch, doch auf der anderen Seite gibt es keinen Boden, und ich stürze plötzlich durch die Wolken zur Erde. Verzweifelt versuche ich, wieder zu fliegen, doch meine Flügel sind nicht mehr da. Ich habe meine Zauberkräfte verloren. Kurz bevor ich die Erde erreiche, wache ich schlagartig auf.

Blinzelnd blicke ich auf das Schloss über mir. Es sieht genauso aus wie das, durch das ich eben gefallen bin.

Warum befindet sich an meiner Zimmerdecke ein Schloss?

Ich blinzle erneut, doch es ist immer noch da.

Schließlich verarbeitet mein Hirn diese Information, und ich setze mich so schnell auf, dass mir beinahe ein wenig schwindlig wird. Selbst mit meiner momentan eingeschränkten Sehstärke kann ich die pinkfarbene Tagesdecke, die weiße Kommode und die pinkfarbenen Chiffonvorhänge erkennen.

Sofort fasse ich mir an den Kopf und erwarte die weichen, eleganten Strähnen meines sechzehnjährigen Ichs, doch stattdessen ertaste ich dicke, widerspenstige Locken in einem Knoten.

Ein Haarknoten!

Ich schieße aus dem Bett und renne zum Spiegel. Als ich hineinsehe, grinse ich wie eine Irre.

Es ist mein Spiegelbild. Ich sehe die sommersprossige, lockige, ein Meter vierzig große Addie Bell.

Mit einem Satz springe ich auf das pinkfarbene Prinzessinnenbett und hopse auf und ab. »Es hat funktioniert! Es hat funktioniert! Es hat funktioniert!«

Ein paar Sekunden später kommt Mom ins Zimmer geplatzt. Sie trägt Leggings und ein ärmelloses Top, die Haare hat sie zu einem Pferdeschwanz zusammengebunden. Sie sieht wieder aus wie meine Mom.

»Was ist denn hier los?«, fragt sie und wirft mir einen misstrauischen Blick zu.

»Mom!« Ich hüpfe vom Bett und laufe zu ihr hinüber. Dann schlinge ich ihr die Arme um die Taille und drücke sie fest. Sie wirkt ein bisschen überrascht von meinem Umarmungsangriff, doch dann erwidert sie die Geste.

»Ist alles okay?«, will sie wissen.

»Ja!«, rufe ich. »Alles ist perfekt!« Erneut sieht sie mich skeptisch an. »Ich hab nur ...«, beginne ich und suche nach einer guten Ausrede für mein merkwürdiges Verhalten. »Ich hatte einen total verrückten Traum!«

Mom setzt sich auf das ungemachte Bett. »Erzähl mir davon.«

»Ich hab geträumt, ich wäre sechzehn und auf der Highschool.«

Sie lächelt. »Wow. Das hat dir sicher gefallen.«

Ich kichere. »Ja. Zu Anfang schon. Ich meine, es war cool. Ich konnte mich schminken und hatte ein Handy und ein Auto und ich durfte auf einen Highschoolball gehen! Aber dann hat sich das Ganze ziemlich schnell als Albtraum entpuppt.«

Mom zieht eine Braue hoch und wirkt plötzlich sehr interessiert. »Inwiefern?«

Ich seufze. »Weil mir klargeworden ist, wie schwer die Highschool eigentlich ist. Im Französischunterricht konnte ich mich kaum verständigen.«

Mom lacht. »Das klingt wirklich schrecklich.«

Ich lache ebenfalls. »Ja. War es auch. Und ich hatte dieses komische Fach namens Trigonometrie und ...«

Plötzlich halte ich inne. Moment mal. Habe ich das eben etwa richtig ausgesprochen?

Ich glaub schon!

»Ja?«, fordert Mom mich zum Weiterreden auf. »Trigonometrie und ...?«

Ich breche in schallendes Gelächter aus. »Ja. Trigonometrie. Trigo-no-metrie. Trigono-metrie. Häh. Das ist doch total einfach! Keine Ahnung, warum ich das vorher nicht richtig aussprechen konnte.«

Mom neigt neugierig den Kopf, und ich merke, dass meine Worte vermutlich nicht besonders viel Sinn ergeben.

»Egal, jedenfalls hab ich dann herausgefunden, dass Grace und ich nicht mehr befreundet sind und ...« Ich muss abbrechen, weil mir die Kehle brennt.

Als ich Grace erwähne, verdüstert sich die Miene meiner Mutter. »Apropos«, sagt sie in ernstem Tonfall. »Grace' Mom hat mich heute Morgen angerufen.«

Mir graut es vor dem, was gleich kommen wird. Vermutlich stecke ich jetzt in ernsten Schwierigkeiten.

»Ich bin nicht begeistert davon, wie du sie gestern Abend behandelt hast.«

Gestern Abend?

Moment mal. Welcher Tag ist heute?

»Ich finde, du solltest dich heute bei deiner Feier bei ihr entschuldigen.«

Meine Feier ist *heute*? Heute ist der Tag nach meinem Geburtstag?

Als wäre ich nie fort gewesen!

Das bedeutet, ich habe die Chance, alles anders zu machen. Bei der Party fingen unsere Probleme an. Grace und ich haben uns wegen ihres Geschenks gestritten, und das hat dazu geführt, dass ich sie vom Schulprojekt ausgeschlossen habe. Doch jetzt kann ich das alles ändern und dieses Schiff zurück auf Kurs bringen.

»Ja!«, rufe ich und hüpfe wie wild im Zimmer umher.

»Addie?« Mom sieht mich an, als wäre ich verrückt geworden.

Ich halte inne und setze eine ernste Miene auf. »Du hast vollkommen recht, Mom. Ich hab mich Grace gegenüber wirklich gemein benommen. Auf jeden Fall entschuldige ich mich heute bei ihr, und ich bin sicher, wir werden eine ridiküle Zeit erleben.«

»Ridikül?«, wiederholt Mom stirnrunzelnd.

»Ja«, bestätige ich. »Das bedeutet lächerlich – oder super komisch.«

Mom lacht. »Ich weiß, was es bedeutet. Ich bin lediglich überrascht ... Ach, egal.« Sie geht zur Tür. »Du solltest dich anziehen, Addie. In ein paar Stunden kommen deine Gäste.«

»Okay. Mom?«

Sie dreht sich zu mir um. »Ja?«

»Hör nie damit auf, mich Addie zu nennen, okay?«

Überrascht sieht sie mich an. »Warum sollte ich aufhören, dich bei deinem Namen zu rufen?«

»Ich meine den Spitznamen. Addie.«

Jetzt wirkt Mom noch verwirrter als zuvor. »Gestern Abend im Restaurant hast du mir erklärt, dass du den Spitznamen nicht leiden kannst. Dass er babyhaft ist.«

Ich beiße mir auf die Unterlippe, als mir die Szene auf dem Parkplatz vor *JoJo's Pizza* wieder einfällt. »Ich weiß«, gebe ich zu und fummele an einer Ecke meiner Tagesdecke herum. »Aber so langsam gewöhne ich mich dran.«

Die neue (und verbesserte) Addie Bell

Sobald Mom gegangen ist, springe ich vom Bett und laufe zum Schrank. Alles ist wieder da! Alle meine alten Klamotten, die mir irgendwie neu vorkommen. Nach langem Überlegen entscheide ich mich für ein rot-schwarz kariertes Kleid mit schwarzer Satinschleife am Gürtel.

Als ich in den Spiegel blicke, verziehe ich das Gesicht.

Irgendetwas stimmt nicht.

Irgendwas fehlt.

Meine Sommersprossen sind wieder da. Meine Haut ist Make-up-frei. Meine Wangen sind ein bisschen fülliger. Und meine Haare sind …

Die Haare!

Ich ziehe am Zopfgummi, und augenblicklich fallen mir dicke Locken auf die Schultern. Mit den Fingern streiche ich ein paar Mal hindurch, um sie grob auszukämmen, und dann prüfe ich erneut mein Spiegelbild.

Sofort erscheint ein Lächeln auf meinem Gesicht. Keine Ahnung, warum ich die Haare zuvor nie offen getragen habe. Das sieht ziemlich gut aus! Irgendwie frech.

Gerade will ich die Schranktür schließen, da fällt mir im

Spiegel etwas Glitzerndes ins Auge. Als ich herumwirbele, landet mein Blick auf *la Boîte aux Rêves Cachés*.

Es steht auf dem Schreibtisch, genau dort, wo ich es nach meinem Wunsch hingestellt hatte. Auf Zehenspitzen durchquere ich das Zimmer, so als ob schnelle oder laute Schritte die magischen Geister im Inneren verscheuchen würden.

Ich nehme die Schatulle hoch und betrachte sie von allen Seiten.

Immer noch bin ich völlig fassungslos, dass es tatsächlich funktioniert hat. Mrs Toodles ist wirklich ein Abkömmling einer Hexe aus dem achtzehnten Jahrhundert!

Und da ich alles rückgängig gemacht habe, bedeutet es, dass Mrs Toodles noch lebt.

Mit angehaltenem Atem hebe ich vorsichtig den Deckel an und spähe hinein.

Keine Ahnung, was ich erwartet habe, doch ich bin trotzdem überrascht.

Das Kästchen ist leer.

Natürlich. Meinen Wunsch habe ich bereits zerrissen, in unzählige winzige Stückchen. Nichts ist davon übrig geblieben.

Trotzdem habe ich das Bedürfnis, die Schatulle an einen sicheren Ort zu bringen. In ein Versteck, genau wie Mrs Toodles' Vorfahrin. Ich stelle das Kästchen auf das oberste Regal im Schrank und platziere ein paar Kissen davor.

Dann überprüfe ich von allen Seiten, ob es wirklich nicht mehr zu sehen ist. In diesem Moment höre ich ein Geräusch im Flur. Mein Blick fällt zur Tür. Ich rechne damit, dass gleich Buttercup mit wedelndem Schwanz ins Zimmer gestürzt kommt.

Da fällt es mir jedoch wieder ein – mit zwölf habe ich keinen Hund. Mom und Dad kaufen mir Buttercup erst, wenn Rory in zwei Jahren aufs College geht.

Ein bisschen traurig bin ich schon, wenn ich an ihr weiches Fell denke, und an die niedlich gespitzten Ohren, sobald ich ihr eine Frage gestellt habe. Ich werde die schleimigen Weckküsse vermissen, und dass sie mich nach der Schule an der Haustür begrüßt. Aber zumindest werde ich sie nun als Welpe kennenlernen und ihr beim Wachsen zusehen können. Nicht nur auf Fotos, sondern im echten Leben.

»Nein, ich kann nicht mitkommen«, höre ich jemanden im Flur jammern. »Ich muss für die langweilige Geburtstagsfeier meiner kleinen Schwester hierbleiben. Meine Eltern haben mich dazu gezwungen. Als ob ich den Samstag mit einem Haufen Zwölfjähriger verbringen will!«

Laut jauchzend renne ich in den Flur. Dort steht meine Schwester, das Handy am Ohr.

»Rory!« Auch sie bekommt eine Angriffsumarmung. Überrascht lässt sie das Handy fallen und stürzt beinahe zu Boden.

»Was soll denn der Quatsch?«, will sie wissen und lässt die Arme schlaff an den Seiten herabhängen.

»Ich hab dich so vermisst!« Ich drücke sie noch fester an mich.

»Du hast mich vermisst?«, fragt sie verwirrt. »Aber wir haben uns doch erst gestern Abend gesehen.«

»Ich weiß, aber trotzdem. Ist das in Ordnung?« Es ist ein bisschen merkwürdig, aber ich kann spüren, dass ihr Körper ein wenig nachgibt. Und einen Moment später erwidert sie tatsächlich meine Umarmung. »Klar. Meinetwegen«, murmelt sie, aber ich höre das Lächeln aus ihrer Stimme heraus. Auch wenn ich es nicht sehen kann.

Vielleicht wird Rory auf die Rice University gehen. Möglicherweise kann ich nichts dagegen tun. Daher will ich das Beste aus ihren letzten beiden Jahren zu Hause machen.

Einen Moment später versteift sie sich plötzlich wieder. Sie macht sich los und sieht mich misstrauisch an. »Oh, ich weiß, worum es hier geht. Du willst meine Schminksachen benutzen, nicht wahr? Okay, vielleicht ein bisschen Lipgloss, aber wenn Mom fragt, hast du den nicht von mir.«

Ich schüttele den Kopf. »Nein. Ich will mich nicht schminken.«

Sie kneift die Augen zusammen. »Seit wann denn das?«

Ich zucke mit den Schultern. »Seit eben.«

»Und warum benimmst du dich dann so komisch?«

»Mach ich doch gar nicht. Mir bleibt später noch genug Zeit für Make-up. Momentan weiß ich gar nicht genau, ob ich es überhaupt brauche, verstehst du?«

Sie starrt mich ausdruckslos an, und ich hüpfe zur Treppe.

»Addie!«, ruft sie und beugt sich übers Geländer.

Auf dem ersten Absatz bleibe ich stehen und blicke zu ihr auf. »Ja?«

Sie verzieht den Mund, als ob sie gleich etwas wirklich Wichtiges sagen wird. Doch letztendlich überlegt sie es sich wohl anders und sagt: »Deine Haare sehen übrigens total süß aus.«

Ich strahle. »Danke!« Und dann hopse ich weiter die Stufen hinab und nehme den langen Weg durchs Esszimmer in die Küche.

Dort dekoriert Mom Cupcakes, und Dad isst Kartoffelchips mit Zwiebelgeschmack aus der Tüte. Ich sause hinüber zu ihm und schlinge ihm die Arme um die Taille.

»Alles Gute zum Geburtstag, Teil zwei«, sagt er und küsst mich auf den Kopf.

»Danke.« Ich deute auf die Chipstüte in seiner Hand. »Übertreib's lieber nicht damit. Ich hab gehört, dass Zwiebelatem tagelang anhalten kann.«

Dad sieht mich merkwürdig an. Er hält sich die Hand vor den Mund, atmet hinein und riecht an seinem Atem. Anschließend faltet er die Tüte zu und bringt sie zurück in die Speisekammer.

»Bist du mit Schuhen durchs Wohnzimmer gelaufen?«, fragt Mom und blickt demonstrativ auf meine Füße.

»Nein!«, verspreche ich und stecke einen Finger in die Schüssel. Hm, lecker Schokobuttercreme. Mom versucht, mir auf die Hand zu schlagen, aber ich ziehe sie gerade noch rechtzeitig zurück.

Mein Blick fällt auf die Uhr an der Mikrowelle. Die Gäste kommen erst in ein paar Stunden, aber zuvor muss ich dringend noch etwas erledigen.

Als ich sicher bin, dass Mom und Dad in der Küche beschäftigt sind, schleiche ich mich zur Haustür hinaus. Ich hüpfe den ganzen Weg bis zu dem kleinen Haus im Cottage-Stil am Ende der Straße. Nachdem ich die Eingangsstufen hinaufgesprungen bin, klingle ich. Etwa zwei Minuten später öffnet Mrs Toodles die Tür. Sie sieht genauso aus wie in meiner Erinnerung. Ihre Arme, Finger und der Hals sind mit so viel Schmuck behängt, dass man die Haut kaum noch sehen kann, und die Haare stecken unter einem der kleinen Hütchen, die so typisch für die alte Dame sind. Auf diesem hier ist an der Seite ein Rotkehlchen befestigt. Ich drücke sie nicht an mich, wie ich es mit Mom, Dad und Rory gemacht habe, aus lauter Angst, ihr die Knochen zu brechen, aber ich bin unendlich froh, sie wiederzusehen. Und ich habe ihr so viel zu erzählen!

»Hi, Mrs Toodles!« Ich schenke ihr mein breitestes Lächeln.

Es dauert einen Moment, bis sie realisiert, was gerade passiert, doch dann antwortet sie in ihrer üblichen rasselnden Stimme: »Adeline?«

»Ja! Ich bin's!«

»Oh! Es ist so schön, dich zu sehen. Möchtest du gern reinkommen?«

Ich schüttele den Kopf. »Ich kann leider nicht. Meine Geburtstagsgäste kommen gleich, deshalb muss ich zurück nach Hause, aber ich wollte schnell herkommen und Ihnen berichten, dass es funktioniert hat! Es hat tatsächlich funktioniert!«

Sie neigt den Kopf. »Was hat funktioniert, Liebes?«

»Das Schmuckkästchen! Ich hab mir gewünscht, sechzehn zu sein, und beim Aufwachen waren tatsächlich vier Jahre vergangen. Einfach so! Rory war auf dem College und Mom hat gearbeitet, und ich war auf der Highschool und Sie ...«

Ich verstumme. Beim Gedanken daran, wie meine Mutter mir beigebracht hat, dass Mrs Toodles verstorben ist, versagt mir die Stimme. Das kann ich ihr nicht sagen.

»Sie waren wieder mal unterwegs zu einem Ihrer Abenteuer«, beende ich den Satz mit dem guten Gefühl, dass es das Richtige ist. »Und es war total irre. Ich hab nämlich den Schlüssel verloren und konnte das Kästchen nicht mehr öffnen, um den Wunsch herauszuholen. Aber dann hab ich ihn wiedergefunden. Er war am sichersten Ort versteckt, den ich kannte, genau wie Sie es mir geraten haben. Also hab ich den Wunsch herausgenommen, und jetzt bin ich wieder da, und alles ist so, als wäre ich nie weg gewesen. Abgesehen davon, *dass* ich weg war und sich alles verändert hat.«

Ich denke über das nach, was ich gerade gesagt habe. Hat sich denn alles verändert?

Eigentlich ist alles beim Alten geblieben. Rory hängt immer noch nonstop am Handy. Mom ist immer noch übervorsichtig, wenn es um den Wohnzimmerteppich geht. Und ich wohne immer noch in einem pinkfarbenen Prinzessinnenzimmer mit einem Schrank voller Klamotten aus der Kinderabteilung.

»Ich meine«, korrigiere ich den letzten Satz, »dass mir vermutlich alles anders vorkommt, weil ich mich verändert habe.«

Mrs Toodles schweigt so lange, dass ich mich frage, ob sie womöglich mit offenen Augen eingeschlafen ist.

»Mrs Toodles?«, frage ich vorsichtig.

Sie zuckt zusammen. »Ja, Liebes?«

»Ich hab Ihnen gerade von *la Boîte aux Rêves Cachés* erzählt«, frische ich ihre Erinnerung auf.

Sie macht ein tadelndes Geräusch. »Sprich deutlich. Du weißt doch, dass ich kein Französisch kann.«

Sie kann kein Französisch?

Aber sie hat mir den französischen Namen des Kästchens doch erst beigebracht!

»Das Kästchen der versteckten Träume«, übersetze ich.

Erneut folgt ein langes Schweigen, und ich befürchte schon, dass sie in einer Art Trance schwebt. Doch dann sagt sie: »Das was bitte?«

»Die Schmuckschatulle«, wiederhole ich leicht frustriert. »Die Wünsche erfüllt.«

»Oh, Abigail, das klingt aber nach einer hübschen Geschichte.«

»Nein, Mrs Toodles. Ich bin es. *Adeline*.«

»Natürlich!«, flötet sie nach einer Pause.

Jetzt bin ich verwirrt. Was passiert hier gerade?

»Vielleicht kannst du mir irgendwann davon berichten«, sagt sie sanft.

»Aber Sie haben mir diese Geschichte doch zuerst erzählt«, rufe ich ihr in Erinnerung. »Die Legende von der Sternendame, der persönlichen Mystikerin von Marie Antoinette.«

Vielleicht bringt es ja ihr Gedächtnis auf Touren, wenn ich ihr noch ein paar Einzelheiten liefere.

»Oh. Das erinnert mich an eine Geschichte, die ich dir erzählen wollte«, erwidert sie und ignoriert meine Versuche völlig. »Kennst du schon die mit dem Frosch, dem Hund und dem Fisch?«

Ich kann es nicht fassen. Sie hat es vergessen. Die Demenz hat es ihr aus dem Kopf gestohlen. Ob die Erinnerung jemals zurückkehrt? Oder ist sie für immer verloren? Wie genau funktioniert Demenz?

Oder doch nicht für immer.

Denn jetzt kenne ich diese Geschichte. Vermutlich bin ich nun dafür verantwortlich, dass sie nicht in Vergessenheit gerät.

»Mrs Toodles«, unterbreche ich sie mitten in der Erzählung über drei Tiere, die sich darum streiten, wer im magischen Teich schwimmen darf.

»Ja, Liebes?«

»Ich möchte Sie gerne öfters besuchen. Sind Sie damit einverstanden?«

»Natürlich«, stimmt sie zu. »Ich liebe Besuch! Aber du musst dich vor meinen Nachbarn vorsehen. Die betreiben von ihrer Küche aus einen Geldwäschering.«

Ich seufze, weil ich das bezweifle, aber ich diskutiere nicht mit ihr. »Ja, ich werde ihnen aus dem Weg gehen. Ich möchte Sie einfach nur besuchen, und ich werde alle Ihre Geschichten aufschreiben.«

»Das ist aber schön!«, freut sie sich. »Wozu?«

Ich schlucke schwer. »Damit sie nicht in Vergessenheit geraten.«

BFFs

 Gegen ein Uhr ist die Party in vollem Gange. Alle amüsieren sich prächtig. Aus den Lautsprechern dröhnt *Summer Crush*, der Garten ist mit Luftschlangen geschmückt, und die Cupcakes meiner Mom kommen richtig gut an.

Allmählich mache ich mir jedoch Sorgen, weil Grace noch nicht aufgetaucht ist. Sich zu verspäten sieht ihr gar nicht ähnlich. Jedes Mal, wenn es klingelt, sause ich zur Tür, doch immer ist es ein anderer Gast.

Was, wenn sie überhaupt nicht kommt?

Wenn sie wegen unseres Streits im Versteck am Abend zuvor noch so sauer ist, dass sie beschlossen hat, meine Party zu boykottieren?

Doch dann rufe ich mir in Erinnerung, dass sie kommen *muss*. Jacob Tucker hat mir erzählt, dass wir auf meiner Feier einen riesigen Streit hatten. Sie wird kommen.

Ich versuche, mich abzulenken, indem ich ein paar der Snacks esse, die Mom bereitgestellt hat, und mache bei einer Runde Eierlauf mit, wo man ein Ei auf einem Löffel über dem Rasen bis zum Partner balancieren muss. Ohne das Ei fallen zu lassen, natürlich.

Als ich jedoch ungefähr in der Mitte der Strecke die Türklingel höre, ist mir der Eierlauf sofort schnuppe. Ich zucke zusammen, wodurch mir das Ei vom Löffel rollt und auf dem Boden zerbricht. »Tut mir leid!«, rufe ich meinem Partner zu und flitze ins Haus. Ich schaffe es gerade noch, Mom auf dem Weg zur Tür abzufangen.

»Ich mache das schon!«

Lachend geht sie zurück in die Küche.

Breit lächelnd reiße ich die Tür auf und bin bereit, mich sofort zu entschuldigen. Als ich sehe, wer auf der Veranda steht, verfinstert sich jedoch meine Miene. Es ist nicht Grace, sondern der zwölfjährige Jacob Tucker. Der Babyspeck ist zurück, die dunklen Haare fallen ihm unordentlich in die Augen, und er ist nur wenige Zentimeter größer als ich.

»Jacob!«, begrüße ich ihn und zwinge mich zu einem Lächeln. »Hi! Komm rein.«

Unbeholfen steht er da und hält einen Sechserpack Traubenlimo in der Hand, die er mir entgegenstreckt. »Die hab ich dir mitgebracht«, murmelt er und starrt auf seine Schuhe. »Tut mir leid, dass ich die in der Schule gestern geschüttelt hab.«

»Danke«, erwidere ich strahlend, obwohl er mich immer noch nicht ansieht.

Ich hatte schon ganz vergessen, wie unbeholfen und schüchtern er ist!

»Traubenlimo mag ich am liebsten«, erkläre ich ihm.

»Weiß ich.«

»Schmeckt besonders gut, wenn man sie durch die Nase trinkt.«

Er wagt einen Blick auf mein Gesicht, vermutlich um sicherzugehen, dass ich Witze mache. Damit er merkt, dass es so ist, lächle ich ihn weiterhin an. »Ich meine«, fahre ich fort, »man würde denken, dass es so in Kombination mit Rotz nicht besonders gut schmeckt, aber gestern, als ich das ausprobieren durfte, dachte ich mir so: *Hm. Traubenlimorotz! Lecker.*«

Er kichert. »Dann muss ich das auch mal irgendwann testen.«

»Mach das.«

Er starrt wieder zu Boden. »Alles Gute zum Geburtstag, Addie.«

Ich beuge mich vor und drücke ihm einen Kuss auf die Wange. Vor Schreck kippt er beinahe nach hinten um, und sein Gesicht nimmt eine dunkelrote Farbe an. Einen Moment später zieht er eine Grimasse und jammert: »Igitt! Eklig. Wieso hast du das gemacht?«

Ich zucke mit den Schultern. »Einfach so.«

Stöhnend wischt er sich über die Wange. »Mach das bloß nie wieder. Das war echt furchtbar.«

Als er sich an mir vorbei ins Haus schiebt, sehe ich jedoch ein winziges Lächeln auf seinem Gesicht.

Das zählt nicht wirklich als erster Kuss. Jedenfalls noch nicht. Mit dem Sechserpack Limo in der Hand greife ich nach der Tür, um sie zu schließen, aber sie klemmt irgendwie. Sie schlägt an etwas an und schwingt zu mir zurück, wobei sie mich fast ins Gesicht trifft.

Als ich aufsehe, stehe ich Grace gegenüber. Sie sieht genauso aus wie in meiner Erinnerung. Ihre dunkelblonden Haare sind zum kunstvollsten Zopf geflochten, den ich je gesehen habe, und sie trägt ein süßes marineblaues Wickelkleid, das in der Taille geschnürt ist.

»Wow!«, sagt sie und mustert mich von oben bis unten. »Du siehst toll aus. Deine Frisur ist super!«

»Danke.« Ich fasse an meine Locken. »Deine aber auch!«

Einen Moment lang stehen wir einfach so da und blicken uns an. Obwohl für mich inzwischen eine Menge geschehen ist, war unser Streit für Grace erst am Vorabend.

»Grace ...«, will ich gerade ansetzen, als sie herausplatzt: »Tut mir leid, dass ich zu spät komme.«

Nervös kichern wir beide, und Grace streckt mir eine kleine Schachtel in Geschenkpapier entgegen. »Ich hab ewig gebraucht, um das hier einzupacken. Es sollte perfekt werden.«

Ich spüre, wie mein Herz vor Freude anschwillt, stelle die Limo ab und nehme ihr das Päckchen aus der Hand.

»Danke. Darf ich es schon aufmachen?«

Sie zuckt mit den Schultern. »Wenn du möchtest.«

»Ja. Unbedingt.«

Ich halte die Spannung keine Sekunde länger aus. Dieses Geschenk hat das Ende unserer Freundschaft eingeläutet. Ich muss endlich wissen, was es ist, und dann die Situation retten.

Während ich die kleine Schachtel in der Hand halte, bin ich mir plötzlich ganz sicher, dass es mir gefallen wird, egal, was es ist. Das hier gehört zu den Dingen im Leben, die man intuitiv zu einhundert Prozent weiß.

Unter dem Geschenkpapier kommt eine silberfarbene Pappschachtel zum Vorschein. Ich hebe den Deckel an und keuche auf. Auf einem Bett aus weißem Styropor liegt das schönste Armband, das ich je gesehen habe. Es ist aus Gold, mit einem kleinen, herzförmigen Anhänger.

»Das ist ein Glücksarmband für beste Freundinnen«, erklärt Grace. »Ich hab *Graddie* eingravieren lassen.« Sie hebt einen Arm und zeigt mir das exakte Gegenstück an ihrem Handgelenk.

Sprachlos nehme ich das Armband heraus und untersuche den kleinen Anhänger. »Es ist wunderschön«, bringe ich schließlich über die Lippen. »Ich finde es total toll.«

Und es stimmt.

Ich kann mir beim besten Willen nicht vorstellen, warum ich etwas anderes behauptet haben soll. Aus welchem Grund hätte mir das Armband nicht gefallen sollen?

In diesem Moment kommt Rory vorbei und beugt sich über meine Schulter, um das Geschenk zu betrachten. »Ah«, gurrt sie. »Wie süß. Armbänder für beste Freundinnen. Ich glaube, ich hatte auch mal so eins. Mit sieben oder so.«

Ich weiß, dass sie es eigentlich nicht böse meint, aber

ihre Bemerkung geht mir gegen den Strich. Dass Rory das Geschenk unreif findet, trifft bei mir einen Nerv. Eine alte Frustration, die tief in mir vergraben ist – das dringende Bedürfnis, in den Augen meiner großen Schwester cooler und reifer zu wirken.

War das der Auslöser? Hat Rory dieselbe Bemerkung gemacht und damit einen Rundumschlag von mir provoziert, bei dem ich Grace als unreif beschimpft und mich dann mit Clementine eingelassen habe?

Ich richte mich auf.

Egal; diesmal wird das jedenfalls nicht passieren.

Ich schließe Grace nicht von unserem Englischprojekt aus. Ich freunde mich nicht mit Clementine an. Im Gegenteil, ich werde am Montag in der Schule kein einziges Wort mit ihr reden. Was eigentlich überhaupt keine Veränderung zu vorher darstellt.

»Ich finde es wunderschön«, verteidige ich es Rory gegenüber, lege es um, und halte den Arm neben den von Grace. Sie strahlt mich an, und Rory zuckt mit den Schultern und tippt auf ihr Handy ein.

»Meinetwegen«, murmelt sie und geht.

»Gefällt es dir wirklich?«, fragt Grace, nachdem meine Schwester fort ist.

Ich schließe die Haustür hinter ihr und nehme wieder die Limodosen in die Hand. »Ganz ehrlich. Und es tut mir sehr leid, dass ich mich gestern Abend so blöd aufgeführt habe.«

Grace zupft sich am Ohrläppchen und wirkt plötzlich unangenehm berührt. »Ist schon gut. Mir tut es leid, dass ich überreagiert habe.«

Und in diesem Moment kommt mir die beste Idee aller Zeiten. »Wie wär's mit einer Wiederholung?«

Grace zieht fragend die Brauen zusammen. »Was meinst du damit?«

»Wir veranstalten noch eine Pyjamaparty. Heute Abend, im Versteck. Wir können einen Schlafsack-Hindernisparcours aufbauen, mit unserem Tanz weitermachen, über unser Englischprojekt reden und vielleicht sogar eine Teeparty feiern!«

An Grace' Reaktion merke ich sofort, dass ich genau das Richtige gesagt habe. Sie grinst. »Ich bin dabei!«

Die Rückkehr der Sternendame

»Fünf, sechs, sieben, acht!«, ruft Grace.

Die erste Strophe von *Love Is a Four Letter Word*, einem unserer Lieblingssongs von *Summer Crush*, ertönt, und wir tanzen.

Schritt eins, zwei, drei, vier, raus, Kopfkreisen, Gewicht verlagern, Kick.

Runter, Haare schleudern, Schulter, Schritt, Pause und Drehung.

»Und danach könnten wir vielleicht so was hier machen«, schlägt Grace vor und demonstriert eine Art kreisenden Schwungkick. »Super!« Ich versuche, ihr die Bewegung nachzumachen, und stürze beinahe zu Boden. Wir müssen beide lachen. »Und am Ende machen wir dann coole Jazzhände.« Ich lasse mich auf ein Knie fallen, strecke die Hände aus und wackle mit den Fingern.

»Jazzhände?« Grace sieht mich skeptisch an. »Ist das nicht ein kleines bisschen unreif?«

Ich kann nicht anders, ich muss kichern. »Vielleicht.«

Wir üben die Schritte noch fünfmal, bis wir beide außer Atem sind und uns die Beine weh tun. Grace lässt sich auf ihren Schlafsack fallen und breitet die Arme aus, wie bei einem Schneeengel. »Ach, wie ich *Summer Crush* liebe! Ich kann das nächste Album kaum erwarten. Was glaubst du, wie es heißen wird?«

Ich bringe es nicht über mich, ihr zu sagen, dass dies leider ihr letztes Album bleiben wird. Unsere Lieblingsband wird sich trennen. Also lasse ich mich nur ebenfalls auf meinen Schlafsack fallen. »Keine Ahnung. Irgendwas mit Stern. Oder Herz. Oder Stern. Vielleicht doch eher Herz.«

Grace kichert. Das ist einer unserer Insiderwitze. Irgendwann ist uns aufgefallen, dass alle Alben von *Summer Crush* entweder das Wort *Stern* oder *Herz* im Titel haben. *Queen of My Heart*, *Stars and Stripes*, *Royal Heart Flush*, und das aktuellste, *In the Stars*.

»Oder vielleicht probieren sie ja etwas völlig Neues aus«, gibt Grace zu bedenken. »So wie ... Mond!«, rufen wir beide genau im selben Augenblick. Und dann tun wir, was wir immer tun, wenn wir einen Moment dieser komischen psychischen Verbundenheit erleben – wir deuten mit offenen Mündern aufeinander und gackern wie zwei Hühner.

»Das war verrückt!«, behauptet Grace.

»Total«, stimme ich mit einem breiten Lächeln zu, das von einem Ohr zum anderen reicht.

Ach, wie hat mir das gefehlt.

Und in diesem Moment, wo ich hier neben Grace auf dem Schlafsack liege, merke ich plötzlich, dass es mir egal ist, ob sich *Summer Crush* trennen. Es ist mir egal, ob Berrin das schlechteste Soloalbum aller Zeiten veröffentlicht, ob Maddox Parfüm verscherbelt und Donovan und Cole zu schlechten Reality-Fernsehstars werden. Denn obwohl es kein weiteres *Summer Crush*-Album geben wird, auf das wir uns freuen können, und obwohl wir nie wieder bis Mitternacht aufbleiben werden, um zu warten, bis die Songs online verfügbar sind, weiß ich inzwischen ganz sicher, dass Grace und ich untrennbar sind. Wir werden auf ewig Freundinnen bleiben. Und darauf kann ich mich sogar noch viel mehr freuen.

Trotzdem werde ich vielleicht einen eindringlich formulierten Fanbrief an die Band schicken und sie bitten zusammenzubleiben. Nur für alle Fälle.

»Worauf hast du jetzt Lust?«, frage ich und rolle mich auf den Bauch.

Grace zuckt mit den Schultern. »Wollen wir an unserem Englischprojekt weiterarbeiten?«

Ich springe auf die Knie. »Ja! Mir ist nämlich was richtig Gutes eingefallen.«

»Ja?« Grace wirkt ein wenig besorgt, vermutlich hauptsächlich wegen unseres gestrigen Streits. Bestimmt glaubt sie, dass ich vorschlagen werde, dass wir ein Musikvideo zu einem alten Rapsong drehen oder so.

»Ein Märchen!«

Sie runzelt die Stirn. »Aber gestern hast du doch gesagt, dass du auf keinen Fall ein Märchen nehmen willst.«

»Ich hab meine Meinung geändert. Außerdem ist mir ein Märchen eingefallen, das sich perfekt dafür eignet.«

Grace macht große Augen. »Welches denn?«

»Genau genommen ist es kein Märchen, sondern eine Geschichte, die Mrs Toodles mir erzählt hat. Sie handelt von einer Frau mit magischen Kräften. Man hat sie *la Dame Étoilée* genannt; auf Französisch bedeutet das ›Sternendame‹.«

»Oh. Französisch.« Grace' Neugier ist geweckt. »Das wird klasse. Mrs Toodles kennt sowieso die allerbesten Geschichten.«

Lächelnd erzähle ich ihr alles über *la Boîte aux Rêves Cachés*, über Marie Antoinette und ihre persönliche Mystikerin, die bis zur Revolution geheim gehalten wurde. Nachdem man ihre Identität enthüllt und sie hingerichtet hatte, wurde ihr gesamter Besitz zerstört. Ich bemühe mich, das Ganze genauso plastisch zu erzählen wie Mrs Toodles, füge dramatische Pausen ein und verändere an manchen Stellen die Stimmlage für einen besseren Effekt. Es scheint zu funktionieren, denn Grace hängt wie gebannt an meinen Lippen.

»Was wurde aus der Schatulle?«, fragt sie, als ich meine Erzählung beende.

Ich zucke mit den Schultern. »Das bleibt ein Geheimnis. Niemand weiß es genau. Über Generationen hinweg wurde sie immer von der Mutter an die Tochter weitervererbt, bis sie irgendwann ... verschwunden ist.«

Schmunzelnd denke ich an das juwelenbesetzte Kästchen auf dem obersten Fach in meinem Schrank. Vermutlich ist es besser, wenn niemand davon erfährt. Ich möchte nicht, dass es in falsche Hände gerät.

»Das ist toll«, findet Grace. »Wir können das wie einen Film aufbauen. Du kannst die Sternendame spielen!«

»Und du die Tochter, die das Kästchen findet!«

Grace springt auf. »Ja!«

»Außerdem können wir Rory bitten, die Rolle von Marie Antoinette zu übernehmen.«

Grace' Lächeln erlischt. »Glaubst du, dass sie das macht? Normalerweise will sie doch nichts mit uns zu tun haben.«

Ich wische ihre Bedenken beiseite. »Vertrau mir, sie macht das. Wir erinnern sie einfach daran, dass Marie Antoinette tonnenweise Schuhe und Make-up besessen hat, dann ist sie dabei.«

Grace kichert. »Cool. Das Kästchen der versteckten Träume können wir aus Pappe und Stoff basteln. Ich hab bei einem YouTube-Tutorial gesehen, wie man das macht.«

»Perfekt!« Beide hüpfen wir hoch, um loszulegen.

»Das hier könnte die Hütte der Sternendame sein«, schlage ich vor und schiebe die Schlafsäcke in eine Ecke.

»Wir könnten eine Szene einbauen, in der sie vor der Hinrichtung mit ihrer Tochter Tee trinkt«, spinnt Grace den Faden weiter und deutet auf die Teekanne und die Tassen auf dem Tisch.

»Super Idee!«

Zwei Stunden später sind wir bereit für die erste Aufnahme. Grace hat aus einer zerschnittenen Taschentuchschachtel, alten Vorhängen, die Mom noch im Keller hatte, Kleber und Schleifen eine unglaublich schöne Schmuckschatulle gebastelt.

Sie stellt sie neben mich auf den Tisch und richtet die Kamera auf dem Stativ aus. »Ein bisschen nach links«, bittet sie, und ich schiebe den Stuhl dorthin. »Perfekt.«

Grace hat ein viel besseres Auge für die Kamera als ich. Vermutlich, weil sie so genau und analytisch ist; sie findet immer die besten Winkel und Lichtverhältnisse.

»Okay, fertig?«

»Fertig«, bestätige ich und bemühe mich, mich in die Rolle einzufinden. Ich trage ein langes Abendkleid, das wir ganz hinten in Moms Kleiderschrank gefunden haben, einen riesigen Hut und eine Menge Schmuck. Es ist ziemlich übertrieben, sieht aber großartig aus. Das einzige Problem ist nur, dass ich bei jeder Bewegung klingele wie ein Glöckchen und Grace und ich deswegen ständig Lachanfälle bekommen. Hoffentlich schaffen wir es wenigstens durch eine Szene, ohne hysterisch zu kichern.

Grace will gerade *Aufnahme* drücken, sieht dann jedoch stirnrunzelnd auf die Kamera.

»Was?«, frage ich und richte meinen Hut. Schon diese kleine Bewegung sorgt für eine Menge Geklingel.

»Das ist eine wirklich interessante Geschichte«, sagt sie gedankenversunken. Beinahe habe ich das Gefühl, als ob sie die Einzelteile zusammensetzt. Weiß sie, was passiert ist? Hat sie irgendeine merkwürdige Schwingung aus der Zukunft empfangen?

Nein, das kann nicht sein.

Hochkonzentriert beißt sie sich auf die Lippe.

»Was ist denn los?«, erkundige ich mich beklommen. Sie schüttelt den Kopf, als ob sie gerade aus einem Tagtraum erwacht. »Nichts. Ich musste nur gerade daran denken, wie cool es wäre, wenn diese Geschichte wahr wäre. Wenn das Kästchen tatsächlich Wünsche erfüllen würde.«

Nervös lache ich auf. »Ja, das wäre ziemlich abgefahren.«

Sie starrt die Pappschmuckschatulle auf dem Tisch an. »Was würdest du dir denn wünschen?«

Ich sehe mich im Versteck um: In der Ecke liegen unsere zusammengerollten Schlafsäcke, an der Wand hängen die Poster von *Summer Crush*. Vor mir stehen Teekanne, Tassen und Untertassen aus unserem Set, und Grace hat sich hinter der Kamera postiert, bereit für die Aufnahme. Dann fällt mein Blick auf die kleine Tafel im Fenster, auf die wir inzwischen *Graddie Productions* geschrieben haben.

Was ich mir wünschen würde?

Ich schaue meine Freundin an. Meine beste Freundin. Lächelnd gebe ich ihr meine Antwort: »Das hier.«

Danksagung

Mein besonderer Dank gilt Jim McCarthy, weil er an dieses Buch geglaubt hat, und Wendy Loggia, die diesen Glauben in die Tat umgesetzt hat. Außerdem möchte ich mich bei Cathy Berner vom *Blue Willow Bookshop* bedanken, ohne die dieses Buch ganz sicher niemals geschrieben worden wäre. Kaum zu glauben, dass alles mit dem Wort *Käse* begann. (Sie weiß, was ich meine). Vielen Dank auch den wunderbaren Menschen bei Delacorte Press und Random House, die dieses Buch zum Leben erweckt haben. Und an Nicole Gastonguay, die es regaltauglich gemacht hat. Danke an Joanne und Benny, das dynamische Duo, das mir geholfen hat, aus dieser Idee etwas Reales zu schaffen. Vielen Dank an Michelle Levy fürs Choreographieren des Graddie-Tanzes. Und natürlich geht wie immer großer Dank an Terra Brody für die zauberhaften Kostüme, an meine Eltern für ihre Liebe und Unterstützung, an meine Hunde, weil sie immer zu wissen scheinen, wann ich sie am meisten brauche, und an Charlie, der alles liest und alles ist.

Doch vor allem möchte ich mich bei meinen Lesern bedanken, egal ob jung oder älter. Wer auch immer du bist, wo auch immer du lebst, was auch immer du tust – vergiss nicht die Magie in deinem Herzen. Die echte Magie.

Emily hat ein großes Geheimnis: Sie ist halb Mensch, halb Meermädchen!

Emily Windsnap lebt mit ihrer Mutter auf einem Segelboot am Meer, aber sie war noch nie im Wasser. Als sie endlich einen Schwimmkurs besuchen darf, fühlt sie sich wie in ihrem Element – aber da ist auch ein seltsames Ziehen in den Beinen. Als sie nachts heimlich schwimmen geht, passiert es dann: Emily wird zu einem Meermädchen! Natürlich darf das keiner erfahren. Heimlich macht sich Emily auf, die faszinierende Welt unter Wasser zu erkunden.

Der spannende Auftakt der phantastischen Emily-Windsnap-Serie.

Liz Kessler
**Emily Windsnap –
Das Geheimnis**
Aus dem Englischen von
Eva Riekert
272 Seiten, gebunden

Weitere Informationen zum Kinder- und Jugendbuchprogramm der S. Fischer Verlage finden sich auf www.fischerverlage.de

Hilfe, ich habe Superkräfte!

Jess hält sich für ein ganz normales Mädchen. Bis zu dem Tag, an dem mitten in der Geographiestunde ihr Arm verschwindet. Ihre beste Freundin Izzy will ihr unbedingt zeigen, wie großartig es ist, sich unsichtbar machen zu können. Was man damit für einen Spaß haben kann! Aber woher kommt die Fähigkeit? Ist Jessica jetzt eine Superheldin? Und kann sie ihren Freunden helfen, als diese in Gefahr geraten?

Eine ebenso spannende wie bezaubernde Geschichte über Superkräfte und ihre ungeahnten Folgen – und die schöne Erfahrung, wirklich gute Freunde zu haben.

Liz Kessler
Plötzlich unsichtbar
Aus dem Englischen von
Eva Riekert
288 Seiten,

Weitere Informationen zum Kinder- und Jugendbuchprogramm der S. Fischer Verlage finden sich auf www.fischerverlage.de

AZ 7335-0089/1